来自天堂的呼唤

罗杨德吉　著

四川文艺出版社

图书在版编目（CIP）数据

来自天堂的呼唤 / 罗杨德吉著. — 成都：四川文艺出版社，2021.4

ISBN 978-7-5411-5948-0

Ⅰ.①来… Ⅱ.①罗… Ⅲ.①长篇小说—中国—当代 Ⅳ.①I247.5

中国版本图书馆CIP数据核字（2021）第045247号

LAIZI TIANTANG DE HUHUAN

来自天堂的呼唤

罗杨德吉　著

出 品 人　张庆宁
责任编辑　陈润路　彭　炜
封面设计　叶　茂
封面绘图　黄建忠
内文设计　史小燕
责任校对　文　雯
责任印制　崔　娜

出版发行　四川文艺出版社（成都市槐树街2号）
网　　址　www.scwys.com
电　　话　028-86259287（发行部）　　028-86259303（编辑部）
传　　真　028-86259306

邮购地址　成都市槐树街2号四川文艺出版社邮购部　610031
排　　版　四川最近文化传播有限公司
印　　刷　四川机投印务有限公司
成品尺寸　145mm×210mm　　　　开　　本　32开
印　　张　8.25　　　　　　　　　字　　数　200千
版　　次　2021年4月第一版　　　印　　次　2021年4月第一次印刷
书　　号　ISBN 978-7-5411-5948-0
定　　价　49.80元

序

/ 次仁罗布

20 世纪 80 年代末产生的藏学热,一直延续至今,这包括对藏族文化、历史、宗教的研究,藏地文学也借助这股东风,如《格萨尔》《仓央嘉措道歌》《米拉日巴》等走向了国内外,被更多的读者所接受和认可。当代藏族作家们更是笔耕不辍,不断努力和探索,涌现出了扎西达娃、阿来、梅卓等优秀的作家,他们把藏族文学又推向了世界,成为我国文学版图中一个不可或缺的重要力量,极大地丰富了我国文学的色彩。

当下藏地文学呈现出两种主要态势,一种是生活在藏地的作家们的文学叙述,另一种是来自内地的作家们的文学表达。从我个人的阅读感受来讲,前者呈现出来的藏地更加深沉更具真实性,后者表达的是一种精神信念的东西,对藏地多了一份理想化与浪漫化。正好,后者的这种表达迎合了当下内地读者所期待的那份阅读需求,他们关于藏地的叙事书成了畅销书。

罗杨德吉创作的长篇小说《来自天堂的呼唤》,反映的内容正是发生在藏地的事情。我与罗杨德吉素未谋面,只是通过朋友举荐才应了写序这件事。刚开始以为她是一位内地作家,但通过作者简介了解到她出生于青藏高原,20 世纪 80 年代就读于西藏民族大学汉语文专业,由于长期在藏地的生活,使她积累了很多的藏族生活常识和历史文化知识。这让我对这位作家的作品有些期待！当我阅读这部作品时，切身地感受到她对西藏的熟悉和文字间充溢着的对这份土地的深沉之爱。从作品的内容和作家的身份来讲，我更愿意把她列在藏地作家的行列里，毕竟她在这块土地上生活了近三十年，这正好是一个作家写作时，素材的主要来源时间段和精神的归宿地。

《来自天堂的呼唤》以20世纪60年代中期，纺织工业部决定让上海毛麻公司维纶粗疏毛纺织厂连同全部人员和设备迁入林芝八一镇，建立西藏第一个现代化纺织厂——西藏林芝毛纺厂为线索，讲述了来自上海的奚福根、阚金宝两家三代人的故事。通过大的历史背景中，个体命运的转折、起伏，反映了西藏近六十年来的社会经济发展，民族间的交流、交往、交融，是集中反映西藏社会进步的一个缩影。作家的主要着墨点放在了第三代人嘎玛次仁和阚冰冰身上，两人一同到上海读书，感情加深，相互依赖，后明确恋爱关系。却因嘎玛次仁的死去，让悲痛欲绝的阚冰冰选择到美国去读书，最终与中国台湾人苏沛然结婚。三代人经历的这一切，同时也是我们整个国家的一个发展史。作品里既写了西藏，又写了上海，通过个体点点滴滴的变化，凸现了整个国家民族的历史变迁。

从我有限的阅读经验来说，罗杨德吉的小说切入点选择得很好，反映了西藏当代历史上的一个重要时间节点——林芝毛纺厂。关于她的文学作品，之前我从未看到过。让我觉得可惜的是，作家对于那段历史只是匆匆地掠过，对那段鲜为人知的林芝毛纺厂的往昔岁月，没有深入细致地铺陈。

《来自天堂的呼唤》是一段记忆，也是一段历史！

目录

引　子

2019年，大年初一，上海内环线外湖畔盛景小区。阚冰冰和苏沛然带着刚满一岁半的儿子苏苏敲响了干妈奚莉莉家的房门。

一进门，家里立刻热闹起来。

"阿爸，扎西德勒！新年快乐，阿妈，扎西德勒！"阚冰冰说着，按照藏族风俗，向长辈们献上洁白的哈达。

苏沛然依然操着中国台湾口音紧跟着："阿爸阿妈，新年快乐，扎西德勒！"

"扎西德勒！"扎西平措问，"冰冰呀，你爸妈什么时候到哇？"

阚冰冰答："我爸说，他们中午要陪我爷爷吃顿饭，下午再过来陪这边的外公外婆！"

进入耄耋之年的奚福根见到干外孙女一家的到来，乐呵呵地笑着。他除了耳朵有点背外，便是白发红颜、精神矍铄。老伴祝美娣脸上笑得像一朵绽开的花，她还是像年轻时那样讲究，干净利索。

阚冰冰分别给了两位老人热情的拥抱。苏沛然将手中大包小包的礼品放好后，从毛呢西装大衣里拿出两个大红包双手递给老人："外公外婆新年快乐，健康长寿！"

"小苏苏呀，来，到太太（沪语：曾祖父母、曾外祖父母的统称）这边来！"祝美娣慈祥地笑着叫道，"看看呀，你爸爸妈妈又给太太们发红包啦！"

小苏苏给大家作揖拜年接红包，引得老人们欢声笑语不断。

"嗨，我们家的小苏苏就是乖，来外公抱抱啊！"扎西平措立即将小外孙抱起来举过头，放下来；又举上去，又放下来，逗得苏苏"咯咯咯"地笑个不停。

扎西平措最疼爱这个小外孙了。他把孩子抱在自己腿上，从糖盒子里拿出一块奶糖正要给他剥糖纸，奚莉莉见状急忙制止说："当心点呀，他外公，糖尽量少吃，还是给孩子剥根香蕉吧！"

扎西平措听话地将已经剥开一半的糖纸裹好放回糖盒，给苏苏剥开了香蕉皮，让苏苏咬了一口。

"甜不甜？"扎西平措歪着头关切地问。

"甜。还要吃。"他高兴地给苏苏又喂了一口。扎西平措真不知道怎样才算无微不至地疼爱这个小宝贝。

"冰冰呀，我听你妈说，你的研究成果在国际上的什么杂志上发表了？"奚莉莉关心这个干女儿，便问道。

"对呀，莉莉阿妈。今天我就是来向您和我平措阿爸汇报的。"

一、孩子们的前程

2000年3月双休日的一天,西藏自治区综合大学教工大院,扎西平措和奚莉莉的家中。

阚海东、邓紫文夫妇坐在沙发上。他们四人正在商议两家孩子报考上海西藏班的事情。

奚莉莉把刚刚打好的浓酽而香醇的酥油茶分别端给他们夫妇。

阚海东十分兴奋地说:"回上海好,回上海好!我们也正有此打算。这一来上海毕竟是全国教改的前沿城市,教育上的先进程度没话可讲;二来这大都市见识广,对孩子们将来的发展会大有裨益。"

奚莉莉应着:"我就是这么想的。"

阚海东言出之后,生怕扎西平措误会,便说:"平措拉(藏族在名字后面加'拉',表示对对方的尊敬),你可不要有其他想法啊!"

"什么想法?"扎西平措不解地问。

"我的意思是说啊,咱们西藏和内地目前来看啊,这教育方面毕竟还是有差距的,你讲对吧?"

扎西平措会意地笑了:"没问题,没问题。内地先进就是先进,这是事实。在孩子的教育方面,我们家莉莉说了算!我都听她的。"

奚莉莉,像中国千万个家庭的母亲一样,总想着能给自己的孩子创造一个美好的未来。奚莉莉这一代,从小在父母厂里的子弟学校上学,在认字写字上是吃过不少苦头的。

当年,厂子弟校的师资严重匮乏,只能从厂里读过几年书的工人中选拔，或是在家属们当中挑选。她们大多都没有进过初中校门，更不要说经过师范学校的系统培训了。

奚莉莉记得自己的小学语文老师是一个带着苏北口音的、20岁左右的女老师。她在教学上很认真，很努力，但水平着实有限，教生字读错音是常有的事。如同电影《美丽的大脚》中的张美丽将"千里迢迢"教成"千里召召"一样，这位老师将"酷暑"读作"皓暑"，什么"陶治（冶）情操"，什么"舐（舐）犊情深"……害得奚莉莉也跟着读错了很多年。有的字的读音，直到自己上了大学，才慢慢纠正过来！

如今，拉萨的教育在自治区内当然是最好的。加上儿子嘎玛天生聪颖，小学、初中一路上来，学习成绩一直名列前茅。机遇总是留给有准备的人。去年，自治区政府将经过选拔后的第一批初中毕业生，送往内地"西藏班"学习。奚莉莉十分关注此事。她盘算着，等自己孩子初中毕业也要送到内地上高中。她把这个打算告诉了平措，平措当然是全力支持。

邓紫文手捧着香喷喷的酥油茶，微微呷了一口，有点担心地说："哎，我家冰冰就是英语和语文好，数学嘛，也还行。可是这物理，——她总觉得有点难，说上课常有听不懂的情况。虽说他爸是物理专业的，可是，你们知道，这孩子不愿听他爸爸讲题，我担心……"

"我讲紫文呀，这一点你不要担心。我跟嘎玛讲好了，他会帮助妹妹的！"奚莉莉自信地说。

"那敢情好！"邓紫文顿时轻松地笑了。

阚海东又提醒大家说："能回到上海读书，还有一点，就是两家老人都在上海。到时候可以帮忙照看着，我们在这边可以省不少心呀。莉莉，侬讲对不啦？"最后一句话，他对奚莉莉说着上海方言。

毕业于上海华海师范大学的阚海东，主动申请进藏工作。与毕业于北京外国语学院的邓紫文相识。如今，他们的女儿阚冰冰与平措他们的儿子同在一个班级。

"阿爸阿妈，我们回来了！"院子里是儿子嘎玛次仁的声音。奚莉莉迎出屋门："今天怎么这么早回来了？哎哟喂，我的傻儿子，怎么弄得一头汗呀！"

"莉莉阿姨好！今天就是大扫除，发新书。礼拜一就开学上课了！"阚冰冰微笑着回答。

"好，冰冰啊，你爸妈正好也在。"奚莉莉拿出衣袋里的手帕，心疼地对嘎玛说，"来，星星呀，妈妈帮你擦擦头上的汗。"

嘎玛把母亲举起的手按了下去，自己用手臂擦了一下脑门子上的汗，跨进了房门。"叔叔阿姨好！"嘎玛打着招呼，"哟，这是在开什么会呀？"

"我们能开什么会？还不是在商量你们上高中的事。"扎西平措说。

嘎玛从餐桌上的凉茶壶里倒了两杯白开水，一杯递给阚冰冰："冰冰，给你！"然后两口将自己杯中水喝完。

"慢点，慢点，怎么渴成这个样子啦？"奚莉莉又心疼地叫起来。

"莉莉阿姨，您不晓得吧，嘎玛他们男生抬课桌椅，他偏要和人家比赛，看谁搬得多，搬得快，累的呗！"阚冰冰笑着解释说。阚海东立即开腔了："嘎玛，不是海东叔叔讲你呀，是不是又犯'戆'劲了？"

嘎玛听阘海东这么一说，便"嘿嘿嘿"傻笑起来。综合大学都知道奚莉莉有个极为聪明的儿子，但很少有人知道这个儿子还有点"憨"。按照阘海东私下里的评价：这个孩子是"七分聪明三分戆"。这种卖傻力气的事，自家冰冰是绝不会干的！

　　嘎玛和阘冰冰得知大人们正在为他俩的学业做打算，便高高兴兴地坐下来一起听听都在说些什么。

　　当听到阿妈叫自己帮助阘冰冰功课时，嘎玛有些不解地问："我阘叔叔是大学教授，冰冰的物理怎么轮得到我帮她呢？"

　　"小鬼头，这你就不晓得了吧？很多老师能教好学生仔，但不一定能教好自家的小孩子！"阘海东说。

　　嘎玛仍然不解："为什么？我不信。"

　　"你不信？问你邓阿姨。"阘海东接着说。

　　"可不是嘛！嘎玛，你阘叔叔哪有那个耐心呀！"邓紫文急忙附和。

　　"就是，我爸是给大学生上课的。在他眼里，我们的题目永远都是最简单的！"阘冰冰补充道。

　　"哦，原来是这样。那——就包在我嘎玛次仁身上啦！"嘎玛说完看了阘冰冰一眼，阘冰冰正望着他微笑着。

　　嘎玛比阘冰冰只大半岁，打小时候他们便在一起玩耍，上幼儿园起他们就是同班同学，是那种"两小无嫌猜"的玩伴。当嘎玛听到大人们让他给冰冰补习功课，他心中很是高兴。他是一个愿意与别人分享快乐的孩子。他在学习中能找到快乐，若将自己的学习快乐分享给小伙伴们，他自然是很乐意的。何况，这个小伙伴不是别人，而是邻家小妹阘冰冰。因此，大人提出这样的要求，他自然认为这是自己该做的事儿。

　　在学校里，阘冰冰碰到不懂的问题，常常都是问嘎玛的。

阚冰冰喜欢听嘎玛给她讲作业。因为他讲题目时是从同龄人的认知角度出发，知道哪里不易理解，他就慢点、仔细点；知道哪里容易，他就一带而过。较之爸爸的那种"我讲得这么明白了，怎么还不会呢？""这道题目你也不会，上课怎么听的？"之类的话，阚冰冰当然喜欢这样轻松的通俗易懂的讲法了。还有就是，她越来越喜欢和嘎玛在一起了。

二、那个年代

作为"藏三代"的嘎玛和阚冰冰，20世纪60年代，他们的祖父辈和父辈之间有着深深的渊源。

技术工人奚福根和妻子祝美娣做梦也没想到，在国家宏伟的"三线建设"中，他们所在的上海维纶毛纺织厂，会连同其全部人员及设备迁入西藏林芝雪巴镇。"工人阶级是领导阶级"，尽管他们感到意外，但同时也感到无比自豪和荣光。

上海，一个代表中国现代化发展的城市，她代表着文明、发达和繁华；西藏林芝，一个中国开发不久的边陲地区，她意味着落后、艰苦和荒僻。

从此，近千人的厂子从这个大都市的汽笛声和大饼油条的热气中连根拔起，向中国的西南边疆进发，而后经一路颠簸劳顿，落脚在距上海4000多公里外，海拔近3000米的西藏尼洋河畔的雪巴镇上。

1966年7月的一天，成为上海维纶毛纺织厂职工们终生难忘的纪念日。他们在雪巴镇，建立了西藏历史上第一个现代化纺织厂——西藏珠峰毛纺厂。全厂职工在这一天迎来了他们人生的第一次大转折。

更令奚福根夫妇意想不到的是，他们的这次转折，竟然能与当地的藏族同胞结下一段世纪之缘。

当年的林芝，只是尼洋河边的一处平滩，除了兵站、建筑公司和地区车队之外，几乎没有其他单位。在距离雪巴镇约7公里处有一片柏树林，林中有一棵柏树王，藏语称拉辛秀巴，意思是神树。这棵巨柏树干直径有5米，据说树龄近3000年之久。此乃当时雪巴镇附近的地标性景致了。

在那个"战天斗地"的年代，上海工人硬是凭着他们的聪明才智和吃苦耐劳的精神，经过几年的奋斗，给雪巴镇带来了勃勃生机。大厂房建起来了，工人新村盖起来了，大礼堂筑起来了；幼儿园办起来了，中小学校造起来了，卫生院、小商店统统开起来了。那真是"敢叫日月换新天"的激情年代啊！

这天，奚福根下班回家。一进门，就对女儿说："莉莉呀，帮爸爸把老酒拿出来！"

"今朝有啥事体噶开心呀？"祝美娣把饭菜端上了桌。

"侬晓得吧？边巴在今天的全厂技术大比武中拿了第一名！"奚福根洗完手，喜滋滋地坐在饭桌旁说，"这小鬼真真叫聪明能干，不愧是部队上下来的！"

边巴罗布在边防哨所当过兵，立过三等功。转业后，被安排到纺织厂，成了奚福根的徒弟。奚福根对他严格要求，他自己更是谦虚好学、苦练加巧干。应该说，几年来，奚福根一直把这个藏族徒弟当儿子看待。于是，边巴常被师母邀请到家里做客。可是他每次到来，不是挑水、扫院子，就是给花儿除杂草、浇水。在母亲的吩咐下，奚莉莉也时常为他端茶、递毛巾。

在奚莉莉眼里，常常浮现出这样一幅美好的"军民鱼水"图：一个没穿军装的"军人"为老百姓做好事，老百姓为感谢军人端茶送水。

其实，最让奚莉莉感动的是，一年前，父亲在深夜里突发腹痛，奚莉莉被母亲急促的声音叫醒，她敲响隔壁阚金宝家的房门。大家将奚福根搀扶到厂卫生院。

值班医生见状，判断是急性阑尾炎，急需送往林芝人民医院。厂里派车，边巴闻讯赶来，与师母、阚金宝师傅一起将师父送到地区医院。

术后，边巴坚持留守看护。叫师母他们回家休息。

下午，奚莉莉放学回家。祝美娣把准备好的饭菜装在饭盒里，便带着女儿赶往医院。

一进门，她们看见边巴正在用毛巾给奚福根洗脸揩手。

奚福根见妻子和女儿进了病房门，便有些不好意思地说："你看，你看，我讲我自己来，边巴非不让！刚才医生还来关照过，可以下地走动走动了。"

奚莉莉上前说："边巴大哥，我来吧！"

"不用。你还小，快去陪师父说说话吧。"说完，边巴出门倒洗脸水去了。

"爸爸，侬伤口痛吧？"奚莉莉紧靠着父亲的床边，拉着父亲的大手懂事地问。

奚福根靠在床头："没啥没啥，还好。"

"怎样了？休息得好吧？"祝美娣关切地问。

"蛮好的。"接着，奚福根开始夸赞这个徒弟，"边巴这个小鬼真心不错。我叫他回去休息，他就是不肯。讲今夜里再陪一夜，明早直接回厂里上班。看看，看看，今天他休息，结果为我忙到现在。"

"对了，如洁上次帮他介绍梳纺车间的曲珍怎样了？"

这时，边巴进来了。

"喏，你自己问他呀！"

"边巴呀，师母问问你，你和曲珍怎么样了？啥时候请我们喝喜酒呀？"祝美娣关心地问。

"师母，嗯，嗯——大概是快了吧！"边巴有点儿害羞地说。

"'快了'是多久哇？"祝美娣紧紧追问。

"我说莉莉妈，哪有你这种样子的！边巴都不好意思了！"奚福根一边吃着妻子送来的饭菜一边说。

"就是！"只有10岁的奚莉莉似懂非懂地插了句。

"小姑娘，你懂啥？大人讲话，你不要插嘴！"然后祝美娣又笑着说，"好，好，我这也是为边巴好呀。边巴，你讲对吧？"

"师母说得对。我，我回去就找曲珍商量。"看来，边巴是听曲珍的。

"这就对了。我们就等着喝喜酒了啊！"师父师母都笑了，奚莉莉也笑了。

饭桌上，奚福根喝着老酒。

祝美娣给女儿夹了一筷子菜："莉莉，侬多吃蔬菜，对皮肤有好处的！"

"晓得啦！我自己会吃的呀！"

祝美娣吃了一口饭，又说："就是讲，边巴这是双喜盈门呀！上个月儿子满百天。今天又比赛拿奖，是要好好庆祝一下子的哦！"

"爸爸，不如礼拜天叫上阙叔叔家和边巴大哥家，咱们三家人到大柏树林去过林卡（藏语：郊游），好吧？"奚莉莉提议道。

"嗯，阿拉（沪语：我们，我的）莉莉这个主意不错！"夫妻俩都同意了。

厂子弟小学校门口。中午放学。

阚海东与一个比自己高一年级的男生扭打成一团。奚莉莉见状，慌忙回家叫大人。

阚金宝和张如洁正等着两个儿子回家吃中饭。

"阚叔叔，张阿姨——阚叔叔，张阿姨——"

张如洁立即从屋里出来，见莉莉气喘吁吁，忙问："莉莉，啥事体呀？"

"海东……海东……"

"不要急不要急，莉莉呀，"阚金宝安慰道，"慢慢地讲。"

阚金宝随着奚莉莉一路小跑到校门口。这时一名老师已经将两个孩子拉开，正在了解情况。起因是高年级同学欺负弟弟阚卫东，哥哥为了保护弟弟冲上前去"拔刀相助"。

看着大儿子满身灰土，鼻孔里流出的鲜血已被他用衣裳袖子抹到右脸腮上，已经凝住了，形成了一个"一"字。

阚金宝又心疼又生气地吼了一声："小赤佬，回去！"将两个儿子带回家。

一路上阚金宝背着双手走在前面，没说一句话。三个孩子紧紧跟上，不敢出声。

刚进了院门，"哎哟，哪能这么吓人的呐？鼻头都出血啦？！"张如洁心疼地迎上来。

"先不要动！"阚金宝转身对着两个儿子厉声喝道，"过来，两只耳朵到啥地方去了？讲过多少趟数了？有事体寻老师寻老师，做啥不听闲话（沪语：不听话）呢？"

奚莉莉马上小声地说："阚叔叔，老师都下班了。再讲是那个高年级同学不对呀！卫东和同学奔出校门口，不当心碰了他一记。卫东当场给他道了歉。可是，他就是欺负卫东小嘛！"

奚家和阚家当年进藏，奚家把八岁的儿子奚沐海留在上海爷爷奶奶家读书，只带着五岁的宝贝女儿奚莉莉进藏。阚海东比奚莉莉大不到一岁，而阚卫东那时还在张如洁的腹中孕育着。

进藏后两家一直做着邻居。阚金宝视奚莉莉如同自己的女儿一般，不管自己有多大的火气，见到小莉莉这气就已经消了一半。

"如洁，阿拉莉莉在……"祝美娣边喊边进了院子，见到莉莉果然在，"小姑娘，吾就晓得侬在侬阿姨屋里厢（沪语：家里）。回去吃饭，快。"

"是美娣呀，让莉莉一道吃吧！"

"不用了。他爸在屋里等着呢！再会，如洁！"

"阚叔叔再会，张阿姨再会！"

"再会，再会。美娣呀，来白相（沪语：来玩）啊！"

翌日清早，阚海东在奚莉莉家院门口喊："莉莉，上学了！"

"哦，来了来了——"奚莉莉出门，边走边把一个白底印着淡淡粉色小碎花，周围还缝了一圈白色木耳边的小书包举过头，斜挎在肩上。

"莉莉，中午放学抓紧辰光（沪语：时间）回来啊！"祝美娣追出来。"晓得了，晓得了。姆妈再会！"

"祝阿姨再会。"

"阿姨再会！"

阚家哥儿俩和奚莉莉向着职工子弟校蹦蹦跳跳地跑去。

"莉莉，谢谢你！"阚海东真挚地说。

奚莉莉却故作不明白地问："啥事体呀？谢我做啥？"

"咦，就是昨天中午的事体呀！"阚海东提醒道。

可是奚莉莉仍然装着糊涂，眼珠子转着好像在努力回想，慢腾腾地说："昨天——中午——是啥事体呀？"

阚卫东急了，插话道："莉莉阿姐，侬噶快就忘记特啦？昨晚我阿哥讲，要不是你替我们讲好话，我们早就吃了一顿'竹笋烤肉'啦。对不啦，阿哥呀？"

"嗯嗯，对额。就是这个意思！"

"扑哧，嘻嘻嘻……"奚莉莉听完终于忍不住笑了。

张如洁是个会精打细算过日子且心灵手巧的女人。两个儿子的衣裳一般都是她自己裁剪自己缝纫。她和阚金宝没有女儿，奚莉莉便是他们十分疼爱的小姑娘。奚莉莉上学背的碎花书包，就是她给做的。

有一年，阚家回沪探亲，祝美娣让他们给女儿带双黑皮鞋。结果，张如洁还另外买了一块枣红色的丝绒布料和一块黑色斜纹布料。

回到雪巴镇，张如洁便把奚莉莉叫到家里量体裁衣。几天之后，一件宽松的、后背面打着褶皱的丝绒外套就穿在了奚莉莉身上，下边再配上一条几乎裹着腿的九分裤，脚上蹬着一双锃亮的黑皮鞋。这一身打扮，在那时是非常时尚的。

当奚莉莉欢快地回到家中，站在父母面前时，奚福根和祝美娣差点不认识这个小姑娘了。

"哟，这是啥地方来的小公主呀，这么好看？"祝美娣笑得合不拢嘴。

奚福根嘿嘿地笑着："你张阿姨真的能干！不过，阿拉莉莉本身就老好看的。"

“‘人靠衣裳，马靠鞍。’阿拉囡囡穿上这套衣裳，没闲话讲了！”祝美娣又夸着。

　　奚莉莉和妈妈祝美娣一样，穿什么都好看。就像张如洁说的，同样的衣裳穿在张如洁身上不起眼，可是上了祝美娣的身上，立刻显出气质来。祝美娣从小爱整洁，穿衣、背包都很讲究。虽说已是两个孩子的妈妈了，可那身材保持得像大姑娘一样！这一点不仅是她张如洁所羡慕的，也是厂里年轻妈妈们所羡慕的。

　　“如洁呀，真的要谢谢你呀！把阿拉莉莉打扮得噶好看！”祝美娣到阚家对张如洁说。

　　“好看哦？莉莉本身就好看。不过呀，这套衣裳是今年上海最最流行的式样！当时我一看到就欢喜得不得了。心想，一定要给阿拉莉莉做上一套！”

　　“谢谢，谢谢。如洁呀，你真的把莉莉当自己的小孩子啦！我看你这么欢喜小姑娘，要不再生一个吧？”

　　“美娣呀，你开啥玩笑，就这两个小鬼头，已经叫我和他爸够操心的啦！”

　　张如洁对奚家格外热情，不仅仅因为两家的邻居关系。她更看重奚家的家庭，奚家的这个女儿。奚师傅在厂里有威信，为人正直，技术好，有本事，前后带的几个徒弟，个个都很有出息。张如洁盼着奚家姑娘长大后能和自己的大儿子成为一对儿！若是能和这样的家庭成为亲家，这在厂子里，是老有面子的一桩大事啊！于是，只要有机会，她总是能想到奚家女儿的。这次她给奚莉莉做的衣服，在外地人口中被编成顺口溜：“‘宽大处理’的衣服，‘提高警惕’的裤子，‘一分为二’的鞋子。”因为那皮鞋鞋面中间有条分隔线。这也是当年上海姑娘们的一个特征或叫标配了吧。

俗话说：帮人一把，情长一寸；容人一回，德宽一尺。奚、阚两家这些年来就这样你来我往，孩子们一天天地快乐成长着。

几年后的一个星期天。徒弟边巴夫妇带着五岁的儿子和不到四岁的女儿来师父家做客。师徒二人三句话不离工作，这不，一进门又在谈论技术革新的事。祝美娣带着曲珍包馄饨。已是初三学生的奚莉莉则在妈妈的指令下，陪着小弟弟、妹妹在院子里玩。

突然间，院子外面传来急促的呼叫声："着火了，着火了！卢德祥家着火了！"

边巴"嗖"地从师父家房子里蹿出来，向着火的方向跑去。奚福根急忙对祝美娣和曲珍说："把孩子看牢，我去看看！"

奚莉莉谎称自己要上厕所，便溜到房子东头挤进人群去看热闹。只见边巴抓起院子里晾的一件白衬衫，按在水盆子里，揉了两下，就包裹到自己头上、脸上，只露出两只炯炯有神的大眼睛。

"大家都躲开！"他上前猛地一脚踹开房门，冲了进去。其他的大人们有拎水桶过来灭火的，有把自家的棉被抱出来扑火的。

很快边巴双臂一边夹着一个孩子冲出房门来。几个大人立即上前接过两个孩子。

奚福根立即叫了一声："边巴，等等！"同时他顺手抢过身边人拎过来的一桶水，向边巴身上浇去，"当心点呀！边巴。"

"师父，站远点！"这时火势眼看着起来了，边巴冲进火海。此时的奚莉莉不免为边巴揪起了心，她不停地在心里念着："快呀，快出来呀，边巴大哥！"

只见一个人影背着一个孩子冲出了火海！

"边巴出来了！"人们一下子拥上去。

奚莉莉也拼命挤过去，父亲问："边巴，你没事吧？"

边巴把那个最大的男孩——也就七八岁吧——交给迎上来的人们："师父，我没事！"说着，他取下缠在头上已经烧破的白衬衫。其实，边巴的眉毛和睫毛都被火给燎没了，手背上也有几个大火泡。

眼前这位魁梧的边巴大哥的行为，震撼了奚莉莉这个小姑娘的心灵。这么多年来，她见到的边巴一直是谦恭的，绵柔的，甚至可以说，在父亲面前他是顺从的。而今天，就在刚才，奚莉莉看到了一个果断、英勇、威风的边巴大哥！一股对英雄无比崇拜的感情从奚莉莉心底蹦出，她对边巴更信任了，对他们一家人更喜欢了。

这时，厂里的消防车赶到了，很快便扑灭了火。

东头第一家的卢德祥是准织车间的技术工人。他和妻子一早去镇上办事，将三个儿子锁在家中。没想到孩子们闲来无聊，在家里点火玩，结果玩着了自家的房子。

之后的日子里，奚莉莉更是常到边巴家里去。有时也叫上阚家兄弟俩。

在边巴家中，最吸引奚莉莉的是那沿着墙边摆放的一排藏式家具。奚莉莉感到很新奇，藏柜上手绘出各种鲜艳的图案。这些图案有伞、有鱼，还有瓶子等，都是她喜欢的。特别是还有一些人物画，一定有很多很多好听的故事。只可惜边巴和曲珍的文化都不高，不能给她讲这些图案上的故事。

最近一段日子，让厂里人最兴奋的是，不断有人考上大学离开了工厂，离开了西藏。人们传播着、羡慕着、议论着。

晚饭时，张如洁将饭菜端到餐桌上坐定，便对丈夫阚金宝说："听说厂办的小张考上北京的广播学院了？"

"嗯。"

"这广播学院是学习广播的？"

"这我哪能知道？吃饭，吃饭！"阚金宝有些不耐烦。

"广播学院可以学习播音，但是也有其他专业呀。比如电视编导、文艺编导。"阚海东插话了。

"哦，吾讲老阚呀，海东后年高中毕业了，到辰光依看伊（沪语：他）考哪只学堂？"

"当然要考上海的学校了！"阚海东不等父亲回答，抢了一句。

"嗯，我想也是。离开上海这么多年了，还是想啊！"阚金宝感慨起来。

"好，好！阿拉要考上海的。海东要考，卫东以后也要考！"张如洁马上又对阚海东说，"儿子呀，侬要和莉莉约好，一道考啊！"

"有数！姆妈放心好了！"阚海东信心满满。

学校操场长椅上，奚莉莉在复习准备高考。阚海东兴冲冲地跑过来："到处寻依！"

奚莉莉抬起头严肃地问："寻吾做啥？"

"侬讲做啥？还不是报志愿的事体。"阚海东依然兴冲冲的。

奚莉莉疑惑地问："侬报志愿同吾搭啥界？"

"喏，喏，又是'揣着明白装糊涂'啦？上趟帮你讲的呀，阿拉一道报考上海华海师范，侬忘记掉了？"

"吾为啥要同侬一道？同侬讲过了，我的学习可没你好，我要考区内的！"

"侬不冲一冲，哪里晓得自己的实力？万一发挥好了，不就成功了吗？"阚海东望着越发秀丽的奚莉莉，心中说不出地喜欢。他多么希望眼前这个楚楚动人的姑娘能和自己一起考回上海。

阚海东仿佛看到了在外滩情人墙边，那一对对紧紧簇拥的情侣中，有他和奚莉莉的身影。傍晚时分，夕阳的霞辉洒在黄浦江面上，也披在那些热恋中的人儿身上。身后的万国博览建筑群，仿佛一个个历史巨人，见证着他们的相爱相亲。当然，也见证着阚海东和奚莉莉的相爱相亲！

"万一发挥不好，不成功呢？"奚莉莉反诘道。

阚海东的思绪被打断，回到现实中，他无语，愣了一会儿才说："那，吾真的考上了，大不了毕业后，再回来寻侬呀！简单不啦？"奚莉莉没有搭腔。

原本阚海东打算先和奚莉莉考上上海的大学。毕业后可以以照顾爷爷奶奶为由，争取留在上海发展。现在，奚莉莉坚持考西藏区内大学，他只得退而求其次——上完大学，再回西藏，以后再等待时机内调回家乡。大不了今生奚莉莉在哪儿，他就在哪里！

"那，那好吧，侬，再慢慢想想看，要不要同吾一道回上海！"阚海东快快地说。

奚莉莉是个细心的女孩子。她知道在遥远的东方，有自己的爷爷奶奶和外公外婆，也有比自己大几岁的哥哥。虽说这些年父母探亲时，总是带她回上海。但她清楚那里终究不是自己的家。自己的家在父母这边——在西藏，在林芝雪巴镇上！亲哥哥奚沐海跟自己完全没有一般人家兄妹间的亲密。哥哥身上的那种说不上来的防备和距离感让奚莉莉很不爽快。

高考录取通知来了。阚海东如愿考入上海华海师范大学物理系，奚莉莉考入西藏自治区综合大学语文系藏语文专业。

至于奚莉莉报考藏语专业，她和父母闹得很不开心！奚福根夫妇无论如何不能理解女儿的想法。

奚福根严肃而真挚地对女儿说："莉莉，阿拉的根在上海，将来总是要回去的。你学啥专业不好哇，非要学藏语言，你脑子坏掉啦？你意思要在西藏蹲一辈子，是哦？"

为此，祝美娣也哭着相劝："莉莉呀，你爸爸讲得对额。我们将来老了，还是要靠你的呀！"

奚莉莉就是不愿听父母的这些唠叨。上海——这个父母的故乡，对她而言，真的没什么吸引力，繁华的南京路和淮海路又不属于他们家。她从小随父母回上海探亲，看到的爷爷奶奶家，就是住在狭窄的石库门弄堂里，昏暗油腻的厨房间七八户人家合用。屋子内，房间小，她和父母只能在地板上打地铺。实在不方便，不舒服，不敞亮，不喜欢。

祝美娣不死心，又说道："你看看人家海东这孩子，就是能懂得伊爸妈的心思。"提到阚海东有心计，知道考回上海，将来一家人回去就有着落！可是奚莉莉烦就烦在阚海东这一点。她听后更是逆反："提伊做啥？同吾浑身不搭界！"母亲只能无奈地叹气、摇头。

三、大学校园生活

奚莉莉知道阚海东打小就喜欢她。但在她心目中却有那么一个模模糊糊的、高大的、硕壮的男孩子的影子。尽管阚海东不算矮，也不算精瘦，但自己心里的他绝不是阚海东。他应该是——那种豪迈的、粗犷的、勇敢的，能给她极大安全感和幸福感的。

每每想到他，便会让她心潮澎湃、羞涩而幸福。由此，她坚信，今生她一定能遇见他。

9月的拉萨，虽已吹起微寒的秋风，而洁净的天空依然瓦蓝瓦蓝，这里的一切都那么让人心旷神怡。

奚莉莉本想自己到拉萨报到上学。母亲祝美娣怎能放心得下，一定要送女儿。考虑到父母已经向自己妥协，随了自己报考院校和专业，于是奚莉莉答应了母亲。

西藏自治区综合大学校门口上方的横幅格外醒目。宽大的红布上用汉藏两种文字写着"热烈欢迎新同学"。门口两侧，彩旗迎风招展。新生们背着行李包裹，精神抖擞跨入高校大门。

从跨入大学校门的这一刻起，奚莉莉更加自豪了。在国家恢复高考的第三年，她如愿以偿地成为一名大学生。

母女俩正沿着指示牌所指引的方向在路上走着，远远地一阵"丁零零——"的自行车铃声响过，一个藏族男孩飞快地骑着自行车，在行人中自由穿梭。奚莉莉正要停下脚步回头看，不料男孩儿车前轮撞到奚莉莉的手拎帆布行李包，"啪"的一声，包掉在了地上。

"哎哟喂，你这个小伙子，骑这么快干什么！"祝美娣大声埋怨道。

男孩儿迅速下车支好车后支架，上前帮奚莉莉拾起行李。原本奚莉莉和母亲有同感，心说哪里来的疯小子？可当眼光和大男孩的眼光相遇时，四目相对，情况陡然发生变化。

奚莉莉的眼光立刻变得温和柔美起来，如同冰冷的白雪遇到了温暖的阳光；男孩儿原本是一副不太经意的样子，此时竟也变得歉疚而热烈。

"对，对不起了！要不，我帮你们吧？"男孩子真诚地说。

"这倒用不着，"母亲没好气，"下次你自己当心点，这样骑飞车是要闯祸的！"

"哦，阿姨。我会注意的。"男孩儿不好意思地说完蹬上车子后，再回一下头说，"对不起了！"

"丁零零……"

望着那个健壮且矫捷的背影，奚莉莉愣住了。"行合趋同，千里相从。"不承想，大学报到的第一天，她居然看到了那个已经深深印在心里多年的"他"。

走在前面的母亲发现女儿没跟上自己，回头厉声喝道："莉莉，莉莉，侬在做啥！"

开学第一天的教室里。已经有一半同学坐在座位上。老师在讲台上和一个男生商量着什么。奚莉莉和裴玉珍站在门口，室友琼达招手喊了一声："奚莉莉，来来来……"她坐在了琼达旁边，裴玉珍与坐在她们前排的嘉央曲珍坐在一起。

不一会儿，教室坐满了人。一直背对着同学们的那个男生，转过身来离开讲台。他一眼认出坐在琼达旁边的奚莉莉，两人目光正好相交。奚莉莉心中又惊又喜，脸红了。

男生朝她微微颔首后，往最后一排座位走去。"他叫扎西平措，"琼达看着奚莉莉说，"和我是高中的同学，我们的班长！"

奚莉莉有些吃惊："他，他是班长？"

"对呀，是我们高中时的班长。平措的阿爸在自治区民政厅工作。我告诉你啊，他阿爸可是个神人。"琼达补充着，但最后一句话她有意压低声音，说得有点儿神秘。

琼达把"神"，说成了"圣"。奚莉莉不由地心里笑道："世上除了古代的孔子，哪里还有什么'圣人'？"

奚莉莉不禁回头看看坐在最后的扎西平措同学，他不像是拉萨的藏族。因为，他除了具有的一米八的大高个子外，黝黑面庞上的五官轮廓如雕塑般，这便是康巴藏族的最大特征。

在康区与卫藏交接的林芝一带，经常可以见到康巴藏族。他们大多长相俊朗、帅气。他们至今保留着留长发、扎藏辫的习俗。辫套上还串上珊瑚、象牙环和金银质戒指，作为辫子的装饰。康巴汉子把镶着宝石的腰刀佩在腰间，那实在是英气逼人啊！难怪有法域"卫藏"、马域"安多"、人域"康巴"的说法。

眼前这个高大、健壮的男孩儿，穿着一身"的确良"面料的军服，由内而外透出一股豪爽、敏捷之气，且气势稳重，阳刚味十足。这跟她第一次和母亲见到的还不完全一样。在母亲眼里他就是一个冒失鬼！而此时奚莉莉知道自己最最喜欢的就是这种有硬汉血性的男生。

20世纪70年代的拉萨，与内地差不多，有工作的藏族男性和汉族一样，平时都穿着蓝、灰、黑三色的中山装。女性的汉装样式和颜色比男性的要多点。而中学生们不管是汉族男孩还是藏族男生，都喜欢穿"的确良"面料的绿军装。至于怎么能弄到一套军装，那就要看各家的本事了。

这个班级里36个学生中，只有7个女同学；女同学中，只有奚莉莉和裴玉珍是汉族。

奚莉莉之所以报考藏语专业，还是与父母厂里招的藏族青工有关。应该说，对奚莉莉影响最大的莫过于自己父亲的徒弟边巴大哥了。就连边巴家里那些漂亮的藏柜上的图案，都早已印刻在她的脑海中。这些图案是什么意思？如果自己学了藏语，了解了藏民族的历史，相信那些动人的故事和传说，将被自己像破译密码一般破译出来。仅仅学习日常藏话，显然是远远不够的！

如果说，边巴家里的绘画故事，是促使儿时的奚莉莉想了解藏语言的话，那么一场歌舞晚会，使奚莉莉真正开始喜欢上藏族的文化艺术。

上初一那年，西藏自治区歌舞团到林芝慰问演出的消息不胫而走。大家奔走相告，终于迎来了这一天。毛纺厂大礼堂座无虚席，走廊上也挤满了人。

经典双人舞《逛新城》音乐响起。第一段的藏语演唱，人们静静地欣赏着；第二段的汉语演唱，台上台下便互动起来。当台上"女儿"叫："阿爸耶！"台下一片男声应答："哎——""女儿"又说："快快走。"台下又是一片观众答应："哦……""看看拉萨新气象……"

这种"互动"是在那个年代、那个偏远之地所常有的。人们对文化生活的渴望和期盼，毫不夸张地说是按年来计算的。奚莉莉置身现场，却没有参与这样的互动，她完全陶醉在藏语歌词和乐曲的美妙之中。

演出的压轴戏是最能体现藏族男性粗犷、豪迈、力量和激情的一支舞——工布舞。该舞蹈的高潮是男舞者手臂搭在彼此的肩上，一字排开，随着强烈的节奏双腿有力地先左再右腾空摆动。那阵势如同千鼓齐鸣，振聋发聩；又如千军万马，奔腾不息。舞台的木地板被酣畅的舞者扬起一阵阵灰尘。灰尘在舞台大灯光的照射下，像一股股烟雾向上升腾，升腾。这种粗犷的美、力量的美，引得台下口哨声、喝彩声和掌声经久不息。

奚莉莉看到了藏民族古朴、豪放的性格，领略到藏语言和藏族舞蹈的艺术魅力，她生平第一次感受到高原民族生命力的强大！

大学里，凭着聪明、友好和善良，奚莉莉深受同学们的喜欢。当班级正式选班干部时，扎西平措被选为班长，奚莉莉当选为班委宣传委员。

这天下午，奚莉莉和琼达刚刚出好黑板报，扎西平措走过来用藏语说道："奚莉莉，人家说咱们班的黑板报每期都是图文并茂，内容丰富有新意，看来一点儿也不假呀！"

"正好，平措帮我们看看有没有错的地方。"奚莉莉指着黑板报说。

扎西平措仔细地看起来。奚莉莉和琼达一会儿看看黑板，一会儿看看平措。特别是奚莉莉心里还是有点儿紧张的。

"嗯，挺好的。奚莉莉，我发现你的进步很大，这次只有一处错误。"说着他指着黑板一个词，"你把'看'，用成了'看见'。"

"哎呀，琼达，你怎么没看出来？"奚莉莉不好意思地说。

"我，我这不刚画完插图，还没来得及吗？"琼达说。

"对，对，是我不好。藏语语法的'自主动词和不自主动词'我有时候还会混淆。琼达，我没怪你的意思，我是怕班长说咱们两个人出黑板报还会出差错！"

"哈哈哈，没有的，我可没有丝毫责怪你们的意思。相反，奚莉莉，我很佩服你，这么快就能把藏文掌握得这么好！"

"就是呀！莉莉，你好像有语言天赋的！"琼达赞道。

扎西平措更是感觉到这个汉族同学是个天资聪慧的姑娘。他对她的爱慕与日俱增。

然而，在七八级的藏语文专业班级里，有一个学长对奚莉莉也是默默爱慕着。此人不是别人，正是扎西平措父亲的老上级王明德家的小儿子——被家人唤作"四娃子"的王国川。

王国川在家排行老四。与大姐王保川、二姐王卫川、三哥王祖川，四个孩子名字中间一字，构成父亲一辈子的军人情怀：

"保卫祖国"。

大姐与国川年龄相差十七岁。两个姐姐生在四川，长在四川，早已为人妻，为人母。三哥比国川大五岁，出生在拉萨，从小调皮，打架、逃学，没少挨父亲的打。初中毕业，当了运输兵，跑了三年青藏线。复员回拉萨，在地方车队继续搞运输。

四娃子，实在让王明德想不通。这孩子像个女娃娃，生就文静，从不惹是生非，整天只知道看书学习。喜欢思考、观察、写日记，时不时还有点小诗问世。他的诗歌只有母亲要听，尽管母亲没什么文化。但是在母亲心目中，这个幺儿写的什么东西都会是最好的。于是，每每在母亲那里受到表扬和鼓励的老四，越发有自信了。

王明德渐渐习惯了，他对老伴说，看来他们老王家也要出一个文化人了。果不其然，恢复高考的第二年，四娃子上了综大。这可是喜坏了曾经戎马生涯的王厅长。

这喜事少不了要庆祝一番。老伴做了一桌子地道的川菜。家里坐满了同事好友。那天王明德喝高了，扎西平措的父亲拉巴陪着厅长自然也喝高了。回到家拉巴含含糊糊地念叨着："扎西平措，接下来看你的了，看，看你的了……"

当扎西平措与王国川成为校友的时候，王国川着实兴奋了一阵子。但是他和平措毕竟是静、动两类人。小时候在一起玩耍的时间很有限，现在上大学了也没多少来往。

元旦过去不久。周末的一天，王国川敲响了扎西平措家的院门。"谁呀？来啰——"平措边答应着边出屋子去开院门。

"国川哥哥，进家里坐吧！"扎西平措感到有些意外。大晚上的，王四哥到家里来找谁。

"不了，不了。平措，我想叫你带封信给你们班上的奚莉莉，可以吗？"他小声地说。

"给她写信？你又不认识她！"平措更加意外了。

"我怎么不认识？不就是去年国庆文艺晚会上，你们79级跳的《洗衣歌》领舞的那个女生吗？"王国川有些腼腆地说，"我，我想和她交个朋友。"

扎西平措明白了："是情书吧？哈哈哈……"

王国川还以为平措笑他给女孩子写情书这件事。于是说："你小声点。你要帮我保密的。"

"哎呀，我的亲四哥呀，你误会了！你真是写诗写傻了吧？"扎西平措止住笑声，小声而神秘地说，"你还不知道吧？人家奚莉莉早就有男朋友了！"

"啊！谁呀？"

"这么跟你说吧，是我们同班同学。小伙子长得一表人才，比你高多了！名字嘛，以后你就知道了！"扎西平措故作姿态举起右手比了一下自己的身高。

"这么说，我，我没希望了？"王国川有点儿不相信地问。

"我不是打击你，四哥。我敢保证，你肯定没戏了。算了，人家名花有主了，你不如早点撤出来，免得受伤害。你说对吧？"

"平措呀，你在和谁说话，叫他进屋里坐吧！"拉巴在屋子里问道。

"阿爸，没谁。"扎西平措对着屋里喊了一声，又对王国川说，"四哥，你要不进来坐坐？"

"不啦，不啦。我回去了。"王国川有些失落。

"对了，四哥。我班上还有一个汉族姑娘，下次我来做红娘。这个姑娘也很不错的哟，叫裴玉珍。你记住啊！"

"再说吧。谢谢你，平措拉！"

这一晚上，扎西平措没好好睡觉。周一一到教室，他就把一本夹着字条的《三国演义》交到奚莉莉手上。奚莉莉把书放在课桌下面抽出字条，上面用藏文写着："晚上一起去图书馆。"

奚莉莉回过头看了一眼坐在最后一排的平措。平措正看着她，见她看自己，他下巴一扬，同时眨了一下右眼。奚莉莉会心一笑，彼此都明白了。

可谓"同声自相应，同心自相知"。奚莉莉越发肯定扎西平措就是自己心中的那个"他"。她更有预感，今晚扎西平措一定会表白他对自己的喜欢。她不禁脸上发烫，心脏跳得快起来。

奚莉莉和扎西平措谈恋爱了。奚莉莉回到寝室里，抑制不住的喜悦挂在脸上。好友裴玉珍惊诧地说："莉莉，你这几天可是不对劲呀。"

奚莉莉说："我有什么不对劲的？"裴玉珍走到她的床前说："你别说话，我来猜猜。"

奚莉莉的脸上泛起红晕，强装镇定地看着裴玉珍。"你恋爱了！对吧？"好友问，"老实交代，和谁？"

"扎西平措。"奚莉莉小声回答。

"啊！"裴玉珍大叫一声，"你，你，你找一个藏族？"

"嗯，怎么，不行吗？"

"你爸妈会同意？"

"我不知道。但是，我的未来我要做主！"

"啧啧啧，你真是一个大胆的娃呀！"裴玉珍用陕北话说了一句后，马上提醒道，"对了，听说班上好几个女生都喜欢你的扎西平措。远的不说，据我所知咱们寝室里的那两位……"她指着琼达和嘉央曲珍的床位说。

"我怕啥，又不是我追平措，是他追的我。你要调查清楚呀！"

"你傻呀，情敌们又不管谁追了谁，她们只管谁抢走了她的心上……"门开了，琼达和嘉央曲珍回来了。见两位汉族同学神神秘秘的样子，琼达先开了口："哟，你俩在搞什么'地下工作'呀？"

"没啥没啥，嘿嘿，嘿嘿……"裴玉珍笑着。嘉央曲珍看着傻笑的裴玉珍，也觉得有点儿怪。再看看奚莉莉，她倒十分自然。两个藏族同学相视一笑，不说话了。

教室里。同学们叽叽喳喳在议论着什么。奚莉莉和室友们一进教室，就被大家的议论声吸引过去。"哎，你们四位听说了吗？这次社会实践活动咱们系是到羊卓雍错的弓嘎村！"

"真的？"奚莉莉和裴玉珍相拥而跳，"太好了！"是的，太好了。这是两个汉族姑娘梦寐以求想去的地方。虽说它距离拉萨只有不到一百公里的路，但是，对于学生来说，想自己去一趟还是比较困难的。奚莉莉记得扎西平措曾经把纳木错比作他自己，而把羊卓雍错比作奚莉莉。当奚莉莉问为什么时，平措说，以后我会带你去，看了湖水你自然就知道了。纳木错没去过，没想到这学期结束能集体去美丽的羊卓雍湖。奚莉莉说："玉珍呀，怎么好事都被咱们遇到了？哇，太幸福了！"

综大大二语文系的社会实践活动真的是到弓嘎村。临走，扎西平措在百货商店买了不少本子、圆珠笔和文具盒。坐上大巴车，奚莉莉便好奇，只去一周时间，怎么一个男生会带这么多东西？平措笑笑说，到时候你就知道了。奚莉莉觉得平措有点神神道道的。大巴到了海拔4990米的岗巴拉山口。带队老师说："大家休息一下，这里可以看到羊湖了。"

奚莉莉下了车，顿感风势很大，扎西平措紧跟着下来说："怎么样，没什么反应吧？"

"还好呀，平措，你不要忘了，我也是在西藏长大的孩子！"

"那好，莉莉，快看，你的湖！"

奚莉莉顺着平措手指的方向看去："平措，为什么你老是这样说呢？"

"原因有二，这其一羊卓雍湖，又叫裕穆湖。"

"天鹅之湖？"奚莉莉反应过来了。她今天才知道平措为什么叫她小天鹅了！

"对，裕穆藏语就是天鹅。莉莉，你真的很聪明！"平措用相爱之人特有的目光看着奚莉莉。奚莉莉不好意思了，她打岔道："原因之二呢？"

这时，不知从哪里过来几个六七岁的孩童，他们是来问这些大学生哥哥姐姐要东西的。扎西平措跟他们说："都不要急，排好队，我这里有的。"说完他上车取了一堆文具下来。

每人一个本子、一支圆珠笔，其中两个大点的女孩各得一个文具盒。他们不停地鞠躬致谢，嘴里也不停地说着："突及其，突及其（藏语：谢谢）。"

同学们看着扎西平措的举动，都纷纷竖起大拇指，啧啧称赞："班长想得真周到！""班长就是不一样！"车子开了，奚莉莉惊奇地问："你怎么知道他们需要这些文具？为什么不发动大家一起买？你是想出风头吗？"一连串的问题叫扎西平措无法回答。他干脆什么也不说，只是无声地笑着，那笑脸似乎在说："你看，我是那种爱出风头的人吗？"

进驻弓嘎村，村主任带着村民们早早等在村口。系主任阿旺晋美对几位老师说："你们和村干部一起，把同学们都分到村民家里去吧。"

第二天上午学生们有组织地听村主任介绍村里的情况。下午大家一起上山坡捡牛粪。奚莉莉他们班被分成四个小组。看着琼达和嘉央曲珍娴熟的动作，奚莉莉和裴玉珍却不知从何下手。

"嗨，你们两个在干什么？"平措走过来问道。

"班长，这个牛粪好脏的，怎么捡呀？"

"你们不是戴着手套的吗？当然用手捡呀！"说完，他就帮着一起捡起来。两人的麻袋终于不是空的了。扎西平措小声地对她俩说："告诉你俩一个诀窍，你们挑干的捡，这样既不脏又不重。多好？"

奚莉莉和裴玉珍听了高兴得不得了。

"好了，你们俩就这样好好捡吧！我到前面去看看。"扎西平措故意大声说道。

弓嘎村的道路有三条，有点像汉字的"弓"。中间最粗的就是大学生们坐着大客车到达村子口的大马路，上面细细的一条路，就是通向村后边的山路，而下方的弯钩状便是前往山下羊卓雍湖方向的了。

晚上，皓月当空。扎西平措约了奚莉莉来到湖边。他俩依偎在一起。月光下，湖面平静，微微泛起涟漪。四周静悄悄的。

"我的小天鹅，这几天下来，你还习惯吧？"

"挺好的！老乡阿妈拉对我和玉珍特别照顾。平措，她家的酥油茶很好喝。还有，还有酸奶，酸奶也是好喝得不得了。对了，你那天教的办法真好。现在想想那种湿牛粪就叫我犯恶心！"奚莉莉说。

"我的小天鹅，你这句话才说错了！牛吃的是草，牛粪里也是草，草有什么脏的？你想明白这一点，就不会觉得恶心了！"

"你说，村民们就靠牛粪做燃料，烧饭烧水、烤火取暖。那要是没有牛粪了怎么办呢？"

扎西平措想，这些村民要是能像拉萨人一样烧电炉就好了，或者太阳灶也行。"对了，平措，"奚莉莉打断了他的思路，"我有两个问题，今天必须得弄清楚。要不然觉都睡不好。第一个问题，你怎么知道这里的小孩子需要文具？二是你为什么说自己是纳木错，而我是羊卓雍错？"

"这两个问题很简单。我今天就可以回答你。不过我有一个条件。"

奚莉莉兴冲冲地说："好呀好呀，你说什么条件？只要我能办到，一定答应你。"

"你一定能办到！"说着，扎西平措欲将奚莉莉紧紧拥住。奚莉莉推开他说："你好坏呀，平措。你一定要先回答我的问题。不然，我就走了，以后再也不理你了。"

平措无奈地摊开双手说："好吧。我马上回答你。"扎西平措告诉奚莉莉，从小他就看到父亲拉巴每逢出差去农牧区都要带些书本、纸笔。父亲说，那里的孩子们太需要文具了。所以，父亲的行为早早刻在了平措的脑海里。奚莉莉问，为什么不发动同学一起买，那样不是人多力量大吗？平措说，自己也是学生，学生又没有挣工资，班级里好多同学都是牧区考来的学生，家里根本没有钱，要不是国家给西藏的特殊政策，恐怕班里的大多数同学是上不起这个大学的。买文具的钱，是父亲拉巴给的，说白了，就是自己在为父亲做好事。

奚莉莉听后，沉默了良久。她觉得平措家人好高尚，好善良！她对自己眼前的男朋友越发有了好感。她坚定了要嫁给他的决心，不管父母将来怎样反对！

看着眼前的奚莉莉，扎西平措在憧憬着他们的未来。

"我说，"奚莉莉先开口了。

"什么？"扎西平措回到现实中。

"你不是要回答我第二个问题吗？"

"对，对。"

接着，平措说把自己比作纳木错，是听老人们说，纳木错的形状酷似一个体格健壮的汉子。他长发披肩，硕大的耳垂串着一个耳坠，双眼炯炯有神，注视着前方；他膀大腰圆，力大无比，双腿隐藏在山峰下。而羊卓雍错正好相反。她似一个纤纤女子，身体呈S形，双腿像踩着你们汉人的高跷，面前的小湖泊如同她散开来的花朵，美妙无比。

扎西平措讲着，奚莉莉听着，不知不觉，一对恋人贴得更紧了。在皎洁的月光下，他们仿佛看到了纳木错避开了白天的人儿，来到这里与羊卓雍错幽会的情景。扎西平措低下头，将那滚热的双唇贴在了奚莉莉的双唇上。奚莉莉自然而然地顺从了扎西平措。他们相拥，彼此久久地热吻着对方。扎西平措越来越激动，他的右手在缓缓地往奚莉莉的胸前移动。奚莉莉警觉地推开那只大手，扎西平措说："你是我的，你的一切都是我的！"这个汉族姑娘生平第一次这样非理性地和这个藏族小伙子长时间地亲热着，她胸前的衣扣已被平措解开……

"平措，我们不能这样！"

扎西平措说："对不起，我的小天鹅，我的羊卓雍，我太爱你了！原谅我。我听你的，别生气啊。"

"我，我没有怪你的意思，我的平措。只是现在不是时候。"奚莉莉喃喃地说。

"放心，放心，到此为止，到此为止……"扎西平措声音含糊着，呼吸越发粗了起来。纳木错直接将自己的脸埋在了羊卓雍错的胸前……

当晚的星空留下一片静谧，湖边只有这对恋人的剪影……

四、终回家乡

暑假，已经是大三学生的阚海东和奚莉莉分别回到了雪巴镇。这一年，对全体毛纺厂的上海人来说，无疑是值得庆祝的。因为，国家下发了内调政策。对于全厂绝大多数职工来说，他们迎来了人生的一次大转折——他们终于可以分批内调回上海家乡了。这如同小学生的百米折返跑——起步于上海，中折于林芝，终点再回到上海。但是在前50米的中折点上，他们用了整整16年的时间才转完这360度，可见何其艰难！他们把人生最美好的青壮年时光留在了雪巴镇上。说来也巧，奚、阚两家均属第一批回沪人员，9月份便可到新单位报到。

阚海东和奚莉莉一到家里，便帮着父母整理东西、打包装箱。边巴一家也少不了过来帮忙。

当年，边巴救人的事迹受到厂领导的表彰。为了培养少数民族干部，边巴在70年代被保送到内地上了三年大学。回厂后不到两年，他又从车间领导岗位被送往自治区党校干部学习班参加培训学习。现在已经是毛纺厂分管业务的副厂长的他，是"吃水不忘挖井人"。边巴说，自己有今天的成绩，除了党的培养外，上海师父——奚福根的功劳是最大的！

阚海东被自己母亲叫到奚家帮忙。结果，他没帮上忙，倒是边巴叫了厂里几个青工帮着两家打包裹、钉木箱、抬上汽车。这些行李包裹要走川藏线到成都，然后在成都再进行火车货运到上海。没有一两个月，是到不了家乡的。

大家从西藏带回上海最多的东西，就是木材。回到家乡，打一套纯实木的家具，实在是一件令家乡人羡慕不已之事。木料是边巴找自己部队的战友到林区去买的。这样两家人家各发往上海两个立方。给师父家的两方木料是边巴自己买下来要送给师父的。但是，奚福根说什么也不肯要，最后坚持把钱给了边巴。

为了留个纪念，边巴夫妇送的两床新产品毛毯，好说歹说，师父一家总算收了。

林芝的夏季是极富变化的季节。在经历了多日的温暖和晴朗之后，被称为"神女的眼泪"的尼洋河终于褪去了初夏的羞涩，换上了清凉而绚丽的盛夏装。河水时而清澈涟漪，涓涓细流，汇聚而来；时而河面宽阔，暗流涌动。这时的雪巴镇宛如一块富有激情的调色板，充满了富有震撼力的高原风光色彩。

这一天，阚、奚两家登上比日山。山上是鸟瞰林芝景色的绝佳之处。到了半山腰，有一处平坦之地，大家都停下来喘口气。

奚福根颇有感触："老阚呀，此情此景，比起当年阿拉刚刚落脚此地，不能不说，变化是翻天覆地的！"

"真的！眼睛眨眨16年过掉了！"阚金宝说。

"天天盼着回上海。这下子真的实现了，像做梦一样呀！倒是有点舍不得此地了。"张如洁眼眶有点湿润。

"看看，看看，侬这种人就是这副样子。回不去的时候，天天抱怨。真的可以回去了，喏，又舍不得此地了！真是的！"老阚埋怨道。其实，他何尝不是如此呀！与张如洁不同的是，他更舍不得家乡。当年大儿子上大学，他第一个支持儿子考回上海。

如果说两地让他再做一次选择，无疑他要选上海！他极强的家乡观念，在厂里也是出了名的。

听到张如洁的话，大家都不出声了。16年了，他们把自己最美的年华留在了这里。他们在如此艰苦的地方工作、生活，多少次梦回上海，梦回家乡。

每每盼到休假探亲之时，人未启程，心已神往。上海弄堂里的生活，永远充满着浓浓的亲切感和美美的画面感。清晨，人们在弄堂口排队买大饼、油条和豆浆；中午，弄堂里的小孩子们在快乐地嬉戏、玩耍；傍晚，人们坐在过道上吃饭、闲聊。这样的弄堂，就是上海喧闹市区中的一块净土。而假期似乎永远又是那么短暂，来不及过多细细品味父母亲手做的美食，来不及更多地感受小时候的幸福时光，又匆匆返回西藏投入到劳动生产之中。

现如今，人到中年，虽说他们是调回上海，但在改革的大潮中，等待他们的是鲜花，还是荆棘呢？谁都不晓得。因此，张如洁的话，引起大家的些许惆怅之感。

"爸爸姆妈——阚叔叔张阿姨——你们快点呀！"奚莉莉远远地招着手喊道。

三个孩子已经登上了山顶。奚福根感慨地说："唉，孩子们都大了，我们也老了！走吧！"

站在山顶远眺，视野极为辽阔。正所谓山高人为峰。宽阔的山坡牧草尽收眼底，坡上投射着天上云朵的影子，影子随云移动。天空中一团团白云一会儿连成一大片，一会儿又分散开来，在他们的头顶上，仿佛触手可及。山顶上俯瞰山下的建筑中，最漂亮的当属毛纺厂工人新村银亮倾斜的屋顶了。它就像一条条银色的长龙横卧在林芝的群山脚下。房屋呈斜线布局，整齐划一，如一队队纪律严明的士兵，岿然不动。银白色的屋顶和远处的尼洋河在阳光的映照下，浑然一体。横贯厂区的宽阔道路上，车辆行人络绎不绝。好一派欣欣向荣的景致！

"如洁，这下你们家可好了，卫东可以回上海高考啦！"祝美娣说。

"好啥好，想到这事体，就快愁死我了！"张如洁说，"卫东今年9月就上高二了。上海教材跟此地不一样。我怕他回去跟不上哪能办？"

"去年我回去探亲，听阿拉老娘讲，学业跟不上的学生子，都可以请家教老师的！卫东聪明，成绩好，到时候再请老师补补课。一点都不成问题的！"

"哎哟喂，但愿但愿。托你吉言啦！"

晚上，奚莉莉将自己和扎西平措相爱的事儿告诉母亲。当母亲知道女儿的心上人不是别人，正是当年新生报到那天遇见的小子后，她生气地说："就是在校门口撞了你的那个粗野的男孩子？"

"姆妈，他一点也不粗野！他是我们班的班长！学习成绩好，人品更好！对了，人家在高中就入党了！"女儿脸红了。

祝美娣立即说道："莉莉呀，依妈妈看，这件事体不可以的！妈妈不是吓吓你，将来嫁给他，你就真的要一辈子蹲在西藏啦！万一你后悔，可哪能办呀！侬晓得吧？"

祝美娣曾听到曲珍讲起过藏区一句俗话："男不入川，女不入藏"。难不成阿拉莉莉……莉莉……这可怎么办呀？绝对不行的呀！

第二天，吃早饭时，一直没有讲话的奚福根终于发话了。他对女儿不理解父母的良苦用心，十分生气，说："莉莉呀，'不听老人言，吃亏在眼前！'你要是不听你妈的话，将来没有后悔药吃的！抓紧时间，同那个男孩子断掉！"

奚莉莉倔强而坚决地说："不，我不会断！那我就在西藏待一辈子！就是要同他好！"说完，出门跑了。

"你，你就这么不懂事体，有本事不要回来了！"奚福根对着院子喊道。令奚福根万万没有想到的是，一向懂事乖巧的女儿，长大了，谈恋爱了，主意也大了！大得叫他不敢相信了！

到了下午，奚福根夫妇二人还不见女儿回来。祝美娣便到邻居阚金宝家找人。

到了阚家，祝美娣跟张如洁说，莉莉这孩子和他爸生气，不知道到哪里去了。

阚海东听说奚莉莉是赌气出走，马上对祝美娣说："阿姨，我晓得莉莉在啥地方。我同您去！"

"我也去！"阚卫东忙说。

祝美娣、阚家兄弟二人，来到马路边，他们举着手臂像招出租车一样，招呼来往的车辆。一辆解放牌军车停到他们身边。

"兵哥哥，带我们一段路，到大柏树，好吧？"阚卫东对着跟自己年龄相仿的军人司机说。

"上来吧！"

"小弟，你陪阿姨坐驾驶室，我到后面去。"

"嗯。"军车在318国道上向东南方向飞驰。

当地人叫"大柏树"的地方，就是去年落成不久的林芝"世界柏树王园林"。

拉辛秀巴，是园林中最古老的树。一般家里遇到重大的事情，人们总会来这里祈求"拉辛秀巴"的保佑。

三年前，阚海东、奚莉莉和几个同学一道背着父母来过这里。因为，他们从小就听当地藏族人讲过这棵树的神奇。于是，在高考来临之前，他们祈求神树显灵，保佑自己顺利考上各自心仪的大学。

阚海东十分虔诚地对着神树，不仅祈求保佑自己能回到上海，同时祈求神树今后将奚莉莉嫁给他做妻子。

而奚莉莉也默默地祈求神树："保佑我奚莉莉顺利考上西藏的大学。以后，以后，也保佑我找到我的人生另一半。到时候，我们一定会来感谢您——拉辛秀巴的。"接着他们按藏族习俗，绕着神树顺时针转了三圈。

军车转眼间就停在了国道边上，他们三人下车，道了谢，便进入园林，径直向神树奔去。

神树的周围，已被砌上高约40厘米左右的鹅卵石墙。围墙上面有一圈矮矮的木栅栏。栅栏上系满了人们献上的洁白哈达。可见，当地的人们把自己的美好愿望都寄托在神树身上。

他们三人在拉辛秀巴周围没有看到奚莉莉。园林里只有零星的几个游客。阚海东正纳闷呢，不远处听到奚莉莉叫了声："卫东。"

"啊，莉莉阿姐。"

奚莉莉直挺挺地站在他们后方不远处。她知道，母亲是来找她的。毕竟婚姻是自己的事情，只要自己坚持。相信母亲不会怎样的。再说他们马上要调回上海了。她不想让母亲为自己担心什么。于是，当她见到母亲由阚家两兄弟陪着过来，她就决定同他们一起回家。

回到家里，她不跟父母说话，吃了两口饭就进了自己房间。

祝美娣知道，女儿这是铁了心的！这个女儿，但凡想好的事，就是七八头牦牛也拉不回来，就像当年她要学习藏语专业一样！

这可怎么办才好呀？都是小时候把她给宠坏了！祝美娣越想越愁。

奚福根平时更是视女儿为掌上明珠。长这么大，他没有动过女儿一根手指头，就是连骂也没舍得骂过。今天上午话说重了几句，女儿就跑了。看来明天还是要好好同她讲讲。

阚家两兄弟回到家。母亲张如洁忙问："莉莉出啥事体了？怎么会离家出走？上午的辰光好像听到她爸骂了一句。"

"啥叫离家出走？她就是跟爸妈争了几句呀。"阚海东不想母亲用这个词来说奚莉莉。

他隐约听到祝阿姨说莉莉找了个藏族男朋友，但他不会相信他们能成！

"就算争几句，那么总是有原因的呀！"张如洁又说。

这时，阚卫东说话了："阿姨讲莉莉姐不听话，和一个藏族同学交朋友！"

"哎哟喂，这有啥的啦？阿拉在西藏，不都是要和他们交朋友的呀！"

"姆妈晓得啥呀？卫东的意思是他们交男女朋友，就是谈——恋——爱！"阚海东干脆说明白。

"啊，真的有这事体呀？哎哟，莉莉这小囡哪能想的呀？这不是瞎胡闹吗？"张如洁这下可真急了。在她的心目中，奚莉莉早晚是她阚家的儿媳妇。大儿子还说，毕业后要回西藏，就是为了奚莉莉。假使奚莉莉真的找个藏族，阿拉海东……

"海东啊，假使莉莉真的和藏族男孩子好了，依倒是快点重新打算，毕业后千万不要再回来了呀！依可不能死心眼的！"

"姆妈，侬晓得啥？伊拉（他们）不会成功的呀！"阚海东用一般俗人的认识判断着，"反正我是绝对不看好他们的！想想看，也不可能的呀！"

听了儿子的话，张如洁觉得似乎在理，她平静了下来。

翌日。

早饭时间。奚福根充满了对宝贝女儿的心疼，说："莉莉呀，侬当年要学习藏语。阿拉都依了侬。但是找一个藏族丈夫吾同侬娘要为侬担心的，晓得吧？侬想想看，不要讲不同的民族风俗习惯不一样；就连汉族，东西南北中的生活习惯都不一样。何况阿拉马上回上海了。侬最终也是要回到爸爸妈妈身边的。侬讲对不啦？藏族是属于高原的。这个叫扎西什么？""平措。"母亲插话。"对，这个平措，到辰光伊不可能同侬一道回上海。就算回去啦，不习惯阿拉的生活哪能办？难不成到辰光侬两个再回西藏？莉莉呀，这都是老现实的问题。侬太年轻，许多事体侬还不懂的！乖小囡，侬就听爸爸妈妈的话。阿拉总归是为侬好的呀！"

奚莉莉倔强而坚决地说，自己早就想好了，在西藏一辈子，就是要和平措好！

"唉，这个小姑娘，真是不懂事体呀！都是我们平日里宠坏她了！"祝美娣无奈地叹息着。

晚上，老两口在自己的房间。奚福根坐在床上，闷声不响，还在生气。祝美娣一边收拾着衣柜里的衣服，一边想着女儿的事。终于她打破沉寂说："不过福根呀，看来这小姑娘是铁了心了。吾做娘的只能祈求老天爷保佑伊，能碰到像边巴这样的小伙子，那，吾也认了！侬讲呢？"

奚福根突然起身脱掉外衣，沉着脸说："随便伊去，睡觉！"他上床拉过被子盖在身上，再也不作声了。祝美娣知道，丈夫这是默许了！

五、认识藏族长辈

暑假结束了。送走了内调的父母，奚莉莉一身轻松前往拉萨。她如同一只快乐的小鸟，坐在长途客车上，一路哼着欢快的西藏民歌。近10个小时的路程，奚莉莉没有疲劳感，相反，她才发现，曾经走过的这条路，两边风光从来没有这么美过。

汽车沿着尼洋河逆流而上。尼洋河风光旖旎，变化多端。一会儿是河滩峡谷，一会儿是草原牧场，一会儿又是山峦起伏，在蓝天和祥云的映衬下，真是美轮美奂，让人目不暇接。

当车辆翻越海拔5000多米的米拉雪山时，雪山一改往日的严峻，它今天像一位慈祥的老者，看着一辆辆缓缓"攀爬"上来的车辆，好像在说："来吧，来吧，都上来吧，上来吧！"奚莉莉第一次感受到了大自然的可亲可敬！

周末到了，扎西平措骑着自行车带着奚莉莉回拉萨西郊家中见父母。

藏民族是一个崇尚自由恋爱的民族。当奚莉莉怀着忐忑不安的心情进入院门时，扎西平措的父母出门迎接，父亲拉巴给莉莉送上一条洁白的哈达，并说："姑娘，我们全家欢迎你。扎西德勒！"

奚莉莉弯下腰，拉巴双手捧着洁白的哈达，直接将哈达挂在这个汉族姑娘的后脖颈上。

奚莉莉微笑着还礼："扎西德勒！谢谢叔叔。"然后对着平措母亲说："阿姨好！扎西德勒！"

这是一个典型的藏式小院，院墙只有半人高。院子里种满了各种鲜花。有格桑花，有鸡冠花，还有虞美人花，色彩斑斓品种丰富。而最受藏民族喜爱的当属格桑花了！格桑花，是生长在高原极为普通的花朵。它秆细瓣小，但生命力极强；它不怕干旱，不畏严寒；它柔中有刚，历经风雨，依然挺拔！环顾左右，各家小院里都盛开着五彩缤纷的花朵。

阿妈央金笑眯眯地打量着这位美丽的汉族姑娘。姑娘身材较高，鹅蛋形的脸儿上俊眼修眉。那一双顾盼有神的眼睛告诉阿妈，儿子找到了一位善良又聪慧的好姑娘。奚莉莉推了一下扎西平措，平措立即将手中的一个大盒子递给阿妈。

奚莉莉的父母回内地之前，给女儿留下一床崭新的毛毯，用礼盒装的。当平措说带她见阿爸阿妈时，奚莉莉便想着把毛毯送给平措父母。因为，在上海人生活的地方，一般上门做客，是不能空着手去的。因为自己是学生，所以奚莉莉决定以父母的名义，这样显得自然、合理和亲切。

"这是我爸妈送给你们的一床毛毯。是他们厂里生产的。"

"突及其，突及其。"拉巴笑呵呵地说。

"阿爸阿妈，珠峰毛纺厂的毛毯在全国都是很出名的。"扎西平措指着盒子一角的商标，"这叫'高原牌'。"

"儿子，这个毛毯，阿爸我还是比较熟悉的。"拉巴自豪地介绍起来，"你们知道吗，珠峰毛纺厂的原材料就是来自咱们藏北那曲市啊。厂里生产的'高原牌'毛毯、雪花呢、氆氇呢和毛线一直是大家最喜欢的。毛毯有素色的，有牡丹图案的，最贵的是印有熊猫图案的。这种毛毯还能出口到国外。每次回内地探亲的汉族同志，总是要买了送亲人朋友的。"

扎西平措惊喜："阿爸，原来您知道得这么多！莉莉父母给咱们家的就是熊猫毛毯！"

"是吧？突及其，姑娘，谢谢你阿爸阿妈了！"拉巴说。

"快别站在院子里了，进屋里说吧。"央金提醒大家。

走进屋内，藏民族气息更加浓厚。室内空气中熏香缭绕，沁人心脾。从小就随父母去他们的藏族徒弟家里玩的奚莉莉，对藏家的屋内摆设，并不陌生。厅里的家具绘满了绚丽的彩绘，图案丰富的内容记录着各种历史传说。只是细心的奚莉莉发现藏式立柜上有一组图案与父亲徒弟柜子上的几乎一模一样。

拉巴坐到卡垫上，并示意奚莉莉和平措在他对面的卡垫上坐下。平措的两个妹妹拉姆和德吉央措站在客厅的一角，好奇地打量着这个未来可能会成为她们大嫂的汉族姑娘。

桌子上摆满了水果、干果、奶渣、蚕豆等。央金双手端过来刚刚打好的浓酽的酥油茶，奚莉莉赶紧起身，像藏民族一样，弯下腰伸出双手接过茶碗："谢谢阿姨。"

待奚莉莉坐定。拉巴看着姑娘，大概有十几秒，说："姑娘，我们用藏语交流，可以吗？"

听到此话，奚莉莉喜出望外。这是她求之不得的。虽说自己的专业是藏语言，自己在班级里的成绩也是名列前茅，但是，能和老一辈藏族人进行交流，那无疑是提升自己藏语口语的极佳机会。"雅布，雅布，阿古拉！（藏语：太好了，叔叔。）"她说。

"你父母在林芝工作。平措都说了，我想问一下，你是不是还有一个哥哥在上海，还没有结婚？"拉巴用藏语问道。

"叔叔，是的。"奚莉莉惊诧万分，自从她来到拉萨，没有跟任何人提到过自己的哥哥。眼前这位长辈怎么会知道？猛然间，她想起琼达说过的，平措阿爸是"圣人"。

吃过晚饭，一家人把两个大学生一直送到院子外面。

回学校的路上。扎西平措骑着自行车，奚莉莉侧坐在后面，右手紧紧搂着平措的腰，头也紧紧地靠在平措厚实的背上。那种幸福感和安全感，是深爱着对方的姑娘特有的感受。

"对了平措，"奚莉莉突然想到今天使她感到惊愕的那件事来，"你阿爸怎么知道我有一个哥哥？我到拉萨来没有人知道我家里的情况。我从来也没有跟你提过，对吧？"

"对呀，我也是今天才知道你还有个哥哥在上海老家！咳咳……"平措故意卖着关子，"可是，至于我阿爸怎么会知道啊，那可是我们家的秘密咯！"

奚莉莉更加感到神秘莫测了，于是她撒娇地说："哎呀，你快说说呀，好平措！"

扎西平措欲言又止："以后再告诉你吧！"

"不嘛不嘛，平措，咕叽咕叽（藏语：求求你），好平措！"

听着奚莉莉的央求声，平措心软了："好吧，我的小天鹅！我也觉得很奇怪！不瞒你说，小的时候，阿爸预感到会有什么事情发生，他就跟阿妈说。我听到以后，也学着他的样子，拼命地开动我的大脑，也想预感出什么来。可是每次都失败。当时，我想，阿爸脑子里一定装着什么神秘的机器！现在，我慢慢认识到了，其实，我阿爸就是有比别人更敏感的一种直觉吧。"

一路上，扎西平措给奚莉莉讲了发生在父亲身上的故事。

20世纪60年代初。父亲拉巴只有26岁，在西藏民政部门参加工作不到两年。

那年山南地区发生雪灾。哲古县是受灾最严重的地方。它地处喜马拉雅山脉北麓，平均海拔4500米，气候变化多端。雪灾后的第三天天没亮，民政部门领导王明德带着几名工作人员赶赴现场。父亲拉巴是翻译员，随同领导去灾区。

他们直接赶到受灾最严重的哲古县的哲古乡和哲古县张震书记他们会合，一起指导救灾工作。县里正忙着寻找失踪的人，统计伤亡人数和死亡牲畜。领导们分好工，有条不紊地进行救灾工作。

这时，县里工作人员在一处山坡上发现一位冻僵的牧民。大家把他抬进帐篷，有经验的拉巴和几个老乡一起用盆子将外面洁白的雪端进帐篷，七手八脚地把雪搓在他的脸上、手上和脚上。

牧民终于醒过来了。长者强巴微笑着说："次仁，你没事儿，放心休息吧！"

次仁焦急地对强巴说："强巴拉，救救卓嘎和多吉！"

拉巴急忙向次仁和强巴了解情况，然后翻译给在场的王明德："他们说，卓嘎和多吉才让是姐弟，姐弟俩是孤儿。次仁是他们的叔叔。他们放牧没有回来就遇上了暴风雪。次仁就是去找他们，冻在路上的。"

老强巴根据多年的经验，说："他们一定是顺着暴风雪往东北方向去了。"

这时，父亲拉巴的脑海里呈现出一幅画面。画面渐渐清晰——他看见了头羊。

于是，父亲问："强巴拉，咱们这里北面的山峰下有没有一个不大的山窝子？"

老强巴想了想："有，有，在巴哥嘎玛峰下面。"拉巴向王明德翻译了他和强巴的对话，并讲了自己的想法。

王明德果断地说："出发，就按拉巴说的方向去找！"

"我给你们带路！"老强巴主动请缨。张书记坚持要王明德留下，自己带队。

王明德，解放军18军转业干部。长期的军旅生活，使王明德养成态度坚决、做事果断的工作风格。他深知时间对那姐弟俩意味着什么！他必须亲自去！

于是，吉普车载着王明德、拉巴和老强巴出发了。县委书记的吉普车除司机外，还有当地一名副县长西绕和卫生员小鲁紧随其后。

两辆吉普车行驶在积雪的路上，速度极慢。据老强巴说，如果平时步行这段路的距离，大概要三四个小时。王明德分析，按照正常速度每小时步行一般在四公里左右，也就是说那个山窝子距离出发点十二公里左右。

而此时，已经是下午一点多。前方路面积雪渐渐加深，小车按照老强巴指引的方向缓缓前行。汽车走了一个多小时后，便朝北偏离主路方向行驶。车子开始上坡，坡度不算高，但厚厚的积雪让司机加大油门，汽车发出"轰轰轰"的声音，给寂静的雪山带来了长久的回音。

"看来大家要步行了！"王明德说。

小车停了下来。大家下车前，都把自己裹得严严实实。由老强巴领路，王明德挎着军用水壶，拉巴和副县长西绕背着干粮、挎着水壶。两名司机各背一件棉大衣。卫生员斜挎着医药箱和一个军用水壶，水壶用毛毡包裹着。

"同志们，大家再坚持一下。我们离山脚下不远了！"在零下三十多摄氏度的高原上行走，人人气喘吁吁，额头上都已经冒出了汗珠子。卫生员小鲁不小心摔了一跤。年轻的司机在他后面，立即把他拉起来："来来，把你的药箱给我。"

他们继续前进。

下午五点多，他们来到山窝子，没有看见两个少年。山窝子已被白雪覆盖了。王明德一看急了，提高了嗓门吼道："拉巴，拉巴，你龟儿子搞啥子名堂？！看老子怎么收拾你！"

而坚信自己的感觉不会有错的拉巴，继续四下搜寻，片刻之后，他突然看到雪窝子的一处雪往上拱了两下。

他走下去，慢慢移步，有东西挡住了去路，他快速将雪扒开，是羊！

大家顿时忘记了疲劳，纷纷下去扒开积雪。原来拱雪的地方，正是卓嘎和多吉！他们头顶着一张毛毡，蜷缩在一团。是姐姐卓嘎听到了声音。

卫生员小鲁上前检查两人身体，并把随身带的水壶打开来，壶中的水正温热。"来，喝几口热水暖暖吧！"说着小鲁将水壶送到姐姐卓嘎嘴边，卓嘎说让弟弟先喝。小鲁便先喂多吉，再喂卓嘎。在喂水的同时，小鲁报告说，二人神志都清醒，身体还好，就是他们的手脚都冻坏了。

王明德在前面带路，三个壮年人——拉巴和两个司机轮流背着姐弟俩返回，卫生员紧随其后！

西绕和老强巴在后面清点羊只。还好，27只成羊基本无大碍。只可惜，4只羊羔抵不过严寒的侵袭，身体已经僵硬。

等到西绕和老强巴他俩赶着羊群到吉普车旁时，只有书记吉普车的司机和拉巴在原地等候。原来王明德的车早就沿着已经压过的车轮印，快速地将伤者送往县卫生所去了。张书记见到王明德回来，得知情况后，立即命令县里派一辆解放牌大车，去把羊群拉回……

奚莉莉听得入神。她觉得这件事情太不可思议了。她不敢相信这样的事情，不禁问："你阿爸怎么这么精确地判断出他们就在那里？"

"当我听到这个故事的时候，我问了阿爸同样的问题。你猜阿爸怎么说？"

"'我看见那个场面了呗！'你阿爸一定这样说，对吧？"

"回答错误！"

"那你快说呀！"

"阿爸说，他和羊群中的那只头羊发生了心灵感应！后来卓嘎和多吉也证明是头羊偏离风向，带着他们往北走的！"

进了学校大门，天已经黑下来。奚莉莉意犹未尽，还想听第二个故事。扎西平措说："不行。你忘了，今晚要去图书馆查资料的。我先去占位子，你回寝室取书吧！"

毕业季，大家都等着分配的消息。奚莉莉和扎西平措抽空当去了一趟雪巴镇。去之前，裴玉珍转给奚莉莉一个纸条。奚莉莉打开一看，是王国川为奚莉莉回雪巴镇写的一首诗——《在尼洋河畔》。

在这个毕业季，
我回到了尼洋河畔。
那青山依旧，绿水长流。
捡石子，打水漂，
伙伴们嬉戏在河滩上。
放眼望，
天蓝蓝，云朵朵，
山坡缀满了牛和羊。

在这个毕业季，
我伫立在尼洋河畔，
那河水滔滔，蜿蜒东去。
抢时间，争速度，
工人们奋战在车间里，
忆当年，
熊猫图，牡丹花，
"高原"产品扬天下。

现如今，
山重重，路漫漫，
父辈留下了那座山，
承载着我们的依依思恋；
父辈留下了那条路，
引导着我们未来的方向。

奚莉莉欣喜地说："玉珍呀，你家王四哥真有才。替我谢谢他啊！我一定在尼洋河边大声朗诵几遍！"裴玉珍自豪地笑了。

裴玉珍老家在陕西，父母都是米脂人。"米脂的婆姨绥德的汉"，这句话可是响当当的。怪不得王国川见到裴玉珍欢喜得了不得。当年他还责怪自己，眼里只看到奚莉莉，怎么就没发现这么一个美女小学妹呢！嗯，还是要感谢扎西平措！

奚莉莉回林芝，那是她在兑现当年的承诺："以后，我要是找到了我的人生另一半，一定会来感谢你——拉辛秀巴的。"

他们二人到了雪巴镇，先去看望爸爸的徒弟边巴。不巧，边巴到内地出差了。曲珍大嫂热情招待了他们。

离别之前，曲珍悄悄地在奚莉莉耳边说："莉莉阿妹，你有眼力的！扎西平措呀咕嘟（藏语：好）！"

日子过得很快，等二人从林芝回到拉萨，毕业分配也有了消息。奚莉莉毫无悬念地留校任教。扎西平措被拉萨市公安局点名要走了。这可是班级里一个爆炸性新闻。在同学中间传了好一阵子！有人说："有个当官的阿爸就是不一样！"有的说："你知道什么？人家平措有特殊本领，公安局叫他去帮助破案！"还有的说："你们净瞎说，扎西平措本来就是咱们班上最优秀的。人家又是党员。""党员怎么了？咱们班又不止他一个党员。""那可不一样，平措在高中入的党……"

六、藏家的汉族媳妇

1984年初夏时节，扎西平措和奚莉莉按照高原民族的风俗结婚了。

在海拔3700米的拉萨，汉族可以享受回内地休探亲假的福利，而内地的人们可没有这样的待遇。因此，尽管女儿要结婚，在亲朋好友中这算是家族中的喜事了，可是奚福根夫妇在上海的新单位是请不出假的。夫妻俩只能遥祝自己的女儿幸福安康！奚莉莉娘家人在拉萨的一切事情，都由综大工会主席黄玉平和语文系主任阿旺晋美全权代表。

结婚仪式的头一天，扎西平措家派人把两套漂亮的服装，以及一些装饰品，用绸缎包好，送到综大奚莉莉的宿舍里。阿旺晋美的夫人索朗白姆告诉奚莉莉，这是让新娘明天过门打扮用的物品。

第二天迎亲，扎西平措父母按照藏家的习惯，找的是有威望、有地位的人，长拉巴五岁的老同事扎西达娃，由他做领队，带着新郎去迎亲。

男方迎亲队伍进门之前，索朗白姆张罗着奚莉莉大学的同学嘉央曲珍手捧着"切玛"盒，新郎要敬祭一下天地神灵，才能进入新娘家里。穿着崭新传统藏族礼服的新郎扎西平措，满脸喜色，这位康巴汉子今天更是格外英俊帅气！

其实，今天扎西平措起了个大早。央金发现儿子起来了，她也出了自己的房间，来到客厅里。母子俩都坐在卡垫上。

"平措呀，我的孩子是不是激动得睡不着了？"央金慈祥地拉着儿子的手问。

扎西平措感激地对央金说："是啊，阿妈拉。想想您和我阿爸如此开通，让儿子能够如愿地娶一个汉族姑娘做妻子，这是儿子的福分呀！"

"哎，孩子，你阿爸对阿妈说过，当年松赞干布亲自率领军队走了好多好多的路，一直走啊走啊，走到青海去迎娶了文成公主。再看看现在咱们家。你就是一个普通的孩子，可以娶一个大上海的汉族姑娘做妻子，我和你阿爸高兴还来不及呢，怎么会阻拦你们呢？"央金回答道。

"是啊，平措，"拉巴也撩开门帘出来了，他语重心长地对儿子说，"咱们藏家有句话'牦牛好不好，看鼻子就知道；姑娘美不美，看父母就知道'。莉莉这个姑娘，长得好、人品好，不愧是上海工人家里教育出来的好孩子。我和你阿妈第一次见了就喜欢。所以呀，她的阿爸阿妈都不在这边，以后，我们就是她在西藏的最亲的人啊。结婚后，你要好好对待她啊！"

"放心吧，阿爸阿妈，儿子真的喜欢莉莉，儿子会一辈子保护她的！"扎西平措像发誓一般地说。

完成了迎亲进门仪式后，扎西平措进到屋子里。今天的奚莉莉穿着藏族新娘服饰，上衣是亮黄色的绸缎，外面是深咖啡长裙。胸前的首饰把她衬托得高贵、美丽，真是一位"扎西卓玛"（藏语：吉祥的女神）啊！

待亲朋好友吃过点心，新娘奚莉莉已换上枣红色的上衣，黑色的长袍。只是腰上系上了一条色彩艳丽的"邦典"。这是藏区已婚女子的标志，像汉族人的围裙。而这条"邦典"是以纤细的七彩色横条组成的，围在奚莉莉身上，显得十分娴雅端庄。

新郎新娘在喇嘛的主持下，祭拜了天地。随后，又在喇嘛的主持和阿旺晋美夫妇的带动下，一对新人和大家一起把手上的青稞粉用力向天空抛撒出去，表示请神灵品尝，请神灵赐福。

喇嘛不停地诵经，为新娘全家祈福。代表奚莉莉娘家的工会主席黄玉平夫妇，感觉真的像嫁自己的女儿一样，里里外外地张罗着。

完成了家里的所有祈祷祝福仪式后，新郎一行人带着女方家所有的亲朋好友前往西郊罗布林卡。

扎西平措的父母、妹妹以及众亲朋好友悉数到场，都已早早等候在罗布林卡里了。

人们静静等候吉时的到来。吉时一到，新人和双方的父母（代表）坐在一个宽敞明亮的客厅里，最隆重的婚礼仪式开始了！首先由前来祝贺的亲朋好友向新人和双方的父母献上圣洁的哈达，以表示他们最美好的祝福。几位男女歌手清唱起了祝福的歌曲，从头到尾一遍遍地唱着，声音高亢而洪亮，气氛热烈而欢快。

接着是新郎新娘自家的亲戚互献哈达、互送祝福。当哈达挂满新郎新娘和双方父母的脖子时，满满的幸福也都挂在每个人的脸上。随后，主持仪式的喇嘛也向新人礼献哈达，送上祝福。

参加婚礼的人们吃着、喝着，并一起唱着"谐青"（藏区一种热情奔放，古朴动听的歌谣），以示对这对新人的祝贺。扎西平措一家人回献着哈达，感谢众客人的到来……

在这个大喜的日子里忙碌了整整一天的还有一个人，他便是阚海东。

阚海东考上大学那年，父亲给他买了一台东方135型相机。这台相机陪他度过了四年的大学生活，又伴他再次进藏。扎西平措和奚莉莉的婚礼，他把自己的六个胶卷全部拍光了。连他自己也想不明白，原本是带着情绪，抱着应付的态度过来拍照的。可是，他似乎被什么无形的东西牵引着，越拍越起劲儿，越拍越起劲儿，不知不觉中，拍完了带来的所有胶卷！

一周前，语文系的阿旺晋美主任去找物理系的钱仲良主任。钱主任接待了阿旺："阿旺拉，什么风把您吹到我家里来了？"

"钱主任，您说对了。是春风，是婚礼的春风啊！"阿旺接着说明来意。

最后钱主任说："放心吧，阿旺拉。这件事情我一定给您安排好！"

"阚老师，主任叫你去他的办公室一趟！"祁老师走进办公室，对阚海东说。

"主任，找我？"

"坐吧，小阚。"

当钱主任说阿旺主任知道阚海东有一架照相机，想借用一下时，阚海东问："派什么用场？"

"语文系的奚莉莉要结婚，阿旺主任说她父母不能过来，想借台相机把婚礼拍下来。”

“不借！”阚海东一听立即回绝。

钱主任一愣：“她，她不是你的上海老乡吗？你，你这是为什么？”

阚海东“不借”俩字一出口，就后悔了。他这么精明的一个人，不会不明白，他这不是在回绝奚莉莉。这分明是回绝自己的顶头上司呀！

于是，他急忙赔着笑补救道：“不是，主任，不是那个意思。我是说，我不借给别人。我自己的老乡，当，当然要我亲自去拍了！”

钱主任终于松了一口气说：“小阚呀，你看你这玩笑开的，吓我一跳。我说我们阚老师平时还是挺大方的。我没看错你呀！那你去跟阿旺主任说一下吧。听他的安排，好吧？”

“没问题，主任！”阚海东本是心不甘、情不愿的，可是在上司面前他没有退路地允诺下这门差事来。

正是这样，一场藏汉结合的婚礼过程，被他完整地记录了下来。

婚礼上，藏民族对传统风俗习惯的尊重和传承随处可见。整个婚礼贯穿着尊重天地和尊重神灵的主线，并附带感谢父母及其亲属和朋友。它有着深厚的藏民族特色，使人们感受到朴素、温暖、庄严和隆重。对于新娘奚莉莉来说，这场婚礼如同一次精神洗礼。也许正是这种以敬畏、感恩为核心的风俗，造就了藏民族和谐、友善、包容的文化基因和社会氛围。奚莉莉此时明白了，自己为什么会如此喜欢藏民族和他们的文化。

这是奚莉莉和扎西平措终生难忘的一天。

婚后，扎西平措考虑到住在西郊父母家里距奚莉莉上班的综大太远，他让奚莉莉向学校领导打报告，在单身宿舍的后面，他们分到一套带小院的家属房。

院子内有两个房间。大房间被奚莉莉布置得雅致而温馨。浅橘红色的大衣橱为三开门。中间一个门上是穿衣镜。一米五宽的双人床上铺着浅灰色的床罩。床边的写字台上一只橘红色罩子的节能台灯小巧别致。台灯两边摆放着几本书籍，整齐有序。进门左边的窗户下，摆放着一对单人沙发。沙发中间的茶几上罩着浅灰色的小桌布。不大的餐桌放在床和沙发中间。房中窗帘的浅灰色，与茶几布和床罩形成协调色系，又与家具的橘红形成对比色。

进门右边的一个房间是个套间。那是他们未来的孩子的房间。扎西平措答应奚莉莉，孩子房间要请工匠打一套藏式家具。

厨房是在大房间的后面。大概有五六平方米。简易的灶台上依次摆放着高压锅、炒菜锅、烧水壶和电炉。墙角边放着一个崭新的酥油桶。

走出房门，大大的院子里，他们也种上了各种花卉。

奚莉莉研究生毕业时，她已怀孕三四个月了。远在上海的父母接到书信，自是欢天喜地。虽然当年他们对女儿的这桩婚姻持反对态度，可是婚后女儿的幸福生活，老两口也是在往来的书信中不断地感受到的。眼下又将多一个第三代，他们怎能不欢天喜地呢？他们考虑到高原缺氧，建议女儿回上海生产。可是女儿回信说："您二老不是说过，藏族是属于高原的吗？平措的孩子，当然属于高原，属于西藏！您两位就放宽心吧！"

"可怜天下父母心！"宝贝女儿是心肝。奚福根和祝美娣在南京路第一食品商店，买了一大包吃的，又在老介福绸布店买了布料和小孩子的衣裳给女儿寄去。

奚莉莉收到包裹，打开一看，尽是自己从小喜欢的大白兔奶糖、五香豆、烤扁橄榄和精致的桶装饼干。还有六听麦乳精，六袋奶粉。

包裹里有母亲的一张小字条：

"囡囡：见字如面。今朝吾同侬爷（沪语：你爸）一道，买了侬欢喜吃的零食。麦乳精和奶粉的数量，取'六六大顺'之意。阿拉盼着侬顺顺利利生下一个健康的小宝宝。妈妈不能前来照顾侬，侬自个要照顾好自个。几块布料和小毛头衣裳都是全棉的。让平措和他父母多费心了！妈妈。"

奚莉莉鼻子一酸，流下泪来。她感受到了亲情的温度。想起小时候自己生病，妈妈总是从那精致的饼干桶里拿出几块牛奶饼干，再冲一杯麦乳精端给她喝。

扎西平措默默地坐到她的身边，用他那壮实有力的大手将奚莉莉搂入自己宽厚的怀中。他充满爱意地说："我知道，我的天鹅想自己的阿爸阿妈了。等咱们的孩子长到一岁，正好休探亲假，去上海看阿爸阿妈，好不好？"

听了此话，奚莉莉双手紧紧地搂着平措的腰，头埋在平措的怀中，表达她对他理解的感谢。

是啊，工作了三年，中间只回去过一次。而且因为扎西平措有紧急任务，休假期没满，他们俩便提前返回了拉萨。

1987年1月10日傍晚，在自治区人民医院产科门前，扎西平措的父母和两个妹妹拉姆、德吉央措都陪着平措，一家人焦急地等着小生命的降临。

当夜，拉萨的星空格外地洁净，数不清的星星格外明亮。一个男婴在子夜时分出生。

出生时的情景令母亲和在场的医护人员惊喜不已。当婴儿刚脱离母体，便声音洪亮地哇哇啼哭起来。那声音似乎在静静的夜空里，霸气地宣布着自己的到来。他四肢舞动着。医生处理脐带和口中异物，他的一只小手竟能紧紧抓住医生的一根手指不放。

医生说她接生了许许多多的孩子，第一次遇见这样的情况。"哦，这小家伙真有力气！"

三天后，奚莉莉出院，月子是在西郊公婆家里坐的。当他们回到家中，亲朋好友们，携带青稞酒、酥油茶、小孩子衣物等前来祝贺，并举行"旁色"（藏语：清除晦气）仪式。

按照藏族风俗，很多人家都由喇嘛给孩子起名。而扎西平措尊重奚莉莉意见。奚莉莉说，就让爷爷起吧。于是爷爷拉巴给孙子起名叫嘎玛次仁（藏语：星星长寿）。

央金精心照顾着儿媳妇坐月子。在饮食上，她不让奚莉莉吃生、冷、硬的东西，而是每天用牛羊骨头汤熬粥、煮面，把刚打好的最新鲜的酥油茶端给儿媳妇喝。

刚开始当她将碗端到奚莉莉跟前时，包着头巾的奚莉莉要下床接碗。"不要动，我的孩子！"央金笑眯眯地说，"孩子，你要多吃多喝呀，奶水多才能喂我们的小嘎玛！"

"阿妈拉，谢谢您！"奚莉莉总是这样客气地说。

按照扎西平措的吩咐，母亲每天上午还要给奚莉莉煮三个荷包蛋。这是汉族妇女坐月子必吃的。

月子里的小嘎玛，能吃能睡。奚莉莉在婆婆的精心照顾下，养得又白又胖。

自从她成为扎西平措的妻子后，平措只叫她"天鹅"。因为"小"以后就是自己儿子的专属了。

这天晚上，奚莉莉有点儿发愁地说："平措，在你眼里，我现在是不是一只会吃会睡的胖天鹅了？而且是丑丑的！"

"净胡说，你在我眼里永远是最美丽的那只白天鹅。你看，你给咱们生了这么一个强壮的儿子。要是论功行赏，你为我们家立的可是头功啊！"

奚莉莉幸福地依偎着平措，两人一起看着熟睡的嘎玛。

"你说，你儿子哪里来的那么大的劲，吃奶时，总是咬疼我！"

"他连牙都没长出来，怎么会咬呢？"平措不解。

"他有牙床呀。你不信问阿妈！今天咬得我都叫了起来！把阿妈都吓了一跳！"

"哟，是吧？你受苦了！"平措说完又看着儿子说，"小家伙，明天你再敢咬你妈，看我回来怎么收拾你！"说完他用右手在儿子脸上轻轻拍了一下。

"当心点！别把孩子拍疼了！"儿子的到来，让奚莉莉充分感受到了一个母亲的骄傲和幸福！

小嘎玛满月这一天，正值吉日，一家人安排了出门仪式。一大早，奚莉莉像婚礼上一样，穿上婆婆准备的新衣，儿子嘎玛也换上新装，由都穿着新衣裳的亲人们陪着出门。

出门前，扎西平措对奚莉莉说，按照藏家习俗，孩子第一次出门时，要在他的鼻尖上抹一点锅底灰，这样，孩子出去就不会被魔鬼发觉。

奚莉莉看着年幼的孩子，一脸洁净，她有点舍不得。便问平措："你说呢？"

扎西平措知道奚莉莉的心思，犹豫了一下便说："不抹就不抹吧！"

然而，婆婆央金可没忘了这件事。她一边给孙子抹着锅灰一边念道："来，奶奶的心肝宝贝，抹上它，外面的妖魔就全都跑了啊！"

扎西平措俏皮地用汉语对奚莉莉说："看吧，'躲过了初一，躲不过十五'吧？"奚莉莉会心地笑了。

2月的拉萨十分寒冷。但是天空却瓦蓝瓦蓝的，像光洁润滑的蓝宝石，更像织得精致细柔的蓝绸缎。蓝莹莹的天空衬托着几朵雪白的祥云，白云优哉游哉地飘着，显得那么自由自在。

一家人来到位于市中心的大昭寺。寺庙外都是磕长头的信教民众。寺里有二十多个殿堂，他们进入主殿，主殿高四层，镏金铜瓦顶，辉煌壮观。香客、信教群众，还有不少游客，把主殿挤得满满当当。

扎西平措一家人，在殿内祈求菩萨保佑嘎玛次仁健康成长，在世上少受痛苦、避开灾难。喇嘛们给了小家伙几件代表吉祥的小物件。

离开大昭寺，全家人再到事先选好的有福气的亲朋好友——王明德和扎西达娃家。这两个家庭都是三代同堂、父母双全的。期望拜访这样的人家，孩子将来也能组建幸福的家庭。

七、再做邻居

当年，阚海东大学毕业后，主动要求进藏工作。

大学四年间，阚海东给奚莉莉写过不少信。但是，奚莉莉只回过他一封。信中表达了他俩今生只能是普通朋友的意思，希望阚海东不要因为她而耽误自己的前程。

毕业前，阚海东从奚莉莉父母处得知她和平措已确定关系，可能很快就会结婚了，听后很痛苦。

那天晚上，他约大学好友秦东来在住家附近的一家小酒馆里喝啤酒。酒过三巡，他将心中苦水全部倒出，接着又不停地喝，直到把自己喝倒为止。他想不通，各方面表现都不错的自己，奚莉莉为什么就不喜欢他？自己为什么在追求爱情方面会显得如此无能！如此失败！

回到家他睡了一天一夜。任凭母亲叫他起床，他都如死一般地沉睡着。

第三天天还没亮，他被喉咙火一般的烧灼感而弄醒。起床喝了母亲放在床头柜上的一大杯冷开水，然后又躺在床上，浑身软绵无力，头还有点疼。他渐渐想起了前天晚上的情形。

在喝酒之前，阚海东试探着问："东来，你知道我是在西藏长大的。我要是再回西藏去工作，你会怎么看？"

"凭你在学校的表现，等分配，你不会差的。说不定有留校的机会。但是，我知道你有很深的西藏情结。你想回去嘛，也不是不可以。毕竟，西藏是边疆，比上海更缺人才。我听说，那边的大学，不少专业都是靠全国援藏的教师去上课的。他们急缺自己本土的教师呀！"秦东来喝了口啤酒，接着说，"海东，也就是说，假如你去西藏，你的前途可能比在这里发展要好。你看，你虽然是汉族，可是你熟悉藏区情况呀。你晓得如何和当地人相处。不管怎么讲，在你以后的职称上，或者是仕途上，一定比上海这边机会多得多。你讲对吧？"

阚海东明白秦东来理解的西藏情结和他自己的西藏情结不完全是一回事儿。所以，他十分痛苦。当晚，他借着一杯杯的啤酒，把自己喝倒了！

然而，现在的他躺在床上，细细品味秦东来的话，感觉简直是太有道理了！

阚海东的精明不是说说的。他有一个习惯，凡事都要权衡利弊。当弊大于利时，他一定会选择回避或放弃；若利大于弊时，他则毫不犹豫去做这件事。

经过权衡，他决定回西藏！去综大！去证明自己的专业能力；同时，自己倒要看看那个扎西平措哪里比自己强？

在阚海东心里，虽然没有得到奚莉莉的爱情，但做同事总没有人可以拦着他吧？

就这样，阚海东在综大物理系做了一名大学老师。他的举动让奚莉莉吃惊。当奚莉莉这样说他时，他说："你找藏族人做丈夫，更让我吃惊！"

直到一年后，阚海东才有机会深入了解这个扎西平措。那就是奚莉莉和扎西平措结婚后，平措把他们的新家从西郊搬到东边的综大来。让奚莉莉上班不用出校门，他自己却每天骑一个小时的自行车到单位上班！看来，这个扎西平措对他们新组建的小家庭还是蛮有责任、担当的！这让阚海东有点感动。他终于放下了，也彻底死心了！

后来，经阚海东的系主任钱仲良夫人的介绍，他认识了在西藏外事办做外事翻译的邓紫文，并于1986年年中结婚，新房就在奚莉莉家隔壁。两家人家自然而然地延续了上辈人的友情。

1987年7月，阚海东和邓紫文的女儿阚冰冰出生。满月酒桌上，两家人欢聚一堂。一方是远在北京的邓紫文父母，正好赶在暑假来看望女儿和可爱的小外孙女。邓紫文父母均是北京外国语学院的教授。另一方是平措一家三口，还有平措的父母也应邀带着两个女儿前来助兴。

饭桌上，大家有说有笑。阚海东夫妇按老少顺序给大家敬酒，嘎玛的两个姑姑不停地唱着酒歌，其乐融融。

扎西平措向四位长辈敬完酒后，他给坐在自己身旁的邓紫文父母讲解——按照藏族的习惯，如何接酒杯，如何用无名指向天上弹三下酒，然后喝三口，斟满杯，再干杯。这叫"三口一杯"。两位大教授此时像听话的小学生一样认真地做着，着实显得可亲、可敬。

"好，好！"大家叫好鼓掌。

扎西平措的母亲不停地为大家斟酒。接着，平措他们敬酒，两个妹妹在后面跟着斟酒。

他们吃着，聊着，自然少不了载歌载舞。拉姆说："我这首歌，是我们院子里的王国川写的一首歌词《山那边》，我用藏区牧民的曲调和藏语，献给在座的各位！哦，还要说一句，是我莉莉嫂子翻译成藏语的啊。"

"好哇！"

> 在山的那边哟，
> 有广袤无垠的牧场。
> 牧场上有个姑娘哟，
> 她的名字叫卓嘎。
> 卓嘎放养着无数的羔羊哟，
> 羔羊们咀嚼着嫩嫩青草。
> 卓嘎尽情地呼唤哟，
> 呼唤着蓝天下的祥云朵朵，
> 快快地，快快地飘到她的头上方哟。

第二段，拉姆用汉语唱起来。

在山的那边哟，
有广袤无垠的牧场。
牧场上有个姑娘哟，
她的名字叫卓嘎。
卓嘎赶着雪白的羔羊哟，
羔羊们欢快地奔奔跑跑。
卓嘎尽情地歌唱哟，
歌唱着心上的那个人儿，
快快地，快快地回到姑娘的身边哟！

歌声，从拉姆的嗓子里润润而出，大家的心顿时随着她那空灵般缥缈的声音，飞向神秘辽阔的草原……那声音至纯至美，其意境深远而纯真。真不愧为天籁之声！

德吉央措兴致更高，跳了一支舒缓、优美的锅庄舞，拉姆在为妹妹伴唱。

这时，不胜酒力的阚海东，已经有了四五分的醉意。借着酒劲儿他说："我、我也要来首诗朗诵，献给我们家的好朋友莉莉和平措。"他清理了一下自己的嗓子，开始了他的原创之作《新四季歌》：

春天来了，
雪山融化，河水复苏。
汉族有个奚莉莉，
奚莉莉的丈夫在拉萨，

喝酥油，吃糌粑。
身上流淌着雄鹰的血，
开阔的胸怀接纳了她。
藏汉民族是一家。

"嘿嘿嘿，海东你也真会编！"扎西平措笑着打断阚海东。

"哎呀，平措你，你不要打岔嘛。"阚海东急忙说，"等我朗诵完整嘛！还有，还有……"

夏天来了，
绿树成荫，格桑盛开。
上海有个奚莉莉，
奚莉莉丈夫平措拉，
喝酥油，吃糌粑。
头脑就像阿古顿巴。
汉族藏族是一家。

秋天来了，
牛羊成群，马儿硕壮。
拉萨有个奚莉莉，
奚莉莉丈夫在西郊，
喝酥油，吃糌粑。
松赞文成结连理，
藏族汉族是一家。

冬天来了，

群山素裹银装。

综大有个奚莉莉，

奚莉莉丈夫平措拉。

喝酥油，吃糌粑。

莉莉升级做阿妈，

幸福之果是嘎玛，

汉藏永远是一家。

汉藏永远是一家。

掌声响起来。坐在小童车里的嘎玛，看着大人们的喜悦神情，也笑得咯咯的。邓教授更是笑得合不拢嘴，他才发现这个女婿既幽默又有才。于是等大家静下来，邓教授说："这首诗好，表达我们汉藏一家亲！不过，诗中的'阿古顿巴'是谁？"

扎西平措马上解释道："邓叔叔，阿古顿巴是我们藏族的骄傲。他善良、智慧。海东把我比作阿古顿巴，实在不敢当啊！"

"哦，哦，我明白了。"邓教授为自己的女儿能嫁给海东，感到欣慰。

邓妈妈也开心地说："按照咱们汉族的习惯，我们给这两个孩子定个娃娃亲吧！"

她用手势止住刚要插话的女儿，她知道女儿会说什么。"不过，声明一下，我不是封建社会的包办思想。经这几天观察下来呀，我发现你们这两个小家庭关系非常密切。密切得像兄弟姊妹。两个孩子也会一起成长。我是说，将来他俩要有缘分，那将是多么美妙的一对呀！"说着邓妈妈用双手的食指比画成两个"1"字，并渐渐靠拢。

嘎玛似乎听懂了大人们的话，指着摇篮里的阚冰冰，"妹妹，妹妹"叫个不停。大家惊奇，这七个月大的孩子叫妹妹，叫得那么清楚！

阚海东十分得意地说："这不算稀奇。在生物界，有这样一条科学原理：当两种具有不同遗传基础的植物或动物结合在一起时，结合后代的性状一定是优于结合亲本性状的……这叫作结合优势！所以，嘎玛也好，还是我家冰冰也好，一定比一般的孩子聪明！"

大家又是一阵欢笑。邓紫文心里认可，嘴上却说："就你的歪理邪说多！"

"NO，NO，NO！"邓教授进一步阐述女婿的观点，"小文啊，海东说得极有道理。远的不说，就说咱家，你妈是四川成都人，我是北京人。你打小就聪明伶俐。这不是东北和西南的结合吗？而你和海东不是南和北结合吗？还有奚老师和平措拉，那就更甭提了，不仅是东和西的结合，还是汉藏一家亲的典范。孩子们能不一个比一个聪明吗？"

大家听罢，更是喜上眉梢了。

邓紫文继承了父母的语言天赋，精通英语和日语，现在又在学习藏语。她和扎西平措、奚莉莉的日常藏语交流已经没有问题！

拉姆在西藏财经学校上中专。德吉央措已是拉一中初三的学生。拉姆抱着嘎玛，德吉央措看着摇篮里的冰冰，她们用藏话聊着天，内容充满了对这两个小生命的喜爱和好奇。

八、小嘎玛

王国川毕业后，被分配到自治区民族出版社工作。一年以后裴玉珍毕业，在自治区妇联办公室从事文秘和翻译工作。小嘎玛过周岁的时候，王国川他们的女儿已经三岁多了。记得在小嘎玛的一周岁生日宴上，王国川还特意给孩子们写了一首诗——《我的孩子，生日快乐》

亲爱的孩子，
今天是你的第一个生日。
我们在为你精心操办，
因为你是我们的骨肉血脉，
你是我们爱的结晶，
是我们幸福的见证，
更是我们的未来和希望！

从此以往，每年的今天，
你一定会格外地幸福与快乐！
虽然现在的你，还是一只雏鹰，
但是你在慢慢地丰满着自己的羽翼，
你会一天天地茁壮成长，
有了自己的小伙伴，
你会跃跃欲试，舒展自己的翅膀，
看到更广阔的天空。
你终于在我们的护佑下，
飞向蓝蓝的天空，
越飞越高，越飞越远，
小伙伴们陪着你一起翱翔，
你陪着他们天天成长！

亲爱的孩子，

在你年满18岁之前，

你可以尽情享受着父母对你爱的情意。

尽情地在他们面前撒欢、撒娇……

因为，18岁之后，

你会迎来属于你自己的一片新天地！

1988年9月的一个休息日，奚莉莉在家做饭，扎西平措带着嘎玛到操场上看学生们打篮球。正看得入神，一个四五岁的男孩子骑着一辆童车经过，车后轮的两边各有一个辅助小轮。仅有一岁半的嘎玛，闹着要这种童车。

吃过午饭，扎西平措到百货商店去买回一辆三轮的童车。嘎玛见车后，一反常态，又哭又闹，一定要上午看到的那种车。

看着从来不这样哭闹的儿子哭个不停，奚莉莉心疼地说："我家星星乖，不哭了。我们叫阿爸去换一辆，好吧？"嘎玛这才停止了哭声，但还在不停地抽噎着。

奚莉莉站起身来，轻声对平措说："就去给孩子换一辆吧！"

"可是，营业员说了，这种车适合两岁左右的孩子。"

"去吧，去吧。"奚莉莉把平措推出了门。

谁知，不到三个月时间，嘎玛竟能骑着小童车，或左上右下，或左下右上，身轻如燕，在操场上快速骑行。不久，他闹着非要把两边的辅轮也卸掉了。

在奚莉莉的藏语系，不管是老师还是学生，没有不知道小嘎玛的。而小冰冰这时才开始坐上小三轮童车在家门口，由大人们看着慢慢学着骑。

这天，办公大楼下。阚海东下班碰到奚莉莉："莉莉，等我一下！"

奚莉莉回头见是阚海东，便笑着说："哟，侬今天怎么噶早下班？不寻常啊！"

"是的，难得难得。吾讲莉莉呀，侬发现没发现，侬的嘎玛同一般的小朋友不一样！"

"啥地方不一样了？"

"侬看看，看看。这不是明知故问嘛！怎么跟小时候一式一样的？"

"那侬讲讲看，啥地方不一样？"

"喏，别的不讲。侬打听打听，有没有一个小朋友不到两足岁，脚踏车骑得噶好的？有哦，有哦？平衡能力不要太强哟！"

"吾当啥事体。这有啥稀奇的呢？"

"唉哟，这就很了不起了。侬再看看阿拉冰冰，真的被伊掼出几条马路哟！"

1990年4月，嘎玛的奶奶央金去世了。奶奶多年的慢性高原性心脏病发作了，住进医院的几天后，她因高血压、右心衰竭并发症匆匆地离开了人间，去了大人们说的天堂。

两个月后的休息日。阳光格外明媚，天空万里无云。扎西平措一清早就去西郊看望父亲，并送点生活用品。

自母亲去世后，父亲很是不习惯。平时两个妹妹照顾得多。只要是休息日，奚莉莉总是催平措，一家三口去西郊看阿爸。这周休息，奚莉莉下午要加班，便由平措自己去父亲家。

上午时分，奚莉莉在院子里洗衣裳，三岁半的嘎玛坐在小板凳上玩拉萨河里捡来的鹅卵石。

"哎！"

"好的！"

"再见！"

奚莉莉回过身，没有人呀！儿子在和谁说话？

"星星，侬在同啥人讲闲话？"

"奶奶。"

奚莉莉吓了一跳，厉声喝道："侬再瞎讲巴讲，当心吃耳光！侬奶奶已经到天堂去了！"

"就是在天上。刚才奶奶在天上，在太阳的边上！"奚莉莉赶紧放下手里的衣裳，过来抱住儿子，问："奶奶现在还在那里吗？"

"走了。她和我说再见就走了。"

过去，只听人们讲阴森的环境才能看到灵异，漆黑的夜晚才会有魂灵。这大白天，怎么可能？

她越想越感到不可思议。奇怪的是，平日里，院子外总有过往的人，而现在，竟然一个人影也不见，整个周围安静得可怕！

她本想草草洗完衣裳晾在院子的绳子上，但怕儿子又和天上说话，衣服没来得及洗完晾上，便立即抱着儿子进了屋子。

中午，她没有心思做饭，只给儿子下了碗面条，便叫他吃完睡了。她在写字台前，忙着自己的工作。但她的思想总是集中不起来。她觉得今天的时间怎么这么慢！她不时地向院子门口张望着。

下午三点多，扎西平措终于回来了。他刚刚迈进屋里，奚莉莉便扑上去，紧紧地搂着平措。

平措一惊："出什么事了，我的天鹅？"奚莉莉脸色十分难看，她把今天上午院子里发生的事，告诉了平措。

扎西平措听完安慰道："我的天鹅呀，我当是多大的事儿。你一定想多了。孩子的话你也相信？好了，好了。我陪你出去把衣裳洗好，然后我来做饭。"

这时，午睡的儿子醒了。平措叫奚莉莉在家看着儿子，他到院子里洗衣裳。

"哟，平措拉，你还会洗衣服呀？真是个模范丈夫！"

"是啊，是啊，祁老师，难得洗一次就被您看见了！以后你们综大评五好家属，别忘了投我一票啊！"

"哈哈哈，你可真逗，平措拉！"

晚饭时，扎西平措想知道究竟，便问儿子："嘎玛，你说今天你想奶奶了？"

"不是想！是，是看见了，奶奶跟我，说话了。"

平措又问："奶奶跟你说什么了？"

嘎玛一字一句认真地说："奶奶说，叫我告诉阿妈，要照顾好我和阿爸；还说叫姑姑照顾好爷爷。"

"还说什么了？"

"没有了，就说再见。"

奚莉莉真的不敢相信，大白天竟然有这种事情。小孩子不会编出这些话的。更令人匪夷所思的是，嘎玛所传奶奶的话，正是婆婆央金在弥留之际对她的嘱托！

她清晰地记得：4月的那天，他们把嘎玛托付给阚家。奚莉莉和平措、拉姆、德吉央措都在医院。婆婆临终对她和两个小姑子的嘱托，星星怎么会知道？

晚上，孩子睡了。奚莉莉把自己的想法告诉平措："我一直在想一个问题，不管是阿爸，还是星星，他们身上所反映出来的现象，按照现在的科学水平，能不能解释清楚？我们人类的认知水平到底到了哪一步？这件事情，若不是发生在我们自己家里，真的，打死我，我也不会相信的！"

"我的天鹅，你的心思我明白。其实，世间有很多事情或者现象，到目前为止，科学还是无法解释的。所以，人们到了这个时候，往往会想起一些神灵般的东西来。对了，有空回家问问两个妹妹，她们比较相信神的存在。"

"嗯嗯，平措！"

"不早了，明天还要上班呢！"

又是一个星期天。奚莉莉把包好的馄饨送给阚海东家一半。阚海东夫妇像平常一样，热情招呼着奚莉莉坐在沙发上。

阚海东说："莉莉，侬噶客气做啥？要不下趟叫紫文向你学包馄饨，怎样？"

"这有什么好学的。紫文聪明，你们家包的水饺那才叫难学呢！"奚莉莉说。

"不难，莉莉，下次我先教你擀饺子皮儿。"

"好的呀！"

接着，阚海东又谈到嘎玛的聪明。奚莉莉忽然想起上周发生在院子里的事儿，她便讲给阚海东夫妇听。

"哟，真有这事儿呀？"邓紫文惊讶地说。

"可不是吗！我跟平措说，要不是发生在我家里，我绝对不会相信的。"

一直没出声的阚海东说话了："这个现象如果从科学角度来看，可能跟我们物理学有关系，至少和光学有关系。就如同海市蜃楼一样，它是一种在光的作用下折射出现的景象，悬于半空，如梦如幻。但是，如果嘎玛能看到自己的奶奶在天上，除了光的折射外，可能还要具备其他条件。估计物理学能够解释这个现象。当然，眼下还不行！"

邓紫文想起了一件事，说："海东，你还记得咱们上次回北京探亲，我奶奶叫咱们晚上拉好窗帘的事儿吗？我当时还问了一句为什么。奶奶说，小孩儿有天眼，别让她看到外面我们大人看不到的脏东西，吓着孩子。"

"记得记得。不过，我认为那是老人一种迷信的说法。不值得一提。咱们都是受过高等教育的，还是要相信科学，你们讲对吧？"阚海东说。

"莉莉啊，下次平措不在家，碰到什么事情，你就吱一声，别什么事儿都自己扛着，多吓人啊！"

"就是，就是，莉莉呀，阿拉两家还有啥客气的啦！"阚海东应和着妻子。

送走了奚莉莉，阚海东对邓紫文说："哎，我怎么觉得这个小嘎玛有点儿戆哒哒的！"

"你说什么？什么叫'戆哒哒'？"邓紫文完全没有听懂丈夫说的这个词。

阚海东回答："唉，就是有点呆、有点傻。对了，你们北京人说的'傻帽'。"

"海东，你这不是胡说八道吗？要是被莉莉听到，可了不得。咱不兴在背地里议论人家，何况莉莉还是你的老乡呢！"

"我这不是跟你讲讲吗？好，好，不说了。"在阚海东心里，哪里有什么天上人间的对话，都是小孩子的胡说乱讲罢了。奚莉莉竟然当真了。

九、心灵感应

藏历水鸡新年到了，拉巴的家里像其他藏家一样，布置得鲜艳崭新。

扎西平措骑着一辆新买的28吋的永久牌自行车，前面坐着儿子嘎玛，后面带着妻子奚莉莉。一路过来，满街张灯结彩，新年气氛浓烈，好不热闹！

一进家门拉姆首先捧上雕刻精美的切玛盒。

扎西平措从切玛里拿出一点拌好的酥油糌粑来，然后往自己的嘴里放进一点，以示祝新春如意，身体康健，并对着父亲和其他家人说："扎西德勒。"父亲给儿子挂上洁白的哈达。

德吉央措双手端上青稞酒，平措接过，用右手无名指尖蘸上一点青稞酒，对空弹三次，然后分三口喝完。

扎西平措口中说着"扎西德勒""扎西德勒"。奚莉莉和儿子跟随照样做了一遍。同样他们也收到了长辈表示吉祥的哈达。

扎西平措给父亲敬献哈达。与妹妹、妹夫们互献哈达。

摆放在桌子上的切玛是藏族一种象征吉祥的物件。切玛盒里一头装有拌好的酥油糌粑，另一头装满小麦，它们都呈金字塔状，两端插有几根青稞穗，再在切玛盒上插上彩色酥油花板，甚是鲜艳夺目。酥油花板不仅增添了切玛盒的美感，具有欣赏价值，同时还丰富了它的内涵意义——表达家庭和睦，长者长寿的美好心愿。美味的藏族传统食品摆满一桌，牛羊肉、馕饼、糌粑、奶渣、青稞酒、酥油茶、甜茶，可谓应有尽有。

5岁的嘎玛在一排低矮的藏柜边，指着上面的伞和鱼的图案问："波拉（藏语：爷爷），这个大伞下面为什么有两条鱼？鱼不是在水里游的吗？它们为什么要打伞？"

拉巴说："过来，嘎玛，到爷爷这边来。"嘎玛听话地坐在爷爷身边。

奚莉莉一看，儿子指的是自己在边巴大哥家里也看到的"八宝吉祥图"。

两个姑姑和大姑父巴桑邓珠、小姑父多吉才让，以及刚刚一岁的表妹宗庸卓玛紧靠着阿妈，表弟白玛次仁被小姑姑抱在怀里。大家围坐在桌子周围，喝着茶聊着天。

拉巴说："我的大孙子要知道这个八宝图，爷爷就讲给你听听吧。"拉巴指着象征着保护人们免受酷热之苦的宝伞说，"宝伞可以避开疾病和邪恶，这两条宝鱼能让我们免受轮回之苦。"

"波拉，什么是轮回之苦？"

"我的小嘎玛，长大以后你就懂了。你看到那个吉祥结了吗？你要记住那是象征着佛陀无限的智慧和慈悲的。"

"阿爸拉，嘎玛太小了，我敢说您讲的这些他根本听不懂。"扎西平措说。嘎玛望着拉巴，突然十分认真地问："波拉，您为什么很久很久以前差点被坏人杀死？"

奚莉莉一惊，立即制止儿子，不许乱说！

嘎玛不服气地回答："没有乱说，不信问爷爷！"拉巴显得十分平静，他点点头，确定有此事："是金珠玛米（藏语：解放军）救了我。"

听了这话，在场的两个姑父着实有些惊讶。巴桑邓珠惊喜地说："阿爸拉，嘎玛小小年纪，就能得到神的眷顾，这是我们家的幸运呀！"

"就是呀，我们周围的人家里，都没有像阿爸和嘎玛这样的人。我也觉得这是神对我们家的眷顾。"拉姆说着，双手合十，嘴里念念有词。

"我问一下啊，你们认为有神的存在，神都存在在哪里？我们能看见吗？"奚莉莉早已习惯在藏家的藏语交流，她想起嘎玛见到天上的奶奶一事。

德吉央措十分认真地说："嫂子，神，肯定是存在的！只不过我们这些凡人看不见，可能只有阿爸和你儿子看得见！"

在场的人，除了扎西平措和拉巴在静静地听着大家的讨论外，其余人都不停地点头赞同德吉央措的观点。

奚莉莉在想：神是什么？在西藏常常能感觉到自然力量的伟大和可怕。那么，可能神就是自然，我们对神的敬畏就是对大自然的敬畏。所以，藏民族敬畏自然，神就是一个形象化的标志，她让人们通过理解神去理解大自然，学会与自然相处。如此的话，儿子和故去的奶奶对话，也应该属于自然的一部分。只不过，我们还不能用科学去解释她。在宗教信仰盛行的藏区，人们自然相信神的存在。

第二天晚上，奚莉莉想起当年公公知道她有哥哥在上海的事，不由得回忆起平措讲的与公公有关的另一件事情来。

20世纪70年代初，拉巴已经是民政厅办公室的副主任了。一天，他到食堂打饭，远远见到救灾处的方萍，便把她叫到一边小声问："小方，近半个月你没有出差的任务吧？"

方萍不解地问："拉巴拉，目前还没接到通知。怎么了？"

拉巴犹豫了一下说："也没啥。不过，这半个月内，你最好不要出远门。"

方萍一脸茫然，她听说过拉巴主任的许多故事，但她是从小受着"无神论""唯物主义"的教育长大的人。她坚信发生在拉巴身上的事不过是巧合而已。想到这里，她流露出一丝不太被人发现的蔑笑。

然而，这个"巧合"被方萍撞上了。在拉巴跟她说过话的第十二天，救灾处开往阿里地区的两辆车，其中一辆发生车祸。

方萍恰巧在这辆车上！

据后面车上的同事回忆："当时我们距离前车有一两公里左右，看到前车与对面一辆大车相撞。我们加大油门，前往营救。不承想，前车已经是四轮朝天，偏离了公路十来米远。我们看到方萍正从玻璃破碎的车门中艰难地爬出来，大家来不及上前营救，'轰'的一声巨响，整个车子发生了爆炸。我们亲眼看到方萍被炸飞的惨象。同时殉职的还有司机索朗顿珠。"

听说方萍在资阳老家还有一个两岁的儿子时，拉巴——这个当年曾被捆在木桩上，挨了无数皮鞭的康巴汉子，没有掉一滴眼泪的他，竟然禁不住流下热泪。他后悔，后悔那天没有坚持自己的劝说。

然而，在那个年代里，只有厅长王明德真正了解他，能懂他。其他人不会把他的好心善意往心里去。如果他真正坚持相劝的话，很有可能被人说成搞"封建迷信"了！

就在那一年，自治区号召全体干部、党团员和群众广泛开展学习方萍和索朗顿珠烈士先进事迹的活动。一时间，方萍这个名字在自治区内家喻户晓。人们传颂她的事迹，学习她的精神。

这么说，公公拉巴的能耐还真是名不虚传！

"不早了，睡吧！"平措看着发呆的妻子提醒道。

"对了，你跟我说说，星星今天为啥说爷爷差点被坏人杀死！"

看着妻子毫无睡意，扎西平措讲了阿爸的一段经历。

那是西藏和平解放时期。阿爸拉巴是个孤儿。12岁那年，他被马帮头目从四川甘孜带到拉萨，并将他卖给拉萨一个小官员杰布次仁家做家奴。

后来，解放军进驻拉萨了。但是反动势力暗中猖狂，他们常常是阳奉阴违。阿爸的灾难是源于"祸从口出"。

当年，老杰布的阿妈病重。阿爸在夜里做了个梦，他私下里跟小伙伴们说，老太太十天之后要归天！没想到此话被杰布的一个亲信听到。

十天之后，老太太果然归西。亲信揭发了阿爸。老杰布震怒，叫手下人将阿爸捆在木桩上抽打。扬言在太阳落山时，要割掉阿爸的舌头，挖出他的心脏！

小伙伴扎西冒死逃出官府，找到解放军说明情况。解放军翻译员立即将情况翻译给团首长。

时间紧急，副团长王明德听罢："团长、政委，让我带陈志平去吧。万一涉及民族政策的问题，我担心战士们无法应对！"王明德带着一连指导员陈志平、翻译员和一个班的兵力，由小扎西带路，终于在太阳落山之前敲开了官府大门。

下人报告解放军到来，杰布次仁不敢怠慢。他走出房门，正疑惑解放军到家里来干什么。当他看到小扎西低着头，站在王明德身边时，他明白了："哦，金珠玛米来了，请，请到屋里坐吧！"

王明德压住内心的怒火，用客气的口吻问："杰布拉，听说你在非法殴打一个孩子？还说要割了他的舌头？"

"误会，误会，没有的事。"杰布抵赖着，"要说嘛，倒是我用家法管教家里的下人，让他们时刻牢记家规家法。有什么问题吗？"

"是吗？"王明德给陈志平一个眼色，战士们立即把房子围起来，一班长在小扎西的帮助下，解救了已经遍体鳞伤的拉巴。

　　王明德终于爆发了："这是你的家法？马上要出人命啦！如果这个孩子死了，我一定会叫你偿命的！"不容老杰布反应，他对部下们说，"马上把人给我带回团部医务室！"

　　"小扎西也要配合我们进一步调查。"陈志平补充道。

　　"这，这……"杰布本想再抵抗抵抗。但看到解放军的气势，他张口结舌了。

　　小扎西跑到翻译员跟前，拉了拉他的衣角，翻译员弯下身子，小扎西对他耳语几句。

　　王明德知道了情况，马上坚定地不容丝毫商量地说："杰布拉，小扎西的姐姐央金也要一起过去，配合我们的调查。希望你能合作！"

　　"合作合作！"杰布不敢怠慢地说。

　　就这样拉巴得救了，扎西得救了，姐姐央金得救了！

　　奚莉莉恍然大悟："哦，原来小扎西的姐姐就是阿妈！那为啥扎西舅舅从来没提起过？"

　　"因为啊，你也知道的。我们藏家一向是乐观的，向前看的。那种痛苦的过去，我们一般都不会轻易再提起。再说，这么多年也没人问他们嘛！"

　　奚莉莉上大学本科时，学习的是卫藏地区的藏语；在攻读研究生时，她还研究各地藏语方言。即：除了卫藏地区以外，还有安多藏语和康巴藏语。难怪公公拉巴的拉萨口音经常夹杂着康区的口音！这是学习藏语的人才能够听得出来的。

　　扎西平措告诉奚莉莉，王明德团长不仅救了阿爸和舅舅，还送他们进学校学习汉语、藏文。一有空，王团长就去学校看望他们。直到父亲毕业，王团长那时已经转业到地方民政部门工作，在他亲自过问下，父亲便在民政部门当了一名公职人员。舅舅扎西被送到位于内地的西藏公学，成为公学的第一届学生，哦，就是现在的民族学院，毕业后留校做了一名大学老师。

十、嘎玛上学了

时间一天天过去，嘎玛已经上小学二年级了。

不久前，班里从内地转来一名汉族学生刘涛。他成绩不好，同学们都看不起他。只有嘎玛并不在意，下课还带他一起玩儿。

有一天，体育课后，央金卓嘎发现自己铅笔盒里的两毛钱不见了，她报告了老师。

老师在上课前对全班同学严厉地说道："是谁拿了央金卓嘎的钱，主动放回去，老师不会追究！如果不放回去，等我知道后，就要报告校长，轻的话给他批评，重的话要开除学籍的！"

课间，嘎玛走到刘涛座位边，双目直盯着刘涛，他希望刘涛把钱放回去。可是刘涛心虚地问："干吗看着我？"

嘎玛坚定地说："你心里明白。明天下午放学以前你把钱放回去！要不然我报告老师，咱俩也不要做朋友了。到时候，你不要后悔！"

刘涛心想，自己所为不可能有人知道，嘎玛也不过是在诈他！于是他给自己鼓气："哼，就是不放回去。"

第二天放学后，嘎玛果然来到老师办公室。后面还跟着几个男生。

"报告！"

"进来，怎么这么多人？嘎玛进来，你们几个在外面等着！"

班主任老师说，"嘎玛，找老师有事吗？"

"报告老师，我知道班里谁偷了央金卓嘎的钱！"他告诉老师，自己知道是谁拿的钱，并且知道钱在哪里。

办公室外面的几个同学，从窗子的玻璃看到老师和嘎玛在对话，都在议论纷纷："嘎玛出卖同学，不仗义！""他在胡说，我们都在操场上课，他不可能知道！""就是，他就是想出风头呗！"

"出来了，出来了。"

"嘎玛，你知道是谁偷的，告诉我们吧！"

嘎玛没理睬他们，径直向教室走去。

原来，昨天体育课上，刘涛称自己肚子疼回到教室找草纸。当他翻到央金卓嘎的书包时，被漂亮的铅笔盒吸引住。他好奇地打开一看，里面还有钱？于是，他抬眼看看门外，走廊上只有隔壁班级的读书声，没有脚步声。他迅速抓起这张纸币，跑到厕所后，将钱藏在厕所的一个砖缝里。一来，他想先看看央金卓嘎是否会发现；二来万一被发现后怕老师在教室里搜身，等风声过后再说。

老师诧异，问嘎玛怎么知道的？嘎玛想了想说，自己是判断出来的。因为体育课只有刘涛离开了操场，而一下体育课央金卓嘎就发现自己的钱被偷了。"好，老师明白了。你回去吧。"

老师办公室里，一个大约有30岁的妇女正在和班主任老师说话："老师啊，恁（你）说得对！俺一定好好地管教俺小涛。哎呀，他爹跑长途车，很少在家。俺又管不住他。不怕老师恁笑话，小涛就是搁老家爷爷奶奶看不住，俺们才接过来的。没想到这孩儿的老毛病又犯了！对不住老师嘞，对不住！"

不久，有同学传言，说嘎玛和刘涛是同伙。嘎玛听说后，心里很不悦。自己是做好事帮老师破了"案子"，没有得到表扬就算了，反正爷爷说，我们做好事又不是叫别人表扬的，我们是真正帮助需要帮助的人的。但是，为什么同学们会怀疑自己？他想不通。

放学了，一路上他没和阚冰冰说一句话。回到家，母亲发现儿子有心事。

"星星，你好像不高兴，有什么不开心的事，跟妈妈讲讲？"

"没有。就是有点想奶奶了。"

儿子已经很久没提到奶奶了，奚莉莉有点奇怪，于是说："妈妈不是跟你讲过许多遍了。奶奶去了天堂。天堂是一个很安静的地方，没有烦恼和痛苦……"

"那我要去天堂，我要去找奶奶。"

"不，星星。小孩子是不能去的。刚才你说你想去，那你一定是有烦恼的事了？"经奚莉莉再三追问，嘎玛说了学校不愉快的事。

第二天，奚莉莉赶紧到班主任处核实情况，得知儿子所言均为实情。最后老师说，她会把这件事情处理好的，叫家长放心。

到内地出差已有十来天的扎西平措回到了家中。嘎玛见父亲回来，便扑到父亲身上迫不及待地问："阿爸，我要的礼物您带回来了吗？"

"臭小子，你都不先问问阿爸出差累不累，只想着自己的礼物！"说着，平措把儿子抱在自己的腿上。

嘎玛顺势搂着平措的脖子撒娇地说："好阿爸，辛苦了。快给我嘛！"

"好，好，那你下来。阿爸给你拿！"说着，他从旅行包里拿出一个精致的盒子，盒子上印有"望远镜"三个字和照片。

"哦，我也有望远镜啰——"嘎玛把望远镜的绳子挂在自己的脖子上，跑到院子里，举着望远镜到处看。看地，看花，看人，看天——他静静地看着天空，白云变近了，变大了，小鸟变近了，变大了……

"星星呀，你在看什么？"奚莉莉下班回来了。

"阿妈，我阿爸回来了！"嘎玛放下望远镜对母亲说。

"是吗，已经到家了？"

这时，扎西平措闻声出了屋门："到家了，到家了！"

"累坏了吧？"

"还行。我上了飞机就睡了一觉，没问题。"平措接过妻子的包，一起进了家门。

嘎玛继续看天空，他心里别提有多开心了。班级里，好几个同学都有望远镜，他已经羡慕很长时间了。这次他能如愿以偿，当然开心呀。

扎西平措这次去广州出差，买了不少精致的糕点。有中华老字号"陶陶居"的果仁核桃酥饼、年轮蛋糕，还有老字号"广州酒家"的凤梨酥、鸡仔饼等糕点。

让奚莉莉和邓紫文十分惊讶的是平措居然还给阚冰冰买了一条粉紫色小裙子。更没想到的是裙子穿在阚冰冰身上非常合身、漂亮。

"平措给拉（藏语：老师），您怎么会给孩子买裙子？还这么合适！"邓紫文用藏语惊喜地说。

"是啊，你又不是带着孩子去的！"奚莉莉知道邓紫文不放过一切可以讲藏语的机会，于是也用藏语说道。

扎西平措得意地说："哈哈，你们这些妇女同志，完全低估了我扎西平措的能力！这还不简单吗？在大商场里，找一个和冰冰个头、胖瘦差不多的小孩试穿一下不就行了？"

"就是，就是，你们两个真是大惊小怪。"阚海东笑着说。

奚莉莉又说："不是低估你们的能力。我们觉得你们心里只有工作，不会留心家里吃喝拉撒这种小事的！"

"就是呀，没想到平措给拉是粗中有细呀！我们可不是'大女子主义'者吧？哈哈哈……"邓紫文也笑起来。

"妈妈，妈妈，我现在就穿出去跟嘎玛玩一会儿！"阚冰冰在旁边叫道。

"去吧，去吧，玩一会儿就回来。太阳下山，你就会冷的！"邓紫文叮嘱道。

学校这边，班主任老师从刘涛母亲那里了解到孩子曾经有过偷窃行为，加上嘎玛给她提供的推断，她把刘涛叫到办公室，保证了不公开，不处分，刘涛终于承认了这次的偷窃行为。几天后，央金卓嘎在课堂上报告老师，称自己的两毛钱在书包里找到了。传言不攻自破。孩子到底是孩子，嘎玛很快忘了这事，依然像以前一样快乐地成长着！

一天放学回家，在饭桌上，嘎玛告诉阿爸阿妈，他被音乐老师看中，挑到学校舞蹈队去了。老师说，他身体柔性好，腿很长，不跳舞对不起自己，也对不起爸爸妈妈。所以，他说，为了对得起阿爸阿妈，他同意了。他问："你们同意吗？"

平措佯装严肃地说："你都同意了，我们反对还有用吗？"

"那，我就去告诉老师，我又不同意了。"嘎玛认真地说。

奚莉莉接上话："那可不行。星星呀，答应别人的事，就要去做。这叫诚信，懂吧？"

"那，我同意了。你们也要同意就是诚信，对不对？"

平措抚摸着儿子的头说："对。我们都要讲诚信。"

"星星呀，这件事情就算了。以后，遇到其他什么事情最好要先回家听听大人的意见。毕竟你还小，好吧？"

嘎玛点头。

"快吃饭吧！"奚莉莉往儿子碗里夹了一块牛肉。

阚冰冰知道嘎玛进了舞蹈队，在家里闹着也想进去。阚海东只能说，他到学校找老师，试试看。

翌日下午，阚海东到孩子学校一提。没料到，音乐老师竟十分痛快地答应了。于是，每周两次放学后的排练，阚冰冰和嘎玛哥哥同进同出了，两个孩子都很高兴。

自打嘎玛和天上的奶奶对话之后，阚海东有了研究这方面的念头。他看了大量的书籍，也查了不少资料，做了不少笔记。这天，听说大学图书馆进了一批新书，他趁自己没课，便在新到的书里寻找。他发现一本《量子力学史话》，作者是В.И.瑞德尼克。他的潜意识里，嘎玛身上发生的故事，跟光学有关，很可能跟这本书讲的也有关系。

而在扎西平措夫妇眼里，儿子是比一般的孩子爱思考。他总是会奇思妙想地提出一些问题来。比如："我们为什么会生活在地球上？为什么我们不生活在其他星球上？""其他的星球上是不是有我们的同类？""我们上学，每天要做功课，是不是老师怕我们想这些问题，故意用语文算数把我们的脑子填满？"

一天，阚海东拿着一本发黄的小册子到平措家里来。说他找到了嘎玛这种人在古代也有的证据。

"你们看，"他把书折叠的那一页翻开读道，"管辂（209—256），字公明，平原（今山东德州平原县）人。三国时期曹魏术士。管辂是历史上著名的术士，被后世奉为卜卦观相的祖师。"

平措想起来："是不是《三国演义》里的那个管辂？"

"对对，但那是文学作品。"阚海东继续读着，"你们看这里——

"起初，一个女人丢了一头牛，让管辂给卜算一下。管辂说：'你去东边山丘的坟墓看一看，你丢的牛躺在那里。'到那里一看，果然看到牛在坟坑内躺着呢。这位丢牛的妇女反而对管辂起了疑心，报告了官府。官府派人来察验，结果才知道管辂是用卜卦推算出来的。"

"这书哪里来的？"奚莉莉忙问。

"前不久，内地高校捐了一批书籍。我今天从学校图书馆里淘出来的！放在你家，慢慢看吧！"阚海东说。

夫妻俩又看到这么一则：

管辂去安德县令刘昌仁的家，一只喜鹊飞到他家的屋顶上，叫声很急促。管辂在听到喜鹊的叫声后，对刘昌仁说："喜鹊说，昨晚东北边有一名妇女杀害了她的丈夫，会牵连到西边邻居人家。你看，时间不超过傍晚，就会有人来告状。"果然，黄昏的时候，东北部同村的人来告状，说她家邻居的妻子杀死了自己的丈夫。她还声称与自己无关，坚持说西边的一个邻居和她的丈夫不和，杀了她的丈夫。

扎西平措一口气看完了小册子，他也产生了疑惑。因为，通常经验主义哲学及认识论认为：一切知识源于感知，不可能会未卜先知。可是如果此书所言为真，这位古代的管辂，真能不见而知，不思而明，每每所言必中，百无一失，真是神了。

十一、勇救同学

小学六年级结束的那个暑假，一群男同学相约去拉萨河里游泳。刘涛到嘎玛家里来叫他，说班里的男同学都去了！

嘎玛想，阿爸上班去了，阿妈到大姑姑拉姆家去了，自己今天的作业已经做完，正没事儿干呢！

"走！"他们刚出院门，撞到阚冰冰，冰冰问："嘎玛哥哥，你们到哪里去？"

"游泳！"

"我也要去！"

"不行，不行，我们都是男生……"

"想去就去呗！是不是很想看我们游泳呀？我们可是光着身子的。你还想去吗？"刘涛诡笑着说。

"别理她。快跑！"嘎玛一叫，两人飞也似的奔出大学校门，往河边跑去。

夏日的拉萨河，在阳光的照耀下泛着银波，在微风的助推下，掀起层层涟漪。到这里游泳，是孩子们最快乐的事儿！

十几个孩子基本上都是"狗刨式"。只有刘涛在内地学过游泳，游姿比较标准。嘎玛在刘涛的影响下，游得也不错。什么蛙泳，仰泳，还都不在话下！他们游着、打闹着、笑着，完全沉浸在欢快的嬉戏之中。

游累了，嘎玛和强巴加措站在河边水中正聊着第十六届世界杯足球赛决赛法国队对巴西队的比赛时，他突然感到一种危险正在逼近。嘎玛喊了一声："不好，有人出事了！"他猛地回头说，"看，河中间那一个人！"

"在哪？在哪？"强巴加措问。

嘎玛指着河中央："看……是刘涛！"

"呀，不好，那人在挣扎！"

嘎玛急忙说："快去叫刘涛的妈妈来！"强巴加措正纳闷，嘎玛又叫了一声，"快去呀！"嘎玛立刻向河中央游去。那人确实不是别人，正是刘涛。嘎玛知道刘涛这小子一定是逞能，游到河中间，腿抽筋了。

拉萨的河水，即便是在盛夏时节的阳光下，水温也是比较低的。浅水区凭着阳光的照射，温度略高，而水深之处可就有冰凉刺骨之感了。

只见刘涛在水中一上一下地挣扎着。嘎玛以最快速度游过去！他身后本来跟着两个同学。可是，没游多远，他们怕了，不敢往前。嘎玛骂了一声："胆小鬼！"便只身前往。

他仗着个子大，有力气，左手一把搂住刘涛的腰。自己双脚用力踩水，右臂大幅度地划水，渐渐游向岸边。游到一半，那两个同学迎了上来。

快到岸边，又过来几个同学一起把刘涛拖到了岸上。

这时两个男青年闻声跑过来。稍矮一点的青年单腿跪在地上，另一条腿弯曲着，将刘涛俯卧在自己腿上；另一个青年用他有力的手掌有节奏地拍打着刘涛的背部，帮他控出腹中的水。

只见刘涛垂着头，过了一会儿，呛进腹中的水，一口口地吐了出来。

"孩儿啊，俺的孩儿在哪儿呀？"操着河南口音的妇女，拨开围观的人们，扑倒在刘涛身上。抢救刘涛的矮个子青年被这突然冲过来的妇女给撞倒在地上，但他还是紧紧地抱着刘涛。高个子青年看着这位妇女提高嗓门说："大嫂大嫂，您别急。您孩子没事儿了！"

妇女立刻对着高个子青年跪哭着说："大恩人哪，俺全家谢谢恁的救命之恩啊。恁是观世音菩萨派来的圣人哪！恁有这菩萨心肠，将来准能做大官，办大事，一定是前途无量的咧！"

高个子青年被她这一大串的话语逗笑了："大嫂，您快起来，快起来。您听我说，您孩子落水，多亏这位小同学相救。"

妇女用衣袖擦了一下自己的泪水，抬头一看："咦——这不是——俺孩儿的同学嘎玛嘛！咦——好孩子，好孩子！色拉寺的格桑嘉措会保佑恁幸福健康一辈子，保佑恁长命百岁，吉祥如意，扎西德勒！"

围观的人们都偷偷地笑起来，而她并没理会。说完，她背着已经苏醒的儿子走了。

在场的人都散了。嘎玛突然叫住强巴加措："强巴，好样的！"强巴加措憨憨地笑了。

嘎玛回到家，奚莉莉劈头盖脸地问："为啥不听话，又跑去游泳了？"

"哼，阚冰冰，看我怎么收拾你这个'叛徒'！"

"小赤佬，侬在讲啥？"

"没什么，阿妈拉。"

"你讲讲看，万一你的腿抽筋怎么办？拉萨河哪一年不淹死几个？”

这时，扎西平措下班回来。见到奚莉莉生气地教训儿子。便问："嘎玛，告诉阿爸你今天犯什么错误了？"

嘎玛见到阿爸回来了，立刻拍着胸脯说："阿爸，我没犯错。我今天做了一件大好事，你们不知道吧？"

扎西平措把奚莉莉推进厨房低声地说："我的天鹅，别生气啦。做饭吧！这小子我亲自来提审！看他到底干什么好事了，惹得他阿妈如此生气！"

扎西平措见奚莉莉进厨房去了，故意提高嗓门："说！嘎玛次仁，今天做什么好事了？快快如实招来！"

嘎玛把怎么发现刘涛，怎么救回刘涛。两个青年大哥哥怎么帮着抢救刘涛，一五一十地讲给平措听。

"这么说，如果不是你见义勇为，刘涛这小子可能就没小命啦？"扎西平措内心充满了喜悦。他为自己的儿子感到自豪。

饭桌上，一家人吃着饭。平措清了一下自己的嗓子，假装严肃地说："天鹅同志：经对儿子嘎玛次仁的提审，他已交代了他所犯下的全部'罪行'！"平措简明扼要，重点突出儿子见义勇为的行为。奚莉莉的脸上慢慢露出了笑容。

最后，奚莉莉说："今天星星是功过相抵。但是妈妈还是要叫你牢牢记住，以后不能再到河里去了！"

"是，阿妈拉同志！"嘎玛立即站起来，学着阿爸他们警察的样子，敬了一个礼！

"侬个小鬼头！"奚莉莉被这父子俩弄得哭笑不得，"还有你，平措，没个大人样子！"

隔壁阚海东家里。餐桌边上的阚冰冰正给父母讲着嘎玛今天去游泳不带她去的事。邓紫文说："他不带你去就对了，一群野小子在河里乱扑腾，早晚会出事的！"

阚冰冰说："爸妈，今天嘎玛真的救了一个落水的同学呀！"于是她把自己从同学那里听来的故事讲给父母听。阚海东说："我讲紫文呀，看看嘎玛是不是又发'戆劲'了？那拉萨河多么危险呀，每年都会淹死人的！哎，回头你讲讲莉莉，不要叫嘎玛去犯傻了。"

阚冰冰一听就不高兴了："爸爸，你不好这样讲嘎玛的，他是见义勇为、助人为乐，好吧？"

"你晓得啥？大人讲话你不要插嘴。吃饭，吃饭！"

阚冰冰不服气，发出了一声"哼！"以表示对父亲的反抗。

晚上，儿子入睡了。扎西平措和奚莉莉靠着床头坐着。奚莉莉翻着藏文版《拉萨晚报》。

平措说："我说我的天鹅啊，等明年我们一家去参加一次沐浴节吧？"

奚莉莉放下报纸兴奋地说："好呀。在林芝，我们都是远远地看着你们藏家过沐浴节，心中别讲有多羡慕了。我到拉萨来上学的时候，听琼达说过沐浴节的由来。你看我说的对不对：据说呀，神山雪水流进了拉萨河——拉萨河便成了神河、圣河和药水河。老人们说拉萨河的水有八种功德：一甘、二凉、三软、四轻、五净、六香、七不损喉、八不伤胃，能消除杂念，净化心灵，可以康健体肤，能掬饮一捧，是人一生的造化。所以呀，每年藏历七月，有一周的时间可以沐浴。怎么样？"

扎西平措补充道："对是对的。沐浴节，你知道藏话叫噶玛日吉，你有没有想过，为什么只在藏历七月初，而不是在其他时间？"

"那我还真没想过。"

"喏，每年藏历七月初，拉萨河南岸的宝瓶山顶上空，升起一颗名叫'弃山'的星星。星星所照耀过的江河水就成了神圣之河，药水之河。于是，人们纷纷跳进拉萨河的清波中沐浴。小时候，阿爸阿妈常带着我们去的。"

十二、进校篮球队

2001年，初中二年级身高近178厘米的嘎玛，进入学校篮球队。这是他生命中最重要的一件事了。他说，他喜欢篮球比喜欢舞蹈要多一百倍。参加训练和比赛的他，饭量明显增加了，他成天精神抖擞，力量倍增。一个学期下来，他个子猛长，已经赶上了阿爸平措的身高。

而进入青春期的阚冰冰，开始与嘎玛有了距离。这种"距离"让她很矛盾。见不到就想见；而见到了，又不知说啥。她也不像小时候跟屁虫般地找嘎玛了，有时甚至还有意回避他。

原先早上两人总是一起上学。可是这学期开始，冰冰却是找各种理由，要么先走了，要么推说自己有事，晚点到校。终于，邓紫文发现了女儿的变化。

晚上，等冰冰写完作业，邓紫文来到女儿房间。

"冰冰呀，我发现这学期你不太和嘎玛一起去学校了。你们闹矛盾了吗？"

"妈，看您想到哪儿去了？我跟嘎玛好好的，会闹什么矛盾？"

"那你怎么有意躲着他？"

"哎呀，我的亲妈。说啥呢！谁躲他了？"阚冰冰脸红了，她把邓紫文推出房间，"您快出去吧，人家还有作业没写完呢！"

睡觉前，邓紫文对阚海东说："发现没有？"

"什么？"

"你女儿的变化？"

"什么变化？"

"哎呀，"邓紫文把阚海东手上的报纸夺下来，"你女儿进入青春期了！"

"这不很正常吗？"阚海东似听非听地说。

邓紫文着急地说："哎呀，我不是说生理上的。生理上的去年就有了，我是说心理上的变化。比方说，女儿的女性气质渐渐明朗化。这在心理学上，说明这时的女孩儿大多羞涩、腼腆、胆小、有时还会多愁善感。对爱的要求往往是被动的，可是对被爱的要求又是强烈的，喜欢与可靠、能体贴人、有男子气的男性为友。"

"这不是挺好吗？不过，你说的好像是女青年吧？咱们冰冰才多大点儿？她现在顶多是对异性有那么点儿好感。就是懵懵懂懂那种的。对了，听我系里赵佩琪老师说，她女儿在上初二的时候很叛逆的，管不住。看来你这个做母亲的要多多关心孩子才对。"

"这，我当然知道了。"

阚海东与妻子的对话，可谓心不在焉。这是因为他对一种物理学理论的研究兴趣与日俱增。这是描写微观物质的一种物理学理论，与相对论一起被认为是现代物理学的两大支柱。

此时的嘎玛还是个男孩儿，在他眼里阚冰冰还是邻家的那个小妹，没什么大的变化。

自嘎玛入校篮球队以来，凭着机智灵活，他的技术把握能力令教练惊喜，更令队友们折服！因此，嘎玛很快成为场上的中心人物——中锋。

虽说与嘎玛单独在一起，阚冰冰觉得不自在，而每次篮球赛的球场边，观球赛的女生中，必有她阚冰冰。在阚冰冰眼里嘎玛无所不能，打小嘎玛就是她心目中的英雄格萨尔王。

初三年级，为了庆祝国庆节，拉萨一中和拉萨二中进行了一场友谊赛。这是嘎玛入队以来，第三次与拉二中进行比赛。以往与拉二中的比赛，拉一中输多赢少。尤其是嘎玛入队之前。

这一天下午两节课后，拉一中主场与二中进行友谊赛。班里的女同学几乎全到了。在阚冰冰的号召下，她们要做最卖力的啦啦队队员！

比赛开始。

"请双方运动员入场。"广播里随即响起《运动员进行曲》。待双方队员面对面在中线两边呈一字站好，广播里又传来："请双方运动员相互致意。"

拉一中的4号，场上队长嘎玛与队员们一起喊道："发展体育运动，增强人民体质。"对方队员回应："友谊第一，比赛第二！"随后，嘎玛带头和他们的场上队长握手，其他四人也跟对方四人握手。

各就各位。裁判员将篮球高高举起，嘎玛和二中的5号队员围着裁判，跨步半蹲。裁判员哨声一响，球被高高抛出，只见嘎玛腾空而上，将球拍向大前锋贡布手中。贡布将篮球再传给嘎玛，自己往篮板下跑去。孙亚戈接过嘎玛传过来的球，迅速往篮板下运，见对方有人迎上来，他再次把球回传给嘎玛。嘎玛接到球，一个假动作闪过对方队员，叫了一声："孙亚戈，看球！"

7号孙亚戈接到篮球，人已进入禁区内。只见他一个三步跨，来了个单手勾篮，"唰"的一声，球应声入网。全场沸腾："拉一中加油，拉一中加油！"

拉一中队员们很快退到防守区域。这时，对方小前锋3秒区外突然起跳投篮，嘎玛跃身腾起，盖帽——距离远了一点儿，球擦着嘎玛的指尖进了。2：2平。

比分到5：10时，拉一中落后。教练请求暂停。教练说："不要各自为政。尤其是5号——你，"他指着控球后卫巴桑说，"人家把你看死了，你还不传球，还要强行通过，结果被对方断了球。你想想看，他们刚才那个快攻得分是不是你送的？"

"嘟！"暂停时间到。教练又关照了一声："注意配合！"

上半场结束。18：18平。

教练叫大家好好休息的同时，听他的小结。其实，教练觉得这个成绩已经不错了，毕竟二中是强队啊。可他嘴上却说："下半场只要记住我的话，今天一定有很大希望能赢。"他特别表扬了嘎玛。说他禁区篮板球控制得好，眼快、手快、腿勤。尤其是几个盖帽非常漂亮。又说孙亚戈要大胆上篮，尽量造成对方犯规，取得罚球机会。大前锋贡布和得分后卫吴新军表现也不错。最后，教练再次提醒巴桑，不要总控球不放手！再关照吴新军："下半场把对方那个小个子给我盯死了！"

嘎玛清楚，自己的球技好，不是源于他的刻苦，而是在于他的信手拈来。教练每示范一个动作，他立刻便能掌握动作要领；教练每讲一种配合，他马上就能很好地运用。按照美国心理学家霍华德·加德纳的多元智能理论来解释的话，应该就是嘎玛个人的空间智能、运动智能比较强大吧。这是其他队员所望尘莫及的。

下半场开始了。阚冰冰那尖厉的声音一会儿带着姑娘们喊："拉一中加油，拉一中加油！"一会儿看到对方中途断球而发出"唉"的遗憾声。一会儿又紧张地屏住呼吸，双手紧握拳头，等到篮球"唰"的应声入网，她和大家再响起一片喝彩声！

巴桑太想表现自己了，老毛病没改。教练生气地向裁判做了个换人手势，把巴桑换下场，让11号尼玛顿珠上场接替。

还有15秒，终场哨声即将响起。只见孙亚戈一次投篮没中，嘎玛随即跃起，直接补篮成功！"嘟——"场上比分39：36，拉一中获胜！

在场的同学们沸腾了。队员们更是相拥在一起。阚冰冰和几个女同学，给他们送上凉开水。

"嘎玛哥哥，真棒！"阚冰冰喜滋滋地说。

孙亚戈学着冰冰的细声细气："嘎玛哥哥，真棒！"

"去你的，死孙亚戈！"哈哈哈哈……大家一起笑起来。阚冰冰立即跑开了。

巴桑此时也忘记了教练的批评："哎，嘎玛，你怎么知道今天我们会赢呢？"

原来，中午在食堂吃饭时，嘎玛就说今天这场球，虽说艰难，但一定能赢。果然如此。

嘎玛神秘地笑道："这是军事机密，不告诉你！"

"就是，这是军事秘密，就不告诉你！就不告诉你！就不告诉你！"孙亚戈把最后三句唱成了电视剧《小龙人》的插曲。巴桑只得摸着脑袋，不解地眨巴着眼睛，笑着。

放学路上，阚冰冰和嘎玛一起回家。

阚冰冰说："嘎玛，我爸今天从上海回来。"

"真的，阚叔叔好像走了好长时间了！"

"这学期开学前走的，我爸说，下学期他还要去！"

原来，在女儿阚冰冰将要上初三年级时，经阚海东本人申请，西藏自治区综合大学推荐，他被派往上海复旦大学物理系访问进修——主攻物理光学专业，为期一年。

听说阚叔叔今天回来，嘎玛很兴奋，一路上和阚冰冰有说有笑。

"嘎玛，你先别回家，到我家来！"阚冰冰拉了一下嘎玛的衣袖说。

"哦，好的。"

"妈妈，我们放学了。我爸回来了吗？"一进院门，阚冰冰便叫了起来。

"回来了，回来了！哟，嘎玛也来了。进屋进屋。"

"阿姨好！"

一进门，阚冰冰一下子扑了上去搂着父亲："爸爸，我好想你呀！"

阚海东说："这么大了，还这样撒娇。来叫爸爸看看，又长高了！"

"阚叔叔好！"

"哟，嘎玛比叔叔都高了！"

阚冰冰放开爸爸，伸出手："买了吧？快拿出来！"

"看这小姑娘，这么急吼吼的做啥？"阚海东边说边从行李箱里拿出一个有五六十厘米长的长条纸盒子。

阚冰冰一把抢过来，生怕慢了叫旁人夺走。她转过身，双手捧着对嘎玛说："喏，我爸给你买的礼物！"

说完，就去搂着身边的邓紫文。

嘎玛打开一看，哇，一个单筒天文望远镜！他太喜欢了，但是一想这么贵重的东西怎么敢收呢？于是他说："叔叔阿姨，这个望远镜太贵了，留给冰冰用吧！"

邓紫文走上来，拍着嘎玛的肩膀："傻小子，你啥时候看到冰冰喜欢望远镜了？实话告诉你，这是冰冰叫她爸爸带给你的！说你喜欢看星空，看宇宙。拿着吧，孩子！"

嘎玛不肯拿。最后还是邓紫文和阚冰冰把嘎玛和望远镜一起送回了家。

晚上，写完了作业，嘎玛小心翼翼地从盒子里拿出心爱的望远镜，仔细地研究起来。这是美国进口的星特朗（CELESTRON）天文望远镜。他一会儿对着天空，平日里窗外遥远的星空，今日仿佛触手可及。一会儿，又将望远镜拿在手上，细心抚摸，真是爱不释手。当晚的夜空格外洁净，夜空的繁星好像也和他有着共鸣。他似乎感到今夜的星星格外地大，格外地多。他的心情也是格外地好。他感激这位邻家小妹，尽管这一年来，她表面上对他爱搭不理，可是心里怎么会如此懂他！这正是"人之相知，贵在知心"啊。

十三、考入西藏班

阚海东在5月份便完成了一年的进修任务，回到了拉萨家中。

这天晚上，邓紫文把温好的牛奶端到两个孩子的桌边。轻轻关好房间门出来。阚海东坐在沙发上，手里拿着一张《西藏日报》翻阅。

邓紫文坐在他旁边，手里织着毛衣，问："他爸，你说嘎玛这个孩子，脑子是不是用特殊材料制成的？"

"啥材料？会有啥材料？"

"今天中午，我们单位放了一部2001年奥斯卡获奖影片，讲的是诺贝尔经济学得主约翰·纳什的故事，中文名字叫《美丽心灵》。"

"那又怎样？"

"影片中有这样一段字幕：'他看这个世界的方式，无人能够想象！'你看，嘎玛是不是这样的人？我们真的无法想象，在他的脑海里总是有跟我们不一样的东西！"

"是啊，所以我不是一直帮平措他们找相关资料，试图能解释嘎玛身上的现象吗？"阚海东明白，自己和妻子不是一个专业领域的，这方面没有什么共同语言。每当妻子提出这类问题，他总是简单、直白地一两句话打发了。

阚海东在复旦大学的这一年里，他在光学与力学方面的学习和研究有了很大的进步。他的一项课题研究，得到复旦大学物理学方乾教授很高的评价。

初三中考在即，两个孩子一起复习，嘎玛记忆力好，理解能力也很强。在他的脑海中，似乎一切规律性的东西，都能很快让他顺应，如同庖丁解牛般。

阚冰冰英语极好，尤其是口语很标准。有时嘎玛为了提振阚冰冰的信心，他也让她帮着复习巩固。换句话说，嘎玛可以无疑而问，让阚冰冰做自己的英文老师，让她感到在学习上，嘎玛也需要她的帮助。

从小嘎玛就以哥哥的身份保护着这位邻家小妹。不知从何时起，嘎玛特喜欢这个小妹爱撒娇的时候，在他眼里，她很可爱。有人说，女孩子在你的面前撒娇，说明你在她心目中被重视、被需要，证明你像个男子汉。嘎玛深有体会。有时这位小妹又挺"作"，甚至"作"到近乎有点不讲道理了，可是嘎玛从来没有一点点的反感。在他眼里，冰冰就是个小妹。自己比她大，就是得让着她。不过，阚冰冰也绝对是个聪明的姑娘，不管是撒娇还是"作"，她都能自然而然地有个"度"，这不是她会"设计"，这是她与生俱来的"本领"。难怪嘎玛这么喜欢和她在一起玩耍，一起学习。

阚冰冰这两年有不少变化。嘎玛也渐渐察觉，对于冰冰态度上的忽冷忽热，嘎玛一点辙也没有，因为他哪里知道在少女的青春萌动期会有如此大的起伏情绪呢！嘎玛能让就让，谁叫她是邻家小妹呢！

这天，就是因为一道数学题。嘎玛讲解完解题步骤。阚冰冰不服，两人争执了几句。等冰冰想明白了，她就跟嘎玛认了错。

晚上11点半，两人复习完毕，嘎玛才离开阚家。

2004年8月的一天上午，西藏自治区综合大学教工大院，扎西平措家中。为了庆祝两个孩子如愿以偿地考上上海的"西藏班"，除了这两家人家，还有前来助兴的王国川一家三口。他们给这两个家庭又带来了一份喜悦——他们的女儿王萨萨被川大中文系录取了！同时，王国川正式向在场的人发出邀请："萨萨的爷爷要请客，到时候大家都要去哟！"

"放心，王四哥，我王伯伯请客，谁敢不去？对吧？"扎西平措兴奋地说。

"真是'虎父无犬女'呀！"阚海东笑着说，"王哥是个大才子，女儿更是不得了哇！"

阚冰冰插话说："这叫'长江后浪推前浪，一代更比一代强！’”

“这姑娘就是会说话！”裴玉珍看着阚家千金说。

阚冰冰被伯母说得不好意思了，拉着王萨萨就往院子跑。

开饭了。大家围着桌子坐下来。

奚莉莉兴奋地说："你们知道吧？整个自治区只有20个孩子可以去上海。我们两家就占了十分之一！十分之一呀！"

"嗯嗯，还是孩子们争气。"平措嘿嘿一笑说，"来，嘎玛、冰冰，端起你们的杯子，阿爸、叔叔先敬你们一杯！祝你们好好学习。等学成归来，更好地为咱们西藏人民服务！"

王国川一家三口也端起酒杯，来祝贺两个孩子。

嘎玛突然说："不对呀，王伯伯，您应该送给我们一首诗才行呀！"

王国川不紧不慢笑眯眯地说道："嘎玛呀，这你就有所不知了吧？你萨萨姐考进的是中文系，以后哇，你王伯伯要退居二线了！萨萨姐不但会写诗，将来还要写小说。到时候把你、把冰冰都写进小说里，你们说好不好呀？"

"哇，太好了！快，冰冰咱们也给萨萨姐敬敬酒，祝她将来成为大作家，去拿茅盾文学奖。不，不，还要拿诺贝尔文学奖！"嘎玛说道。

"好哇！好哇！"

阚海东更是喜笑颜开，他举起酒杯说："紫文啊，我们要好好敬敬平措夫妇，感谢他们教育出这么优秀的孩子。要不是嘎玛帮助，我们家冰冰真的很难讲呀！搞不好就名落孙山了！"

应该说，今天最最开心的莫过于阚海东了。当年他使出浑身解数追求奚莉莉。为了奚莉莉他放弃了留在上海发展的机会，回到西藏，但未能如愿。结果倒是便宜了扎西平措这小子。不料想风水轮流转，自己的女儿能够和奚莉莉的儿子走到一条路上来，真是天佑阚家呀！想想还是蛮有缘的！

一直以来，阚海东因为所学的专业，让他不得不对嘎玛这孩子格外关心。虽说，这孩子有时有点"愣"，有点"戆"，但智力是上绝对的聪明，讲不定他就是自己未来的女婿呀！

"谁说不是。来，感谢你们一家人！"邓紫文举起酒杯，并一饮而尽。

奚莉莉神秘地说："紫文，你太见外了！难道忘了当年你母亲的话了？"

四个大人会心地哈哈大笑起来。三个孩子和王国川夫妇不清楚他们为什么笑。阚冰冰机灵，内心充满喜悦，嘴上却说："一看你们就是在坏笑！哼，不理你们了！"说完故做生气状，随后也跟着笑起来。

奚莉莉伏在裴玉珍耳边简单讲了当年娃娃亲的事儿，裴玉珍也笑起来。欢快的气氛充满了整个房间。

奚老师在家吗？"院子里有人喊。

"谁呀？"奚莉莉应声出门一看，"哟，是陈老师和达娃老师呀。哎哟，阿旺给拉也来了！平措，快出来。我的同事们来了！"

"恭喜，恭喜。哟，阚老师一家也在？"

"还有客人呀！恭喜恭喜，听说两个孩子都考到上海去了！"

"快请进吧，屋里坐！"扎西平措招呼着。

晚饭后，阚冰冰跟妈妈说，她到隔壁找嘎玛玩。邓紫文高兴地说："去吧，去吧，也该好好放松放松了！"

中午吃饭时，嘎玛就跟她说好了，晚上到操场上去玩。

嘎玛跟父母打了声招呼，便拿着心爱的望远镜，与阚冰冰一起向大学的操场走去。

操场上，已有不少人了。有休闲散步的，有健身长跑的，有三三两两聊天的。篮球场上最热闹了。嘎玛看着天还大亮着，便对阚冰冰说："要不，我先去和他们打会儿篮球？"

"好呀，嘎玛，我还真想看你打球了。你看，自从上了初三，你们统共没打几场比赛。快去，快去吧！我很想看的！"阚冰冰哆哆地说着并接过嘎玛手中的望远镜。

嘎玛在场上十分活跃，几个大学生都不是他的对手。阚冰冰在场下看着，欣赏着。自己的嘎玛哥哥球技好，学习成绩好，对她阚冰冰更好！她就这么幸福地看着嘎玛带球过人、远投、上篮、抢篮板球。

此时的夕阳，血红地挂在西天。余晖笼罩下的大学校园里，渐渐地弥漫着暗红和金色的光晕。这光晕随着缓缓升腾起来的暮霭交织起来，又随着人们的渐渐离开，构成一片神秘的人间仙境。不知何时阚冰冰已沉醉在似梦似真的幻境中。

"嗨，想什么呢？"嘎玛突然跳到阚冰冰眼前。

"打完了？"阚冰冰惊了一下回过神来问。

"是啊，你看整个操场没什么人了！"说完嘎玛坐到阚冰冰身边。

"快，擦擦头上的汗。"阚冰冰递上一块纸巾。

"冰冰，你说心里话，到上海去上高中，你高兴吧？"

"当然高兴了。想想能认识新同学，每个双休日还能和爷爷奶奶在一起。还有，还有，就是上海有太多太多我喜欢吃的东西！嘻嘻嘻，怎么，难道你不高兴？"

"那倒没有，只是我可能会想爷爷和阿爸阿妈他们。"

嘎玛虽说是有着一半汉族血统的孩子，但他骨子里对藏民族有着强烈的认同感。他喜欢西藏的山山水水、冰川湖泊、天空祥云、繁星明月；喜欢每年每月都有的不同节日，人们的欢歌笑语；喜欢布达拉宫、龙王潭、罗布林卡、药王山……他爱这里的一切。过去，随父母去上海看望外公外婆，开始他有新鲜感，可是时间一长他就会对父母说："我想家了！"

记得舅舅奚沐海曾跟他开玩笑说："星星，舅舅没有儿子，不如你就留在上海给舅舅做儿子吧！"

"不，我要和阿爸阿妈回自己的家！"他是那么的坚定、坚决，别看当时他只有六七岁。

"嘎玛，没事的。不是还有我陪你一起去呀！"阚冰冰依然兴奋地说。

当夕阳撒尽最后一抹光亮，远处的山已呈现出黑褐色。他俩静静地坐着，坐着。不知何时，天空渐渐吐露出了星星，越来越多，越来越清晰明亮。

"冰冰，把望远镜给我吧。"还是嘎玛先打破沉寂。

"你说，上海的天空有这么亮吗？"

"我印象中，好像没有。冰冰，我看到了一颗离我们最近的星星！"

"在哪里？"冰冰接过嘎玛的望远镜，顺着嘎玛手指的方向看去，"看到了，好漂亮！好漂亮呀！"

此时的嘎玛不由得想起阿妈朗诵过的一首诗的诗句来……

格桑花开了，开在对岸。

看上去很美。看得见却够不着；

够不着也一样的美。

雪莲花开了，开在冰山之巅。

我看不见，却能想起来；

想起来也一样的美。

十四、新生开学

新学期快开学了。在上海市宝北区的市北高级中学里，新生宿舍楼的走廊上，楼梯上，都是新生和送他们来住校的父母。人们大包小包地背着、拎着，各自找着宿舍门牌号。

阙卫东拎着行李箱，嘎玛双手也是大包小包拿着，而阙冰冰则背着自己的双肩书包紧跟在他俩后面上了三楼。

"这里、这里。"嘎玛望着门牌号306室叫道。

门开着，地上、桌子上堆满了行李箱、背包和礼品纸袋。

"你们好，我是高一（3）班的嘎玛。这是你们的室友阙冰冰。"

"你好。我叫李德吉，来自拉萨交通中学。"

眼前这个李德吉身高约170厘米。肤色不算白，但很细腻。圆圆的脸上一对大大的眼睛明亮水灵。高高的鼻梁下朱唇皓齿，十分可人。

嘎玛点下头笑笑："你好！"

"她是邬小旻，上海本地的同学。还有她，叫米玛。"李德吉大大方方继续说道。

"你们好！"阙冰冰微笑着。

"好了，冰冰。爷叔（沪语：叔叔）把侬送到学堂里了。有啥事体寻嘎玛或者给家里打电话。周末我来接侬回家。"

"嗯嗯，爷叔再会！"阙冰冰用沪语说。

"阙叔叔再会！"

李德吉大方地打量着嘎玛："握个手吧，嘎玛同学。我和邬小旻都是3班的。咱们是同班同学呀！"

这个李德吉，刚才一见到嘎玛，她就愣了一下。心说，哇，这么帅的人啊！瞧这五官，甭提有多标致了。一双眸子明亮透彻，高挺的鼻梁如雕塑般。好家伙，这咄咄逼人的英气，让人不得不多看两眼。

嘎玛伸出手，礼节性地握了一下对方的纤纤长手，然后他看着阚冰冰用商量的口吻说："那，我下去了？"

"嗯。"

"阚冰冰同学，你也是西藏过来的？"那个叫邬小旻的同学将信将疑地问。

"对呀。我爸爸妈妈都在西藏工作，我也是在西藏长大的！"

"哦。但是刚才送你来的是你爷叔？在上海？"

阚冰冰心想，这真是个包打听。但见对方并无他意，只是想了解自己，便回答道："他是我爸爸的亲弟弟，我的亲叔叔，从小长在西藏。高二的时候，随我爷爷奶奶回到上海。第二年他就考进了上海交大。"

"哇！这么厉害！"邬小旻惊喜地叫道。

"还行吧。"阚冰冰代替叔叔谦虚道。

"那，那个嘎玛是你什么人？"邬小旻又问。

"他呀，他是我的邻居加同学。"

"这个邻居加同学，好像和你的关系不一般呀！"一直在静静地听着她俩对话的李德吉插了一句话。

"当然啦。我们从小在一起长大。幼儿园、小学到初中都是同学。这么跟你说吧，他的父母和我的父母亲如兄弟姐妹。他就像是我的亲哥哥！"阚冰冰自豪地说。

阚冰冰发现，坐在门后床边的叫米玛的女孩儿一直没有声音，便问："哎，你是叫米玛对吧？"

米玛抬起头，笑笑点了点头。

"你从哪里来的？"

"那曲。"米玛声音很小。不夸张地说，像小蚊子叫了一下。

"哇，你就是那曲来的考生？听嘎玛的妈妈说，整个那曲市只有一个学生考到上海。原来是你呀？！你太棒了！"

米玛，这个来自高寒牧区的小姑娘，个头不高，顶多150厘米朝上点儿。一双细长的眼睛，鼻梁高而挺，颧骨略高，两腮有明显的"高原红"，给人的感觉淳朴、腼腆。

凭直觉，阚冰冰认为这三个同学应该可以和自己和睦相处。邬小旻一看就是那种随和，有点儿自来熟的人；米玛老实，人地两生，属于没有太多想法的；这个李德吉好像有点傲气……不过，阚冰冰牢记母亲的嘱咐："到那边一定要和同学搞好团结啊！"

嘎玛分在一楼110室。他认识了丹增顿珠、龚凯峰和曹一鸣三个室友。丹增是西藏堆龙德庆县考过来的。他的眼睛不大，却炯炯有神，闪着机智的光。一张圆圆的娃娃脸，十分讨人喜欢。不管怎么说，他和嘎玛也是老乡啊。自然一开始对嘎玛就有一种亲近感。这次他和阚冰冰、曹一鸣、米玛分在高一（4）班。

类似的问题在这个寝室里，被曹一鸣同学问到了："嘎玛，丹增说，他和你是老乡。怎么你又说你外公外婆家在上海？"

"因为我妈妈是上海人，我爸爸是藏族。"

"哦，明白了。怪不得你长得又像藏族，又不像藏族。"曹一鸣说。

"你这叫什么话！"一旁的丹增有点生气了。他刚到上海，本来就人地两生，听到上海同学这样说话，他心里不舒服，他有些防范："什么叫又像又不像，你什么意思嘛！"丹增说着走到嘎玛身边面对着曹一鸣，一副示威挑衅的样子。

　　曹一鸣一下子紧张起来，说："我，我没有别的意思。别、别误会。我的意思是说嘎玛既不像我们汉族学生，也不像你丹增这个藏族学生！"

　　"本来就是嘛！他是半藏半汉嘛！怎么了嘛！"丹增有些不依不饶。他的气势一时间吓坏了曹一鸣——都说藏族很团结，很抱团，他算见识了。

　　"对对对，曹一鸣就是这个意思。他一下子没讲清楚。丹增同学，对不起了。"龚凯峰见势不妙插了一句嘴。

　　嘎玛十分明白丹增的用意——他是怕上海的同学欺负他们，想先来个下马威，但刚到学校就和同学闹不愉快，这可不好。

　　于是，嘎玛笑着说："没什么，没什么。丹增，你不要这样。我想曹一鸣同学没有别的意思。曹一鸣，对不起啊！"

　　两个上海本地的学生，第一次和藏族同学做室友，不免有点新奇又有点紧张。然而，在后来的日子里，他们很快既没了新奇又没了紧张，还成了要好的朋友，这是后话。

　　开学第一天。嘎玛和阚冰冰才明白。所谓西藏班，并不是他们以为的把来自西藏的同学编在一个班级里。是啊，西藏只有20名初中毕业生考到上海，而分到市北高级中学只有5人，总不能5人编一个班吧。所以，严格地讲，他们五人叫插班生。

　　高一（3）班教室里，在开学第一课的黑板上写着"新起点，新感想，新目标"。班主任是语文老师徐海燕，她大约

40岁。徐老师五官都很小巧，笑起来眼睛一条缝。最叫人能记得的是，她嘴角下方有一对小梨涡。所谓"梨涡浅笑自迷人"。

学生们轮流走上讲台，进行一分钟自我介绍。包括我是谁，来自哪里，我的特长，我今后努力的方向等一些中规中矩的内容。西藏学生嘎玛和李德吉之前也都做了精心准备。

高一（4）班教室里的开学第一课，黑板上写着："自爱爱人，自律友人，自强成人。"

阚冰冰和米玛同桌，丹增和曹一鸣同桌。这是4班班主任叫大家自由组合的结果。

班主任是数学老师左胜利，35岁。戴着一副近视眼镜，中等身高，偏瘦，显得很精干。他就黑板上的12个字侃侃而谈，思维敏捷，语言简洁而幽默。班级里不时发出阵阵笑声。

中午的学生食堂，5个西藏同学自然在一个桌上用餐。

丹增顿珠正表情生动、富有喜感地故意压粗自己的嗓子："同学们，大家好。今天是新学期的第一课，我要讲的内容都在黑板上了。大家请看，'自爱爱人'是什么意思？"

丹增学着左老师的样，做了一个向上扶一下眼镜架的动作，接着说："这里我声明一下。这个'自爱爱人'不是我左老师的发明，它是我从我浙大的老师那里批发来的。当年开学的第一天，他就送了我们这四个字！当然，后面八个字是你们左老师的原创。先讲'自爱爱人'，懂得自爱才会懂得爱人。而自爱不是自私，自爱是爱他人的基础。就是说只有自信自尊的人才配去爱别人，才配得到别人的尊重和爱。"

丹增绘声绘色学着左老师的神态和语言。略带夸张的表情，逗得旁边其他同学也都笑了起来。

阚冰冰更是笑弯了腰："丹增拉，你，你真的很有语言天赋呀！就连左老师的浙江普通话都学过来了。"

丹增模仿得实在太像了，虽然他的模仿有点夸张，但左老师那种神韵，大概也只有他能驾驭。不知什么时候，邬小旻也凑过来了。

由于两个班级都有西藏同学，大家自然走动十分频繁。嘎玛和丹增又在同寝室，很快他们便成了好朋友。

一天中午，食堂门口张贴了学校篮球队招人的海报。丹增兴奋异常。时间没到，他便拉着嘎玛来到校篮球队招人现场。没想到室友龚凯峰和曹一鸣也来现场观看了。

球队一共只招6人，可是报名的有30多人。于是分两队，由两个体育老师各带一队。嘎玛、丹增报名后开始热身，老师关照大家一定要活动开来，以防受伤。

考试分三轮。第一轮：接传球、定点投篮、三步上篮和运球。结果淘汰十多人，两队留下21人。嘎玛和丹增轻松入围。第二轮：全场障碍物运球；全场胯下运球前进后退、转身、反手、背后运球。结果又淘汰11人，两队留下10人。嘎玛和丹增再次晋级。第三轮：分两组打比赛，看综合能力。结果再淘汰4人，还剩6名。嘎玛、丹增都在入选之列。

体育组组长杨俊辉老师对今年招的队员特别满意！他特别留心这个叫嘎玛的学生。

"好，从今天起你们6个就是我校篮球队的队员了。其他人解散，嘎玛同学留一下！"杨老师宣布。

"老师好！"

"嘎玛次仁，对吧？"杨俊辉看着名单，又核实了一下名字说，"你少体校毕业的吧？"

"不是的，老师。我是拉萨市第一中学毕业的。不过，我在学校也是篮球队的。"

"哦，知道了。去吧！"

"老师再见！"

"再见！"杨俊辉老师喜悦的同时有点儿纳闷，觉得这个学生技术全面，综合能力好，这还不是一般少体校能培养出来的。看他在场上的表现那真是如鸿雁长飞、鱼龙潜跃，那么游刃有余，轻松自如！好苗子啊！

嘎玛、丹增后来才知道，杨俊辉老师是上海体院篮球专业的高才生。怪不得考试内容多，要求高——原来这是一位行家！比自己初中时的教练棒多了！

晚自修结束后，嘎玛在4班门口等阚冰冰。

"冰冰。"

"哎。你们先结束了？"

"也是刚结束。"

两人走在回宿舍楼的路上。

"冰冰，我和丹增都进学校篮球队了！"

"是吗？丹增也进了？"

"对呀！老师说我们两个都属于技术比较全面的。冰冰，我同你讲，上海这边的体育老师就是棒。你知道吗？体育组的组长杨老师，人家是上海体院毕业的。厉害吧？"

"嗯嗯，那你就跟着杨老师好好学习。我相信我的嘎玛哥哥永远是最棒的！"

"对了，这几天下来，还习惯吧？"

阚冰冰知道嘎玛是关心自己的学习："还行吧！就是物理老

师的课听起来有点吃力。"

"蒋老师当地口音的普通话是说得不太好。你不懂的要及时问呀！要不你把不懂的问题记下来，我讲给你听，这样好吧？"

"也好。对了，我今天举手给蒋老师提意见了。"

嘎玛有点紧张地问："提啥意见了？"

"嗐，这物理学科本来难度就大。可是蒋老师讲着讲着方言就出来了，今天连土语都上了！不要说丹增和米玛了，我都反应了半天才明白。"

"哪一句？你说来听听。"

"好几个地方，我都学不来，只记得一个最简单的。他不说'我认为'，也不说'吾宁为'，就偏偏要说成'腻宁为'。天哪，这是上海本地土话，谁听得懂？我就举手说：'老师，请您讲普通话。'结果，全班同学都笑了！"

"蒋老师是什么反应？"

"他，他好像挺尴尬的。"

"冰冰，我觉得这件事你做得不太好。你完全可以等到下课，私下给老师提意见。他毕竟是老教师了，咱们还是要多尊重他，你说是吧？"

阚冰冰想了想："是啊，我完全可以课后给老师提意见的。嘎玛，那接下来怎么办？"

"明天去给老师赔个不是呗！"

"那你陪我去！"

"好的，好的！走吧！"

这两个孩子从小是在教师家庭里长大的。他们有一个"尊师重教"的良好环境。他们懂得与人交流，要多讲究方式方法。可能是因为物理课太难懂，阚冰冰情急之下，便忘记了平日里的交流方法了。也难怪，毕竟才16岁的孩子嘛！

"这个周末我叔叔来接我，要不要一起送你回家？"阚冰冰兴奋地说。

"不用，我外婆说叫舅舅来接我。但是，冰冰呀，你好像很高兴回叔叔家的，是吧？"

"是呀。叔叔家就是爷爷奶奶的家呀！"阚冰冰这才发现嘎玛情绪不高，"怎么，难道你不想回舅舅家？"

嘎玛想了想说："我也讲不清楚，总觉得跟自己家不一样！"

"哪里不一样了？外公外婆不是你在上海最最亲的人吗？"阚冰冰完全不能理解嘎玛的感受。

"是，肯定是的。但是，我说不清为什么在上海舅舅家我不像你这么开心。唉，算了，不说了！"

他们进了宿舍楼，各自回了寝室。

十五、外公外婆家

开学后的第二个周末。阚卫东来接侄女阚冰冰。回到家中，阚金宝和张如洁对孙女嘘寒问暖。

吃饭前，奶奶催促："冰冰呀，快给你爸爸妈妈打个电话，汇报你开学以来的表现吧！"

爷爷奶奶内调回沪已多年。爷爷退休后，精神抖擞，身体不错；奶奶的身体不太好，医生说她的病跟高原生活的时间长有关系。

阚卫东毕业于交通大学机械工程系，毕业后分配到宝钢集团工作。十年后的1997年，他辞职与大学好友刘天功一起进入其堂兄刘天成的成源房地产集团做高管。阚卫东的才能大得刘天成赏识，事业发展迅速，公司为其新配一辆宝马3系座驾，接送侄女自然是专车了。

奚家这边是舅舅奚沐海来校接嘎玛。舅舅是"文化大革命"时期的高中生，在外公外婆眼里，儿子比起他们厂里的技术员要差远了，充其量也就是初中水平。经熟人介绍，他认识了初中毕业，实则只有小学文化程度的、在街道小厂里的工人徐爱梅。徐爱梅看中奚沐海，更多是看中他们家里的条件。她知道，奚家父母在西藏工作多年，拿着高工资。虽说如今内调回了上海，毕竟家里底子厚，还是老有钞票的人家。果然，结婚时的"三转一响一咔嚓"一样也没少。徐爱梅在厂子里着实风光了几年。可是在改革大潮中，许多大工厂都在裁员，一个街道里弄的小厂更加不堪一击。她也就厂倒回家了。

奚沐海眼里的徐爱梅就是爱占占小便宜，说说刻薄话。时间一久，他才发现她越来越过分。为了已经出生的女儿，也为了不让父母多操心，一般情况下，他能忍则忍，能让则让，不与她多计较。

外甥嘎玛的到来，让他的心情复杂起来，若是讨老婆高兴，就要冷淡外甥；要是冷淡了外甥，父母那边又不好交差。要是外甥不懂事，再打打小报告，自己恐怕吃不了兜着走！自己清楚，妹妹是父母的心头肉，自从父母调回上海，天天牵挂的就是远在拉萨的妹妹。这下好了，妹妹的儿子回来上高中，自己起码要在父母和老婆之间受上三年的夹板气。

在乘公交车回家的路上，奚沐海用上海话跟嘎玛交谈。无非问一些："学校生活习惯吧？""功课紧张吧？""有啥困难同舅舅讲，不要客气！"之类的话。

嘎玛也是问一句答一句，想不出多的话来跟舅舅聊。

"阿爸姆妈，我把星星接回来了！"奚沐海进门喊道。奚沐海一家习惯叫嘎玛的汉族名字——星星。

"哎哟，我的宝贝外孙来了！"祝美娣张开双臂迎上去。

嘎玛见到外公外婆，亲热地叫道："外公外婆好！"

外公奚福根围着围裙乐呵呵地说："嘎玛，外公知道你最喜欢吃牛肉了！今天外公给你烧上海味道的红烧牛肉，你看好吧？"

"好的。外公辛苦了！"他极有礼貌地鞠个躬。

"快，都上楼去吧！"外公催促道。

"哟，奚家伯伯，这位就是您西藏的外孙呀？长噶大了，一看就是个小美男子！"李家媳妇赞叹道。

"就是，就是，哎，像不像演员邵兵，不对，像不像胡兵？"姜家女儿说。

李家媳妇说："有点像，不过比他们还要帅！对不啦？"

在一旁帮厨的奚沐海来了兴致，得意地说："我同意阿嫂对我外甥的评价！"

"奚家伯伯，侬福气老好的！"

奚福根听着大家的议论，心里美滋滋的。

楼上屋里。"喏，这是阿拉爸爸厂里厢发的，吃吧！"嘎玛双手接过表姐奚佳妮递过来的一瓶鲜橘水："谢谢阿姐！"

表姐比自己大一岁，在市中中学上高二。她对表弟的态度算不上热情，但也算不上冷漠。至少，今天她的心情还算不错，知道给弟弟拿瓶饮料喝。

"哟，阿拉当是啥人呀，原来是西藏的外甥来了！"舅妈徐爱梅从外面回来，人没到，声音先到，唯恐邻居们不知道她家里来客人了。

她慢悠悠地上了楼，进了家门。

徐爱梅和女儿两人五官长得极像，算不上漂亮。但是，母女俩又白皙又细腻的肤色，却应了那句"一白遮百丑"的老话。

"舅妈，侬好！"嘎玛立即站起身来。

徐爱梅没接话，倒看到嘎玛手里的鲜橘水瓶子，脸一沉直接将女儿叫进自己房间："佳妮啊，侬进来！"

"啥事体？"奚佳妮显然不耐烦。

"进来呀，快点！"

祝美娣怕外孙尴尬，笑着说："嘎玛，你坐吧。"随后将事先洗好的葡萄、苹果推到外孙跟前，并与外孙聊起他小时候回上海时的事情。

这时，里屋传来表姐的声音："有啥的了？不就是一瓶鲜橘水吗？噶热的天气，白开水有啥味道啦！再讲，鲜橘水是阿拉阿爸厂里厢发的，吾想给啥人就给啥人！烦死特了！"奚佳妮从里面冲出来，随手拎起书包，走了。

徐爱梅跟出来，女儿已经下了楼。

奚沐海看着女儿气呼呼地冲下来，便问道："佳妮呀，侬哪能啦？"

"问侬老婆去！"奚佳妮没好气地回了一句走了。

奚沐海刚想上楼问个究竟，便听到徐爱梅说："看看，看看，都是你们把伊宠坏特（沪语：把她惯坏）了！"

奚沐海一听赶紧上楼来，他怕母亲生气，口气有些生硬地对徐爱梅说："又来了，侬讲点道理好不啦？"

"吾啥地方不讲道理了，今朝就讲讲清爽！"徐爱梅的嗓门更高了。

　　"唉哟喂，哪能又吵了！还让不让人清净呀！都老大不小的人了。何况还有小辈在此地。"祝美娣生气地说。

　　"就是呀，还讲呢！本来房子就小，现在可好，每个礼拜又来小辈。这叫人哪能过日子啊！"徐爱梅又哭又闹。

　　奚沐海火冒三丈，他一把把老婆推进房间里，自己也进去了。争吵声还在继续。

　　外公在厨房间忙碌，外婆在外屋不停地叹气。嘎玛心里很不是滋味，待下去不自在，走又不好走。看着外婆还在生气，他懂事地劝说外婆，叫她老人家别气坏身子。

　　外公家房子小，是旧式里弄。楼下是八九户人家共用的厨房间。他们家住在二楼，有一室半。进门就是一个约14平方米的房间。房间尽头是一张双人床。双人床的上方搭了一个小阁楼。小阁楼就是表姐奚佳妮的闺房。床的对面靠门边放着一个三人沙发。沙发和床之间摆放一张不大的八仙桌。

　　平时，来客人时，餐桌就是茶几。用餐时，根据人员多少，其他两面可以摆放塑料圆凳子。双人床上可以坐两三个人。这样外公外婆的卧房是兼客厅和餐厅功能的。里面的半间房就是奚沐海夫妻的卧室了。

　　放在平日里，奚沐海为了息事宁人，多数时候是依着徐爱梅的。今天当着外甥的面，奚沐海觉得她做得过分了。尤其刚才在楼下邻居夸他的外甥长得帅气，本来是老有面子的一件事，被这个拎不清的老婆给搅了！于是，他也黏出去了，两人才争吵起来。

　　祝美娣平静了一下，笑盈盈地对外孙说："嘎玛呀，今后你周末回家就睡在这个沙发上。看看这么大的个子，有一米八了吧？""一米八三。"嘎玛回答。

"乖乖，恐怕脚都要露在沙发外头了。"祖孙俩都笑了。

"不过呀，等到拆迁就好了。到时候你爸妈退休回来就有落脚地了。"祝美娣又说，"嘎玛呀，你舅妈这批人当年没好好读过什么书，厂里效益不好，早就下岗在家里了。她心里挺苦闷，这讲起话来也就没轻重，别往心里去啊。"

嘎玛知道外公外婆最宠爱的就是自己的阿妈了。他们毕竟就这么一个女儿在外地。眼看着自己一天天老了，他们多么希望自己的女儿能早日调回上海工作啊。

嘎玛今天看清楚了，两位老人面对着这样的儿媳妇，心情是多么不舒畅啊。再联想到自己，外公外婆叫每个双休都要回来住，可是这个氛围、这种条件……嘎玛不愿想下去。

一家人能为一点点小事，争吵不休，嘎玛还是头一回看见。在他的成长过程中，父母相爱相亲；爷爷和奶奶相敬如宾。也许是自己年龄太小，见的世面少吧，他真的不能理解这样的舅妈。

晚饭后，嘎玛坚持不住在家里，也不要舅舅送。他声称自己作业多，下周再回家住。

嘎玛独自坐在返校的公交车上，想着今天发生的事，他还是没法理解舅妈。元凶当属那瓶橘子水吧。他戏称这件事叫：震荡的鲜橘水。

学校宿舍110室门口，嘎玛拿出钥匙开了门。

"哟，嘎玛。你怎么没住在外公家？"丹增问。

"你不觉得上了高中，课程压力大了很多吗？我得回来把前一段时间上课的内容都梳理一下！"

"你还要梳理？不过，你回来我是真的很开心。要不我一个人多么寂寞，多么无聊啊！"丹增也不想知道嘎玛是什么原因不在外公家里住。只要有人陪他度这举目无亲的周末，何须管他三七二十一呢？

十六、学习生活

第二天下午，丹增、龚凯峰和曹一鸣正在抢着听曹一鸣带来的随身听。机器薄薄的，可以充电和线控，音质极好。里面放着古典音乐，丹增边听边请教曹一鸣。只见曹同学侃侃而谈。

嘎玛从教室回来，打量着这个新鲜玩意儿。等他们都听完了，他接过来，听着听着问："这是谁的作品？"

曹一鸣回答："莫扎特的第四十交响曲。"

嘎玛被音乐深深吸引。听着听着，交响曲热情洋溢，充满着感情化的乐思。他仿佛与莫扎特有过相识。渐渐地，在热情洋溢的曲调中，隐藏在其背后的艰难被他感受到了。原来莫扎特在创作这首交响曲时，就是在难以想象的困境中完成的。嘎玛的眼前呈现出当时作曲家的妻子患病，没有钱买药，饥饿的孩子没有面包的场景。听着听着，他的双眼湿润了。

丹增不解，问他怎么了。嘎玛自言自语道："这首作品距离我们已经过去两百多年了！"

"对对对！嘎玛，没想到你也懂古典音乐！"曹一鸣以为遇到了知音，狂喜地给了嘎玛肩头一拳。

曹一鸣兴奋地讲起g小调第四十交响曲创作的背景来。

高一（3）班的语文课上，徐海燕老师站在讲台上，露出一对小梨涡："今天我们学习新课，柳宗元的《种树郭橐驼传》。古人勤于植树，而树木造福于人。因此激发了历代文人墨客的诗意，他们常对喜爱的树木题诗吟咏。谁能说说有关的文人和诗句？"

嘎玛举手说："东晋陶渊明在归隐后曾在房门前种了五棵柳树，留下了'荣荣窗下兰，密密堂前柳'的诗句。"

"很好！接着说。"

"还有唐代诗人杜甫在成都浣花溪时，向住地熟人要桃树苗，'奉乞桃栽一百根，春前为送浣花溪'就是生动的写照。"嘎玛继续说道。

"好！请坐。"徐老师接着讲课，"而素有'柳痴'称呼的柳宗元，被贬柳州刺史后，在柳州沿岸种了很多树，曾留有'柳州柳刺史，种树柳江边'的说法。他的《种树郭橐驼传》不仅对指导种树有较高的科学价值，而且还有极强的讽喻意义。从体裁上看，本文既是人物传记，也是一篇寓言体的叙事性散文。"

嘎玛双目望着老师，他在边听边思考；李德吉趴在课桌上，认真做着笔记；邬小旻则抬眼听着课，右手却不停地旋转着圆珠笔。

高一（4）班在上数学课。左胜利老师在黑板上列出一道题，阚冰冰在黑板上解答。

左老师黑边眼镜下的大眼睛总是充满了智慧的光芒。他肯定了阚冰冰的思路，问该题还有无他解。曹一鸣举手，上黑板上解题。

左老师总是先将学生的思维拓展到极致："还有吗？""还有其他解法吗？"

赵东升举手，上讲台在黑板上解题。

看着三个学生陆续回到座位上，再看看他们留在黑板上的一题三解的相同答案，左老师十分满意："很好，很好。"

他的数学课往往是"言语不多道理深"。平时与学生们谈心，也总是想问问学生的想法，再谈自己的看法，简洁，明了，像他的数学课一样。

中午食堂，丹增正在模仿笑星丹增尼玛的《丹增学艺》。引得阚冰冰等同学笑声不断。而嘎玛看着他的表演，没笑，好像走神了。

第二天晚自习结束。阚冰冰来教室门口等嘎玛出来。

"冰冰，有啥事儿吗？"

阚冰冰问起昨天中午吃饭时，大家都在笑，嘎玛是不是有什么心事。

嘎玛笑着说："我怎么会有心事！"

"那大家都在笑。你却……"

嘎玛犹豫了一下。然后情绪有些低落地小声对阚冰冰说："你知道吗？丹增尼玛是在杭州的一次车祸中去世的。可是昨天你们在说笑，我却有一种不祥之感：总觉得在丹增尼玛出事的地点，好像还会出事情。"

阚冰冰听后又惊又怕。她知道嘎玛的想法可能会成现实，这意味着又要死人。

嘎玛见状，知道是吓着阚冰冰了。他马上安慰她："不要怕，只是一种预感。不一定会是真的——对了，最近蒋老师上课怎么样了？"他有意转了话题。

"挺好的。"阚冰冰来了兴致，"你记得那天咱俩去办公室的情形吗？"

"怎么不记得？还好那天只有蒋老师一个人在办公室。"

"其实，当时我很紧张，就怕老师发火。但是现在想想，这个老头其实挺可爱的。"

"是吗？"嘎玛故意问。

"你看，他这么大年龄了吧，还主动承认自己的上课语言不够规范，还说我提的意见是正确的。"

"是啊，他可爱在哪里呢？"

"我觉得吧，他可爱在，他把自己考普通话的事都告诉咱们了。你想呀，要是我考三次都不及格的话，我才不好意思跟别人说呢！可是蒋老师他老人家把咱俩当成了他的知心朋友。你说可爱不可爱吧？也是啊，不就是考个二级乙等吗？对他来说怎么像登天一样难呢？"

"我阿妈说，学语言年龄越小学起来越快。你叫他一个上海土著，年过半百再学说普通话，是难为他了。冰冰，你知道，蒋老师为什么不怕把自己的窘事告诉咱俩吗？"

"不知道呀！我还纳闷呢，咱跟他又不熟！"

"我知道为什么了！"

"为什么？快说呀！"

"你看过学校网站的'教师队伍'一栏吗？"

"没有。"

"我看过。蒋老师在物理教学和带物理竞赛方面是绝对行家里手！那么多成绩，那么多荣誉！够他老人家荣耀一辈子的了！"

"哦，我明白了。蒋老师的长项是他的教学真本事。相比之下，普通话说不好，又不是他的过错！嗯嗯，这个老头不简单啊！"

十七、公交车上

快放假了。又是一个双休到来。阙冰冰邀请嘎玛到她爷爷奶奶家去玩。嘎玛想到舅妈的那张脸，便欣然答应了阚冰冰。

他在校门口的磁卡电话亭给外婆打了电话。于是，两个人开开心心跃上公交车。

周五，接近下班高峰。车内有些拥挤。两人在车中段，说着话。车到站后，又上来七八个人，车厢内更挤了。

嘎玛索性将冰冰拉到自己前方，把拥挤的人们挡在身后。当快到站点他们准备往后门移动时，嘎玛见一个小偷正将别人的一只钱包往自己身上装。

"嗨，你在干什么？"嘎玛一个跨步上前把小偷拿着钱包的手腕紧紧攥住。小偷松手，钱包落地。

此时，车辆正好进站停下来。小偷乘嘎玛拾钱包之际，猛地挣脱嘎玛的手夺路而逃。嘎玛本想继续追赶时，车子已经启动。他将钱包归还给一位30多岁的职场女性。

这时，车内响起一片赞扬声。

"这个弟弟真勇敢，好样的！"一个中年妇女说。

一个干部模样的中年男子打量了一下问："小伙子，你是少数民族吧？"

"他是藏族。"没等嘎玛回答，阚冰冰充满自豪感地抢着说。

"好样的，小家伙！"中年人说着竖起大拇指。听说是藏族同胞，车上的人们都投来了好奇和赞许的目光。还有两个女中学生也在小声地说："长得好帅呀！""就是就是，老好看的！"

"哟，还是个学生仔，好孩子呀！你胆子老大的！"一个老伯伯称赞的口气中带着点担忧。

职场女性感激地对嘎玛说："这位同学，今天多亏你了！你是哪个学校的，我要给你们学校写表扬信！"

"不用不用。"嘎玛在这么多人的赞扬中本来就有些不好意思。过了一站，嘎玛和阚冰冰他们赶紧跳下了车。

到了阚家，冰冰像开机关枪一样，讲着刚才回家路上的见闻。爷爷奶奶笑眯眯地看着孙女。只见孙女边讲边不时地瞟着嘎玛，那眼神溢出满满的喜爱和崇拜。

爷爷阚金宝提醒说："嘎玛呀，你见义勇为是好事。可是这里面有多少危险你晓得吗？"

"是啊，现在想想真的后怕呀！"张如洁也说，"万一这个贼骨头（小偷）有刀哪能办？你毕竟还是孩子，怎么能斗得过这种人呀！"阚冰冰的奶奶说的有道理！若是今天阚海东在场的话，一定也会说："喏，我讲吧，嘎玛的戆劲又上来了吧？这小孩子，你讲他是真聪明还是假聪明？人家见到这种事体躲都躲不及的。他可好，自己送上门去了！多吓人呀！"

"没事儿，爷爷奶奶。"嘎玛举起自己的手臂，手臂上的肌肉显现出来，"我有很大的力气！"

电话铃响了。原来是带着儿子阚宇轩回娘家的婶婶钱小恕说，她娘家有点事要处理，今天不回来了。

钱小恕是阚卫东的大学同学。她开明，有思想；时尚，有活力；理性，有智慧。是一个具有超前理念的职场女性。阚冰冰和嘎玛都非常喜欢她。

虽说是长辈，但钱小恕在两个孩子的心目中，更像知心大姐姐。她的一些思想和观念，很能抓住人心，尽管聊起来她常常是长篇大论，滔滔不绝，但聆听者往往并没有听觉疲劳感。有人说："让，是品，也是德；忍，是容，也是度；善，是根，也是本。"用在钱小恕身上一点不为过。

那是一个周末，阚卫东临时有事不能到学校接侄女。阚冰冰自己回家。在等公交车时，看到一辆车上下来两个中年妇女，她们争吵不休。听听内容，才知道两人为了争座位的事情吵架。阚冰冰觉得很可笑，都下车离开座位了，有什么好吵的？

回到家谈到此事，她不解地问钱小恕："婶婶，您讲，要是您碰到这件事怎么处理？"

"首先，我不可能去争这个位子。当然，假设我要争，我会视具体情况而定。譬如，若是她靠座位近，那我让她；若是我靠得近，我就先坐下去。好，问题来了。她一定是要抢这个位子，还要跟我吵架，对吧？我不会跟她吵。我会告知她：'请你礼貌地说话，如果你一定需要这个座位，好好讲，我可以让给你。'那如果她就是不说客气话，一定要占这个位子怎么办？我会很有风度地站起来，把座位让给她！"

"吃饭了！"奶奶叫了一声。

"等会儿再讲。我去帮你爷爷奶奶。"说着，钱小恕去厨房端菜，拿碗筷。阚冰冰把椅子从餐桌下一把把拖出来。

爷爷阚金宝十分得意地说："今朝是爷爷的手艺。冰冰尝尝狮子头好吃哦？"

阚冰冰咬了一口说："嗯，好吃好吃。爷爷烧得就是好吃。"

"冰冰呀，侬的意思是讲，奶奶烧得不好吃了？"张如洁故意说。

"没有的，奶奶烧的菜比爷爷烧的还要好吃！"阚冰冰机智地回答。

张如洁笑得合不拢嘴："侬这个小姑娘就是会讲话！"

"那当然，也不看看是谁的孙女，谁的侄女？"钱小恕这么一说，全家人笑得前仰后合。

"哎哎，快别笑了，轩轩都呛着了。好了好了。吃饭时，不好大笑的！"阚金宝制止了笑声。

阚冰冰突然想到刚才的话题："婶婶，我们还是接着讨论好吧？那，像您刚才说的那样做，她一定认为您怕她了！这不是正好助长了不良风气吗？"冰冰想不通，这算什么高明的做法？自己一向佩服的婶婶，怎么会出此下下策，这分明是妥协嘛！

"我不这么看。能忍能让，以屈求伸，洞察明朗，不一定就不高明啊。你想啊，冰冰。在公共场所，我让她，周围人都看得到孰对孰错；我若不让她，就像你今天看到的一幕：争吵也好，讲道理也罢，不管怎样都影响到了其他乘客。就算你有理别人也不会来做评判，顶多各打五十大板——'好了，好了，都不要再吵了！'冰冰，你说哪个结局更好些？"

两位老人听着她俩的对话。

"冰冰呀，还有轩轩，侬两噶头（你俩）再吃一只狮子头！"奶奶插一下嘴说。

"嗯，如果是我，我一定要和她心平气和地好好讲讲道理，和她理论理论！"显然，阚冰冰认为自己有理，就不能服输！

钱小恕笑了："你呀，还是个孩子。得饶人处且饶人吧。社会是复杂的，以后你会明白的！"

阚金宝说："我讲冰冰呀，你婶婶讲得有点道理啊！"

钱小恕深知，对付这类人，最好的办法是迅速把控好她的情绪！她接着说："若你和她讲道理，她——一个四五十岁的人，难道真不懂道理？还用我们三十多岁的甚至你们十七八岁的人同她讲道理？说白了，她要真想讲道理，也不会去'抢座位'呀！此时，你唯一能做的，就是及时管控好她的情绪；但管控她的情绪，是不需要讲道理来完成的。因为本来你和她就不是一路人，三观不同。没什么好讲的！你就让她，你就叫她占这个便宜。管控好她的情绪，不使她发作，不影响到周围的人，就OK啦！但请相信，这种人总会有撞南墙的一天！这不是'阿Q'，这是道德定律！"

后来，阚冰冰把她和婶婶的讨论告诉嘎玛。嘎玛和阚冰冰的认识不同。他认为过去在拉萨，阿爸阿妈教他怎么做人，爷爷拉巴教他做怎样的人；而到了上海本来会以为自己碰到的可能都是舅妈那样的人，没想到，冰冰的婶婶让自己看到了另一类的上海人。她有点像阿妈，但比阿妈更理解他们这群少年人。她智慧、理性、又那么善解人意。因此，只要阚冰冰请他，他都非常乐意到这个家里来。可惜，今天小恕婶婶不回来。

"吃饭啦！"听到爷爷的叫声。阚冰冰和嘎玛马上到餐厅拖椅子，拿碗筷。

饭桌上，阚卫东提起阚冰冰班级同学丹增，说他是个很有喜剧表演天赋的人。

阚冰冰吃惊地问道："爷叔，您哪能晓得他的？"

阚卫东故意卖关子："侬不晓得吧？小爷叔也有一种特殊的本领。对吧，嘎玛？"

"对的，对的。"嘎玛笑着领会道。阚冰冰怀疑，因为她从来没听说小叔叔有什么过人本领。

为了进一步证明自己，阚卫东说："听我讲，笑星丹增尼玛你们是晓得的。他很不幸死于酒驾，还不到三十岁。唉，奇就奇在后来在同一地点又一个歌手去世了。我当时就说，那个地点一定有魔怪存在，以后说不定还会出事！结果怎么样？"

阚冰冰急忙问："出事了？"

"是的呀！我给你们看网上的消息！"说着，卫东和两个孩子到电脑旁，找新闻。张如洁见三人离开饭桌叫了一声："卫东呀，先吃好饭再看嘛！"

"姆妈，快来西的。一些些辰光啊！"

互联网上有这样一段文字赫然醒目："近十年后的5月26日，另一位著名的喜剧演员赵伯喜也因酒后驾车和卡车尾端相撞而当场死亡。据现场勘察，当时赵伯喜的事故现场离丹增的事故地点不远。今年5月23日，几乎是在同一地点，著名歌手谭伟利驾驶摩托车意外身亡，这只能说是一种令人痛心的巧合。"

阚冰冰面部呆若木鸡，可是她的内心却是一场几乎要震裂胸腔的大地震。她真不知道嘎玛还有什么本事！如果说，小时候她对他仅仅是钦佩，而现在她对他的钦佩在逐渐减少，取而代之的是越来越觉得他的神奇！她真的难以置信，眼前这位男孩子到底还有什么过人的直觉？

难道说，古人所言千里眼和顺风耳是真有其人其事，而不仅仅是《西游记》中的神话想象？渐渐地，在阚冰冰的内心深处，有一种越来越清晰的想了解这类人的冲动。

这天晚上，嘎玛睡在阚冰冰弟弟阚宇轩的床上。下午公交车上的一幕又出现在他脑海中。应该说，自从小学二年级自己将"看到"的真相报告老师后，他就明白了一个道理：嘎玛次仁有能力可以去帮助更多需要帮助的人。今天公交车上就很好地证明了这一点。

夜里，他梦见爷爷拉巴了。爷爷表扬他说，白天的事他做得好！做得对！

十八、欢度"双五"节

2005年上半年，新学期已过半，学校为了庆祝"五一""五

128

四"节而热闹起来。

篮球场上，校篮球队在训练。各年级文艺排练也在进行。

李德吉风风火火赶到篮球场来找嘎玛。高二年级3、4班合排节目。她编了一段双人舞，邀请嘎玛和自己一起跳。

李德吉，自从新生报到的第一天认识了嘎玛起，她的内心就再也没有放下过这个同学。后来，尽管她也知道嘎玛和阚冰冰的关系，可是她相信自己有追求幸福的权利！她时时处处总是要和阚冰冰比。

比家庭，她爸爸是大学老师，我爸爸是交通厅汽配公司经理；她妈妈在旅游局，我妈妈在歌舞团。比长相个头，她比我白点儿，我可比她高一截。要说与嘎玛般配，本姑娘当然更般配！可是，可是，嘎玛对自己总是不冷不热。现在机会来了，本姑娘得好好抓住！

不承想，嘎玛说要参加篮球比赛，无法分身，企图回绝她。李德吉立马说，没关系，反正是双人舞蹈，全按他的时间进行排练。嘎玛本想再找理由回绝她。这时，他才注意到丹增在李德吉身后不远处，正听着两人的对话。他立即给丹增使了个眼色。这个一直在旁边听着的"程咬金"，总算杀了出来。

"德吉拉，德吉拉，何必找他呢？谁不知道我丹增顿珠最擅长双人舞了？是吧，嘎玛？"如此这般，既救了嘎玛，又给自己制造了机会。他积极主动地请求排练这个舞蹈。

嘎玛立即说道："是是是，这一点我最清楚了。德吉，丹增真的是最佳人选！"嘎玛做了个顺水人情。

"什么事啊？什么事啊？"其他训练的队员也凑了过来。

李德吉见人多起来，也不好多说什么，脸拉得很长说："让我考虑考虑！"便离开了篮球场。

她气呼呼地自言自语，哼，什么无法分身？要是让他和阚冰冰跳，一定会比兔子跑得都快。人家丹增有空，就他没空！真是气死本姑娘了！怎么办？自己的舞蹈设计已经在电话里告诉了做编导的妈妈，且得到首肯。班里黄勤昊是学国标的，恐怕跳不出藏族舞的神韵。唉，只有丹增了。再想想丹增在嘎玛拒绝了自己，正没面儿下不来台的时候，他能出手相救，也算本姑娘没丢份儿！想到这里，她的气儿也消了八九成了。

　　李德吉是一个敢爱敢恨，说笑就笑，说哭就哭的女孩子，有什么事基本上都写在脸上。有时候不免会耍点儿小心眼，但并不高明。就像刚才一样，跳藏族舞蹈，嘎玛和丹增都是可选之人，而自己却只盯着嘎玛。明眼人一看，就知道自己另有企图。唉，真是的！

　　平心而论，李德吉人长得高挑，漂亮，除了丹增在半明半暗地喜欢她外，还不知有多少男生暗恋着她呢！

　　李德吉的母亲年轻时，可是西藏歌舞团的台柱子。李德吉正是遗传了母亲的基因，天生就是一个跳舞的好材料。

　　丹增顿珠就更不必说，本就生活在歌舞之地的藏乡，那是一生下来就会跳舞的孩子。事实也证明了这一点，在后来的排练中，两人自然是配合默契，浑然天成。

　　日子一天天地过着，如同电影镜头般。篮球训练、舞蹈排练和上课情景交替着。课间，丹增找阚冰冰补习英语，李德吉在和班级两个女同学闲聊。两个班级自习情况交替出现。

　　4月的最后一天。下午就是篮球赛。一下课，邬小旻在4班门口等阚冰冰和米玛。原来中午吃饭时三人约好的。

　　三人结伴往篮球场方向走着。邬小旻拉着阚冰冰的手说：

"冰冰，我好嫉妒你哟！"

"嫉妒我什么？"

"哼，明知故问。你说你那个嘎玛怎么啥都会？哇，想想他在篮球场上训练的样子，真是帅倒我了！唉，要不是我妈给我约法三章，我一定不顾咱俩的友情做你的情敌！明白吗？我好想好想做你的情敌呀！"邬小旻嬉笑着说。

米玛在一边眯着小眼睛不说话，只是在笑。

"我说，邬小旻，今天你犯痴病了，是吧？来，我帮你好好治治。"说着阚冰冰就去咯吱邬小旻的腋下。邬小旻弓着腰满脸嬉笑地往后退着，不料撞到了后面其他班级的同学。

"哎呀，噶疯做啥？"是一个女生。

"对不起，对不起！不好意思！"邬小旻举着双手在胸前忙不迭地晃着。阚冰冰和米玛笑得更厉害了。

来到球场边，她们紧贴着校队员们坐下。邬小旻欣赏着嘎玛，再环视四周。然后，她像发现新大陆一样，急忙用胳膊肘碰了一下阚冰冰说："冰冰，你往那边看！"她指着球场对面。

"看什么？"

"快看呀！你真正的情敌。"

原来对面坐着的是李德吉。她正痴痴地看着嘎玛。

"喂，我同你讲，我可是听说人家已经加大攻势了哟！你一定要把嘎玛看牢了！"

"看比赛，看比赛！就你废话多！"

这时，只见政教主任唐玲珍陪着金元高级中学的政教主任来到学校司令台上。金元中学的队员们在教练的带领下，也来到球场边。

"老师们，同学们，为了庆祝'五一'国际劳动节和

'五四'青年节，今天我们将和我们的兄弟学校金元高级中学，开展一场篮球友谊比赛。对他们的到来表示热烈的欢迎！"掌声响过之后，政教主任宣布道：

"篮球友谊赛现在开始。请双方队员上场。"

"市北，市北，你最强大！"一阵阵呼喊声从篮球场四周传出。

只见金元高中的队员们身着天蓝色球衣，个个精神抖擞；而市北高中队员们，着一身红色球衣，更显生龙活虎。两队队员来到球场中央，各就各位。

"嘘"的一声，哨声响了，只见丹增把球抢到，运球到篮下，发现对方要盖帽，立即把球传给投篮主力大前锋赵东升。赵东升腾空跃起，一个漂亮的两分球，进了！

"哇！""太棒了！"叫声、鼓掌声响成一片。

一开始市北队领先的情况下，队员们个个全神贯注，他们打得更起劲了；场下，同学喊得也越来越起劲了。

"快看，嘎玛断球了！"一个同学喊道。只见嘎玛迅速地转动他高大而灵活的身躯，阻挡着对方后卫的抢球。嘎玛举起球投篮，球又进了！

"看来这场比赛真的很精彩，双方都太强悍了！"旁边的同学说道。

"快看！"阚冰冰的注意力又回到球场，对方9号和市北的控球后卫陆新宇抢球，陆新宇手一击，把9号手中的球击到地上，中锋嘎玛顺手捡了个便宜，直接拿到球，见对方围堵上来，他迅速将球传给小前锋丹增。丹增见对方盯死了他，不好，立即再把球传给大前锋赵东升，丹增被人看得太紧，赵东升忽见得分后卫周佳元迎上来："周佳元！"随声球已到了周佳元手中。

站在三分线外的周佳元，纵身一跳，直接投篮，球在半空中时，全场安静得只剩下几声篮球鞋擦地声和周佳元跳起投球的声音。场外师生目不转睛地看着篮球，只听见周佳元跳起的脚刚一落地，一个空心的三分球，进了！

全场顿时喧闹起来，女同学们喊着："好球，周佳元帅呆了！""周佳元，酷毙了！太强了！"比赛继续……

对方发球。丹增眼快，腿快，中途断了对方的球。嘎玛这时也立刻往回跑。丹增将篮球传给嘎玛，嘎玛运球过人，已到禁区的丹增接过嘎玛的一个中传，三步起跳，球被篮板弹回。说时迟，那时快，只见嘎玛身轻如燕，三步并作两步飞起来一个补篮！成功了！

全场又是一阵沸腾——"嘎玛次仁，我喜欢你！""嘎玛，大帅哥！太帅了！嘎玛次仁！"女生们一阵阵尖叫！只听见一声哨响，68：47，比赛结束。

市北中学战胜金元中学！

杨俊辉教练在接下来的总结会上对大家说："这场比赛，嘎玛同学凭借着身高体壮所占据的独特优势外，他的个人技术和团队意识，更增加了这次取胜的可能性。当然丹增、赵东升和周佳元你们几个，表现都很好！今天晚饭老师请客，请你们吃肯德基！"

"哇，太棒了！教练万岁！"丹增第一个叫起来。

周佳元仗着自己今天表现好，得寸进尺地说："老师呀，今天换个花样好不啦？不要老是吃肯德基。"

教练心情更好："行，你们说吃什么吧？"

周佳元看了一下嘎玛，两人异口同声："我们要吃必胜客！"

随后，其他队员一起应和："我们要吃必胜客！我们要吃必胜客！"

"晓得了，晓得啦！今朝就吃必胜客！"教练被他们吵得头疼：这帮小赤佬，尽寻贵的吃！一顿非吃掉我一旬的工资不可！

丹增问嘎玛，为什么他的篮球打得这么好，是不是有什么诀窍？嘎玛想了想说：要说是诀窍，那只不过是自己有一套对篮球运动的理解。就像阿妈理解什么是神一样。阿妈曾告诉他：神就是自然，我们对神的敬畏就是对大自然法则的敬畏，只有遵循这些法则我们才能在自然中获得自由。嘎玛理解的篮球运动，就是尊重、敬畏篮球的规则，发现并掌握它的规律。因此，在嘎玛眼里篮球运动是10个队员在场上遵循规律的运动。谁遵循得好，谁就是赢家！

晚上便是"双五"晚会。学校礼堂充满了热烈而喜悦的气氛。第一个节目，高三年级女生小合唱《市北中学校歌》和《歌声与微笑》。中国人都知道，到了毕业班，一切都要为高考服务。高三女生的校歌，显然是既能充分展现学校学生的精神风貌，且又是信手拈来，排练几乎不费工夫的表演；至于《歌声与微笑》更是伴着这些上海出生的学生们成长的歌！上海的孩子谁人不会哼，谁人不会唱！所以她们所选的歌曲还是比较讨巧的，也是颇受师生们欢迎的。

第二个节目是高二年级的舞蹈：藏族同学的双人舞酒歌《格桑拉》。主持人这样说道："这是一首我国藏族地区的民歌。这首歌是祝福新郎新娘的酒歌，曲调欢快优美，它表达了藏族同胞幸福美好的生活。编舞：李德吉。由高二（3）班李德吉和高二（4）班丹增顿珠同学表演。大家欢迎！"

嘿嘿，嘿，嘿嘿；嘿嘿，嘿，嘿嘿；

嘿嘿，嘿，嘿嘿；嘿嘿，嘿，嘿嘿。

今天我们在一起，格桑拉，

跳起欢乐的锅庄，格桑拉，

祝我们大家幸福哟，祝我们大家吉祥，格桑拉。

……

　　随着优美欢快的曲调，女高音原生态的伴唱，使在场的师生有幸一睹这两位藏族同学的舞姿。美妙极了！

　　第三个节目是高一年级的小品……到最后一个压轴戏，便是来自牧区的米玛同学和学校音乐老师赵敏霞演唱的《青藏高原》。台下听完报幕后，顿时疯狂了。历次晚会证明，但凡老师和学生同台演出的节目往往最受欢迎。这次也不例外。大家谁也没有想到，平日里不敢大声说话的米玛，竟然积蓄着如此巨大的声音能量！她的演唱绝不输给专业的李娜和韩红，跟西藏歌唱家巴桑的声音好有一拼！而赵老师的演唱更多地显露出她的专业功底。一曲唱罢，全场沸腾！

　　最后，晚会在《歌唱祖国》中结束。

　　长假之后，3班和4班教室继续沸腾着。同学们还在对"双五"节的那台晚会津津乐道！上海的同学还是第一次现场领略西藏舞蹈和歌曲的魅力，大家兴奋极了。

　　中午的食堂里，丹增十分骄傲地对李德吉说："德吉拉，你没选错人吧？我就知道，你是我的伯乐，我是你的千里马！'伯乐常有而千里马不常有哟！'"

　　"嘻，嘻，啥人在瞎讲八讲呀？"邬小旻严肃地纠正道，"人家昌黎先生明明讲'千里马常有，而伯乐不常有'。搞搞清爽再讲好不啦！"

哈哈哈哈，大家一起笑起来。嘎玛冲着邬小旻挤了一下右眼，说："你以为他真不知道啊？人家那是故意的。"

"就是，人家丹增想一辈子做德吉同学的千里马！"阚冰冰故意说破。这一来加强丹增追求李德吉的事实；二来也是提醒李德吉，不要成天老是盯着自己的嘎玛。

邬小旻听出了阚冰冰话的意思，知道她是在报答她那天的好心提醒。于是，邬小旻在李德吉和丹增之间燃起的尽管是很微弱的爱的小火苗上，试图再添一把柴："哎呀，你们看，我怎么偏偏这么迟钝呀！不会提前得阿尔兹海默症吧？"

"邬小旻，你说的啥？我怎么听不懂呀。"米玛迷惑不解，终于开口了。

"米玛，她说的就是老年痴呆呀！"阚冰冰解释道。其实，此时的米玛除了不知道阿尔兹海默症外，她更不明白阚冰冰和邬小旻之间的那种默契。

"喏，我刚刚才发现，丹增同学和李德吉同学，那便是天生的一对，地造的一双啊！"邬小旻把"天生的一对，地造的一双"用越剧的曲调唱出来。

"好！""哈哈哈哈……"又是一阵笑声。

李德吉立刻起身端起饭盒跑到其他桌去了。丹增此时已羞红了脸，不由地转着眼珠子伸伸舌头，做了个鬼脸。

李德吉实在是太喜欢嘎玛了。她明明知道阚冰冰与嘎玛是青梅竹马，但她无法克制自己。她在日记里这样写道："嘎玛，是我心中的白马王子，是我心中的格萨尔王。今生今世我要拥有他！我知道，这条路可能很艰难，但是我不怕。哪怕为此撞得头破血流，我也不后悔！"

十九、初恋

老师办公室。

徐海燕老师在当面指导嘎玛的作文。嘎玛听完老师的指导，拿着作文本刚要离开办公室，左胜利老师夹着书本教具进来。

他立刻招呼嘎玛："先别走呀，嘎玛。你篮球打得漂亮，我见过的啊。可我听说，你舞蹈也跳得不错。啥辰光给我们展示一下？"嘎玛看着左老师，"嘿嘿"笑着。

片刻，他对左老师说："对了老师，有一句话，其实我早就想告诉您，但一直没有机会。"

"有啥话？你尽管讲来。"左老师总是那么平等地对待学生。

"左老师，您不是普通人！"

"小鬼头，我晓得你一定是要讲左老师长得像坏人啰？"左胜利笑骂道。

"不，不是的！老师。"嘎玛立刻晃着双手而后略微放低声音，"我想说，您有领导的相貌，以后一定会有所作为的。"几个老师听到后，一阵笑，大家觉得这小子在信口胡诌。

"哟，这可不敢瞎讲八讲的。你左老师就是一个普通的中学教书匠。你要说我像坏人的话，我倒相信的。那就说明你老电影看得多。其他的可不敢瞎讲的！"左老师嘴上说着，脸上却是笑得灿烂的。

物理蒋老师摘下老花镜，脑袋摇得像拨浪鼓一样。口中念叨着："这小鬼头心智不成熟哇！"蒋老师心里继续说，白长这么个大个子，怎么戆嗨嗨的！

中午去食堂的路上。李德吉叫住嘎玛，把一纸包东西塞给他。没等嘎玛说话就自己说道："我阿爸到北京出差。我奶奶叫阿爸带过来的。"说完，急忙跑到前面去了。

李德吉也是一个汉藏结合的孩子。1984年父亲李京春从北京工大毕业后，主动申请到西藏工作。在拉萨，他邂逅了才旦桑吉——一个西藏歌舞团的舞蹈演员。1987年春暖花开时节，他们的爱情之果来到世上。父亲为了表示对母亲和藏民族的尊重，将女儿的名字进行汉藏组合，取名为李德吉。

这时，阚冰冰、邬小旻和丹增走过来了。丹增一把抢过纸包。打开来一看，是北京酥糖和茯苓夹饼。他毫不客气地拿给阚冰冰和邬小旻两颗糖。

阚冰冰说："又不是给我的。我才不要呢！"丹增抓了一把糖，跑了。

嘎玛知道，阚冰冰生气了。嘎玛忙解释："冰冰，不是我要的，是……"

"别解释，跟我有啥关系的？"阚冰冰说完拉着邬小旻也跑了。

晚自习后，嘎玛等着阚冰冰一起回宿舍楼。一路上，看着还在生气的阚冰冰，嘎玛解释半天。什么"德吉奶奶买的北京特产，就是叫我尝尝，你不要多想了！""再说，大家都是同学，人家给了，也不可能把它扔掉，你说对吧？"

阚冰冰如此冰雪聪明的人，她能不知道吗？她就是要使一下自己的小性子"作"一"作"，看看嘎玛有多在意自己！

嘎玛好说歹说都不行。于是他灵机一动，捂住肚子往地上一蹲："哎哟——哎哟——我肚子疼，疼死我了。"一边呻吟着一边说，"谁叫我这么嘴馋的，真不该吃人家的糖呀！"

开始，阚冰冰装作没看见。但是，嘎玛一直喊疼，表情不像是装的。这下阚冰冰便有点着急，急忙问："嘎玛，你一定是吃坏什么了！我陪你去医院吧？"嘎玛见阚冰冰上了自己的当，他暗暗发笑。直到阚冰冰急得快要哭了，他不禁心一软，停止了"表演"。

于是，他"腾"地一下子站起来，正经地问："你不生气了？那好，实话告诉你吧，我是骗你的！"阚冰冰一边笑骂着，一边双手在嘎玛的胸前敲打着："你坏你坏！坏嘎玛！"

嘎玛心头一热，突然将阚冰冰紧紧地搂在自己的怀里。小时候，他抱过她。那是他俩一起到同学家里玩。同学被父母锁在家中的院子里，嘎玛抱起她翻过院墙进入同学家。玩够了，嘎玛先翻出院墙，同学在里面扶着凳子，阚冰冰再翻出来，嘎玛在下面张开双臂迎着她。当她落入嘎玛的怀中，再顺势滑到地面上，一切都是那么自然。可是现在，他俩的身体接触在一起，那种感觉完全不同于小时候。嘎玛搂着眼前这个姑娘，她的身体已经是十分丰满柔软的，姑娘凸起的胸部被他紧贴在自己胸前，使他浑身像过电一般，好奇妙又好美好！

阚冰冰本能的反应是想推开他："干吗啦，当心被人看到多不好！"

"放心，没人！"他有些激动，他把她搂得更紧了。她也不再推他，顺势也抱住了他的腰。她像一只顺从的小绵羊，依偎在心爱的人的怀中。

他们打小在一起，彼此是那样地熟悉对方。只是，今天的此时此刻，阚冰冰才嗅到在嘎玛身体中，多了雄性的荷尔蒙的成分！她多想叫嘎玛永远这样拥着她，爱着她，疼着她……

他长大了，是一个真正的男子汉了。他疼爱的昔日邻家小妹，如今也已长成楚楚动人的少女。少女的眸子总是那么明亮透彻。

晚上的天空格外清新，繁星在空中眨着眼睛，似乎也在为这对恋人见证爱的炽热！

寝室里，冰冰蹑手蹑脚回到自己的床上。她还沉浸在幸福中不能自已。冰冰脸上越发温热了。她的大脑告诉她，她已是世界上最幸福的那个人儿了！

躺在床上的她，辗转反侧。今晚的情景又一次浮现在她的眼前。一对少年少女在硕大的香樟树下，紧紧相拥。少年低着头，在少女耳旁私语："冰冰，我要给你讲一个古老的故事。有这么一位娴雅而又美丽的姑娘，与她的心上人约好在城墙角边相会。可是啊，时间到了，姑娘却故意躲藏起来，急得她的心上人挠头又徘徊。这个姑娘真好看，就像下凡的七仙女。她曾经从郊外采来茅荑草送给他，草儿都显得美丽又出奇。其实啊，不是荑草真的美，而只因为是这位姑娘送给他的，里面自然充满了对心上人的满满爱意哟。"

阚冰冰早就听出来，这是《诗经》中《静女》的诗意。她不想打断他，她明白这是嘎玛在向自己进行爱的表白。

最后，嘎玛又说："冰冰，你就是我的这位仙女般的姑娘！我要送给你四句诗，请你今生今世要记住：'执子之手，陪你痴狂千生；深吻子眸，伴你万世轮回。执子之手，共你一世风霜；吻子之眸，赠你一世深情。'"

据说这是西藏六世达赖仓央嘉措《执子之手与子偕老》诗中的句子，嘎玛叫阚冰冰要永远记住。阚冰冰不住地点着头，她明白，这是他俩爱的誓言！

二十、测试与竞赛

徐海燕老师家中，徐老师又一次把班级里这位优秀学生的事讲给丈夫袁子枫听。袁子枫是上海社会科学院的一名副研究员。

听罢妻子的话，他不禁大笑起来："这不能说明这个孩子有什么神奇之处！"

看着妻子一脸不服的神情，袁子枫给妻子出个主意，是骡子是马拉出去遛遛——考考这孩子："好，好，那我们拭目以待！上次你说过，这个学生对过去的事情也能有所感知，对吧？我建议就考他对过去的知晓情况！"

于是，徐老师和丈夫从两本《大词典》中抄录了一些著名人物的出生年月日，并混抄在一起。

第二天中午课间，徐海燕老师把嘎玛叫到办公室。让他看纸上的数字。他随口就说："这就是古今中外出生日期大杂烩嘛！"徐老师听后不由得大吃一惊。

"陈老师，陈老师，你快过来！"

"啥事体，徐老师？"

徐海燕指着一串数字问嘎玛："你说，这是谁的生日？"

"是欧洲一个女皇的！"嘎玛稍加思索后说，"就是英国的伊丽莎白二世！"

徐海燕和陈老师不由再次一惊。徐老师再指一个"1756127，这位呢？"

"老师，这个人我就更知道了。他就是莫扎特。我特别喜欢他的《g小调第四十交响曲》。"

"难以置信，难以置信啊！"徐海燕拍着嘎玛的肩膀，她压抑不住内心的激动，问最后一个，"这个呢？"嘎玛笑笑说：

"他是日本的第四十代天皇！"

小陈老师终于惊叫起来："哇，噶神的！不得了了，不得了了呀！"

"啥事体想不通了？"左胜利和物理蒋老师进来了。徐海燕简单讲了一下嘎玛的能耐。他俩不信，又试了几个。

嘎玛想了一下，说："我也不知道怎么解释。可是只要我看到或接触到相关的人和事，他们（它们）就会反馈给我大脑一种信息，这种信息一般就是我所要的东西。老师，我爷爷也是可以的。"

嘎玛离开后，经验丰富的蒋老师说话了："你们仔细想想看，这个学生仔最大的优点是啥？"

"记性好，理解力强！"左胜利最有发言权。

"对的，那么我个人认为，嘎玛看的书多，记忆力又好，搞不好这小子早记住了老多的东西。那种特殊本领一说，我是不相信的。"

左胜利立即应和着老教师，而徐海燕和小陈老师不作声，显然她们不服气。

当天晚上，徐老师将白天的情况告知丈夫。袁子枫也赞同左老师的观点。徐海燕不服气地说，跟你们这些人讲不清楚！

市里举办中学生英语故事大赛，阚冰冰载誉而归，荣获一等奖。周一的升旗仪式上，校长于立人亲自为她颁发奖状。

双休日，嘎玛被邀请到冰冰爷爷奶奶家，叔叔阚卫东夫妇张罗着庆贺。

引领时尚的婶婶钱小恕提议去上海的新地标——新天地！她说是让两个学生仔参观一下以石库门建筑为主体，有着欧式风情的休闲和娱乐之地。他们一定会有所感悟的！

来到新天地，两个孩子果然很兴奋。

应该说，上海新天地改写了石库门的宿命。因为它将本已走入历史的石库门建筑注入了新的生命力。漫步新天地，仿佛时光倒流，仿佛他们又置身二十世纪二三十年代的上海。

那青砖步行道，那红青相间的清水砖墙，那厚重的乌漆大门以及那雕着巴洛克风格卷涡状山花的门楣，使人们流连忘返。

走累了，阚卫东建议在一家名叫"思露花雨"的咖啡屋前的露天座位上坐下来。钱小恕点了四杯咖啡和两碟精致的小点心。

"嘎玛，此地好白相（沪语：好玩）吧？"婶婶问。

"好白相，很好！婶婶对这里很熟悉呀？您在此地住过的，对吧？"

"嗯，我小辰光就在此地生活的。前些年动迁，阿拉真心舍不得离开的呀。没想到经过一番改造，修建得如此现代和时尚，真的还是蛮值得的。侬晓得哦？刚才我们看到的一个个宽敞的空间，原先都是一户户的隔墙，小是小的来。现在好了，全被打通了，四季如春的中央空调，欧式的壁炉、沙发与中式的八仙桌、太师椅相邻而处，茶座、中餐厅和酒吧、咖啡屋和谐搭配。就说这家咖啡屋吧，喏，现代绘画的墙壁和立式的老唱机是不是在悄声倾诉着主人的文化品位呀？这门里是完全的现代化生活方式，你们再看看这门外就是风情万种的石库门弄堂。就这样一步之遥，恍若隔世，是不是有了穿越时空之感呀？"

钱小恕如数家珍地介绍着新天地的前世今生。嘎玛和阚冰冰都沉浸在时空的穿越之中。下午他们在叔婶的带领下，仔细品味着新天地的外墙建筑和各个店面内的装饰和摆设。果然无一处不像小恕姊姊说的那样。

周日下午回到学校。傍晚时分，丹增拉着嘎玛陪他上楼找阚冰冰。306室门口。他俩正要敲门，米玛开门出来。

"你俩找谁？"米玛不是不认识他俩，而是不知道怎么表达意思。她想，如果是嘎玛上来，一定是找阚冰冰；要是丹增上来一定是找李德吉。现在他俩一起上来，难道是分别找？

"阚冰冰在吧？"丹增忙问。

"嗯，现在就她一人在里面。冰冰，有人找你！"说完米玛去教室自习去了。

"咦，是你们。进来呀！"

丹增像个犯错误的孩子一样："对不起，阚冰冰同学。上次你叔叔给你送过来两本词典，我只给了你一本。另外一本我想用几天。结果没想到掉到床下面去了。这次你比赛获奖了，我才想起来。回到寝室一阵翻天覆地，总算找到了。对不起啊，对不起！"

"哦，上次米玛转交给我的《英汉大辞典》，是我叔叔让你交给我的？"阚冰冰接着说，"呵呵，我当是啥事情呢！没事儿，没有这本词典我不是一样获奖了吗？"说完，阚冰冰接过《汉英大辞典》。

阚冰冰明白了，原来叔叔就是送书时，认识了丹增的。哼，还谎称自己有"高超本领"！还有这个丹增，也不知使用什么招数，叫我叔叔仅仅一面之交就这么喜欢他！

嘎玛拍拍丹增："我说没事吧？你还非要拉着我上来。告诉你，冰冰绝对是一个明事理的好姑娘！好了，那咱们就一起去教室吧！"

一段时间后，嘎玛渐渐有些适应上海生活了。卫东叔叔和小恕婶婶常带他和冰冰到处走走看看。带他认识上海，了解上海的过去，懂得上海人的处世之道。他不像刚来时那么想家了。学校的氛围好，也是他不太想家的另外一个原因。在这里，老师好，同学好。他和丹增、米玛都有同感，他们并没有一开始所担心的被大家看成另类。相反，学校在这方面做了充分的准备工作，让他们这些西藏来的孩子"宾至如归"。

嘎玛有点儿喜欢这座城市了。

二十一、学者的牢骚

双休日的一个下午，徐海燕老师家中。丈夫袁子枫正在接待复旦大学历史系、当年大学的室友许建中副教授。本来袁子枫电话联系要去母校拜访老同学，结果许建中说今天上午正好在袁家附近办点事。下午到家里来聊聊，顺便看看嫂子和孩子。

徐海燕准备了丰盛的下午茶——现磨的咖啡浓香可口，龙井茶碧绿可人，还有精致的小点心。

许建中先开口了："老同学，做研究，还是你们好。兄弟我又是上课，又是带研究生，自己还要搞科研，真是应接不暇啊。累点儿不要紧，就是有的事情你是越来越看不懂了。"

袁子枫笑着说："看来我们许副教授也是牢骚满腹啊！不妨讲来听听？"

许建中品了口咖啡说："哦，这么说你找我也是要发牢骚的？哈哈哈，那就先听我发吧！现在我们一些学者，孜孜矻矻于对中国历史的纵向研究，而忽略与国际的横向研究。譬如中国历史上在许多方面，曾经是世界最先进的，是文明程度最高的。但对存在的其他文明少有甚至没有进行过必要的比较研究，更不要说把它们放在一个开放体系里去系统研究了。这样一来，一旦中国的历史学者有一天走出国门，就会发现，世界上存在的文明远不止是中国的古文明。更令人担忧的是，那些专家们说，只有中国的古文明没有被割断过。事实上，古印度文明，爱琴海（包括希腊）文明和咱们的华夏文明，这三大文明传承至今，都从未泯灭过！"

"建中你说的有道理呀！看来问题还有点严重啊。这款咖啡怎么样？"袁子枫缓和一下严肃的气氛后说道。

"好，好，正宗的蓝山风味！"许建中细细地品尝着说。

"不过我现在也是有不少困惑啊！"

袁子枫和许建中提到一本《千古异人录》时，建中说听说过。这是一个叫陈涛秋的人从中国的历史文献中包括正史、地方志和笔记史料整理采集得到千余条，精选出二百一十八例写成《千古异人录》一书。其中有些事例我们至今无法解释，但是国内找不到相关资料。

许建中不解地问："老兄怎么对这方面有了兴趣？"

"海燕，海燕，你出来，来来来，把你们班嘎玛这个学生给建中介绍一下。"

徐海燕听到丈夫叫她，她便摸了一下儿子的头说："认真点儿啊！"随后，关上儿子房间的门笑盈盈地出来坐在沙发上。

徐海燕简单说了一下她发现这个学生的过程，然后讲了刚刚发生的一件事。

记得上周期中考试后，徐海燕正在自己班级上语文课。突然，嘎玛举手说："报告老师，我闻到一股焦煳味，二楼化学实验室好像着火了！"

徐老师当时的反应是，你嘎玛是不是这几天玩疯了？实验室在楼下，我们教室在五楼。这八竿子打不到的呀！

"真的，老师。现在不去制止，就会酿成火灾的！"嘎玛焦急地说。

于是，徐海燕说："那，你去看看！其他同学在教室里。我们继续上课！"

嘎玛飞也似的冲下楼梯，直奔二楼实验室。化学实验室内，一位男老师和管理实验室的李婷老师正在用灭火器灭最后一排靠窗的桌子上燃起的火。其他学生都吓得撤到了讲台周围。

嘎玛二话没说，抢过一个同学手里的灭火器，与老师们三下五除二地灭掉了明火。还好，发现得及时。

起火原因很简单。原来是一个男生没听完老师的实验要求和步骤，擅自操作引起的着火。

当嘎玛回到教室时，已经下课了。

徐海燕在等他，他便将事情的经过简要汇报给老师。徐老师用不解的眼神看着他。在场的同学们则叽叽喳喳问个不停。

"你怎么就知道着火了？"

"嘎玛，你是大仙呀！能掐会算的？"

徐老师对她的这名学生，在越来越喜欢的同时，也越来越看不懂了！因为在他身上，总是有神奇的事情一件一件地发生着。

"于是，我经常回到家，就会催促子枫要抓紧时间去研究。"徐海燕最后说道。

袁子枫开始了他的牢骚："你也看到了，我就是这样被我家徐老师催促着。那么我就想了，问题在哪里？这就是我要找你的原因。你说，社会发展到今天，过去多少不可能的事情变成了可能。可是，面对生活中已出现的一些现象，用已知的理论无法解释时，能不能突破一些条条框框，让我们的研究人员大胆思考、大胆假设、大胆钻研呢？可是，这一点似乎放不开。这就导致了当代愚昧！"

"何以发出此番感慨？"许建中问。

"当愚昧到了极致，它就是一种公害！你看啊，浩瀚的宇宙之无穷尽。我们人类认知的物质，仅仅是整个宇宙的5%。因此，我们要学习、要探索的大自然之谜是无穷尽的。"

"你说下去。"许建中说。他和徐海燕都在听着。

"你看啊，现代超心理学实验报告，可以从《千古异人录》一书中找到充分的验证。那些现象是伴随着人类社会不断出现的。据说陈涛秋先生还创建脑际特异遥感的唯象理论。国外不少资料也表明，早在1942年英国心理学家罗伯特·苏奥雷斯就创造了一个词'超验（psi）'，专指那种精神体验。因此，有人提出超验体验。它包括：思想与思想之间的联系，对远方物体或时间的感知，对未来事件的感知，以及思想与物体间的互动。

"我的意思是说，国外对这个领域的研究已经很超前了。而我国竟然还是个空白。每每提到这些现象，总有一些人会毫不思索地将其归为'封建迷信''唯心主义'一类。诚然，"他呷了一口茶，继续说，"我不否认有人借此装神弄鬼，甚至四处招摇撞骗。普通百姓不是做研究的学者，认知有限，他们说是封建迷信，我一点儿也不奇怪，可以理解。但是我们的知识界不能因噎废食啊！我们的责任正是要通过孜孜不倦的探索和研究，去揭开奥秘，给人们至今还不能理解的自然界里的现象做出科学而合理的解释。不能简单地把已知的客观存在归为迷信，你说是不是啊？不瞒你说，开始时，我也认为一两次的偶然现象，算不上什么。但是，一而再，再而三地出现，我不得不思考了。"

"来来来，休息一下，吃块点心再讲吧！"只见徐海燕把事先放在小碟子里的"香草拿破仑"甜点分别递给许建中和自己的丈夫。

"嫂子，别忙了。这个甜点，我看就不吃了吧？我现在的体重，看看，看看。"说着，他站起来双手比画着自己的腰身。

徐海燕笑着说："建中，你就放心。这款点心一点儿都不甜！快尝尝，快尝尝吧！"

"哦，果然别有风味！"许建中吃了一口说道。

"对吧？我自己看着书做的！你们慢慢聊吧！我得进去看看儿子作业做得怎样了。"说着，她端着一碟点心进了儿子房间。

"子枫，你小子有福气呀！海燕能干，脾气又好！是个贤淑的女人啊！"

"哈哈哈，你这是只看到表面上的。总体上来讲嘛，她脾气是比我好。可是，她就是一种犟劲上来，那是不得了的！哎，就拿她班上嘎玛的事来说吧，乖乖，三天两头催呀！好像她一催，我就变成这方面的研究专家了；她再一催，我就出研究结果了！你说可能吗？咱们可是学历史的呀！"袁子枫苦笑了一下。

"看来，嫂子的执着，那是对基础教育这份工作的执着呀。钦佩钦佩！"

袁子枫继续道："我刚才说到哪里了？对，你说，在海燕学生嘎玛身上发生的一些现象，怎么解释？如此看来，人类还是有必要去探索未知世界的！当然，不排除这个孩子身上有着许多的偶然现象。所以，才更需要我们相关领域的专家们去探索，去研究嘛！"

许建中听着，不住地点着头，他赞同老同学的观点。最后，许建中说，他会帮着留心这一方面的资料的。

二十二、同学的苦恼

其实，嘎玛入校不到一年，在学校里已经小有名气了。春季的校运会上，个人限报的三个项目他都拿了第一名，还参加了班级的4×200接力赛，得了第一。由于他的贡献，班级拿到了团体第一名。对于这样一个全面发展的好苗子，班主任徐海燕更是乐开了花。

"我说徐老师，你们班的嘎玛还有他不会的吗？早知道他这么能干，分班的时候，我应该到教务处去走走后门的啦！"左胜利老师羡慕地开着玩笑。徐海燕的一对眼睛眯得更小了，一对小梨涡更深了。

"我说左老师呀，你也不用羡慕嫉妒恨了。你不说上一届你带的那个五班，多强势呀！这叫风水轮流转，也该转到我徐海燕这里了！"徐老师继续笑着说道。

在办公室里他俩这样聊着，其他科任老师和几个学生听了，都笑了起来。

嘎玛在新生入校不久，就参加校篮球队的比赛，那时他就有了不少喜欢看他打球的"粉丝"们。尤其是那些不同年级的女同学。不管是在去教室的路上，还是去食堂的路上，或是从教学楼回宿舍楼，总会有三三两两的女同学上前搭讪："嗨，你好。篮球中锋！"

"你好！"

"什么时候还有比赛？我们很想看你打球的。嘎玛，我们交个朋友吧？！"

现在，嘎玛的名字不胫而走。其他年级不知道嘎玛是谁的学生也到处打听。

"嘎玛，你好！帮我看看，我爸妈是不是会离婚？"

"嘎玛同学，你看我将来去哪个国家留学最有前途？"

嘎玛面对这些同学，总是笑而不答。因为他时刻牢记阿爸阿妈的嘱咐，自己是学生，学生的任务就是学习文化知识。

一天，宿舍里，龚凯峰愁眉苦脸。丹增告诉嘎玛说，他爸爸遇上官司了。他正为爸爸担心呢。

嘎玛从小喜欢翻阅父亲的法律书籍。对一些常识性的法律问题，他还是有把握的。他了解了一些基本情况后对龚凯峰说："龚凯峰，你不用发愁，这个官司的责任方不是你爸，你不用担心，真的！"

"关键是对方律师说，他们五人希望私了。但只肯出一万元赔偿。毕竟我爸被他们打成重伤，吃了苦头的。以后有没有后遗症，能不能再开车都很难讲的呀！"

原来龚凯峰父亲是出租车司机。一天晚上，他准备收工。路过一家小饭店，从里面走出五名醉汉，强行要坐他父亲的车。父亲说，超载是违法的。可是对方几个人便一边骂着脏话，一边推搡着父亲，威胁父亲要投诉他拒载。

争执之间，其中的一个醉汉从饭店门口拎起一把椅子，向父亲的头部砸来。顿时，父亲的前额被砸开一个两寸长的口子，鲜血直流。好在饭店老板发现这帮醉鬼闹事，及时报了警。很快五人被带走。父亲被"120"急救车送进医院。

第二天，酒醒后的五个人吓坏了。但是他们很快冷静下来，在一起商量对策。最后决定，一方面先让五个人的妻子买好各种补品到医院去慰问并道歉，以稳住龚父；一方面他们让家里人去请了律师。他们很清楚受伤的龚父一旦起诉，他们的工作难保不说，还要吃官司。

律师听他们的诉求，就是想私了。于是，律师找到龚家妈妈，把他当事人的意思告知龚家。龚妈妈听下来，知道他们是既不想受害人去法院起诉，又不想多支付赔偿金。律师还有意无意地透露说，对方还有一个在机关里坐办公室的。于是，龚家人哪里敢惹，便为此发起愁来！

嘎玛自信地说："我叫你不用担心。就是因为他们是公职人员，他们怕丢掉工作。这样吧，你马上给家里打电话，叫你妈妈务必去请一个律师。让律师和对方的律师去交涉。这事一定会有个公道的说法！"

龚凯峰有点儿将信将疑，但"宣父犹能畏后生，丈夫未可轻年少"。对呀，连孔圣人都说后生可畏，何况，嘎玛的本事自己领教过的。相信他，没错的！

"嘎玛，我听你的。我这就去给我妈妈打电话！"

丹增说："我陪你去！"

看着他俩离开寝室，曹一鸣佩服地对嘎玛说："嘎玛，我知道你为什么人缘好了。你是有真本事，而且你正直、善良！帮人总能帮到点子上！"

"你们不是一样的吗？我每次打电话给我阿爸阿妈，总是会提到你和龚凯峰的友善，还有丹增。这是缘分，学校把咱们四个人分在一起，你说，这不是缘分吗？"

嘎玛相信缘分，与他们三人相识是缘分；与阚冰冰相爱是缘分；与两个班级的老师、同学相处是缘分……他从心底深处珍惜这些缘分。

二十三、出差来沪

　　快放暑假了，上海气温已经高达三十多摄氏度了。扎西平措出差来上海。他还穿着长袖衬衫，袖子挽得高高的。他先去岳父家里看望两位老人家，随后到学校里来拜见老师。

　　下午徐海燕老师没课，她热情地接待了扎西平措。徐老师心里不知道有多少疑团，等着这位没见过面的家长呢！谈及嘎玛，徐老师是发自内心的喜欢。

　　她说："嘎玛这个孩子，你们是怎么教育出来的？各方面都这么优秀。尤其是道德品质极好！"说着，她向扎西平措通报了两件事。一件是嘎玛上次公交车上抓小偷的事。说这孩子，做了好事不张扬，不留名。自己还是无意中从4班左老师那里晓得的。另一件事，嘎玛救了一个同学的生命，也救了学校的声誉。虽然，这个学生的事，与学校没有直接的关系。但让人想起来终究还是后怕的。

　　那是一个周一的晚上，嘎玛坐在教室里上自修课。但是他不像往常那样，他有些心神不宁，有些烦躁，他总觉得要发生什么事情。转头一看，段毅的位置上空空如也。问了一下他的同桌，只说课间时看到段毅往楼顶方向去了。

　　"不好！"声音一出，同学们都回过头来看他。

　　他意识到影响到周围了，抱歉地说："不好意思。没啥没啥！"

　　其他同学又继续埋头学习了。只有邬小旻和李德吉用奇怪的眼神看着嘎玛。尤其是邬小旻，她知道嘎玛不会莫名其妙地说这么一句的。

　　嘎玛终于坐不住了，他起身从后门出了教室。邬小旻紧随其后："嘎玛，你怎么了？"

嘎玛本想出去看看，顺便到隔壁班级叫上阚冰冰，见邬小旻跟出来，他立即改了主意："小旻，段毅这几天的状态不太好，我想去楼顶看看。"

"我也去。"说话的是李德吉。

"你怎么也出来了？"

"你能出来，我就不能出来？"

"好了，你俩别吵了！这样吧，你们千万不要惊动大家。先去校长室找值班校长。然后，请他安排值班老师过来。"

"好！"

"回来！"嘎玛又叮嘱道，"请校长叫一个力气大的男老师到楼顶上来，一定要轻手轻脚，我在上面见机行事！"

"哦！"

两个女生飞一般下楼了。嘎玛定了定神，轻轻地迈着步子上到6楼。在6楼的另一边，他看到了挂在墙壁上的消防铁梯。铁梯上方的盖板果然被人掀开了。他蹑手蹑脚地慢慢爬上去，快到顶部时，他的心跳得很厉害，他似乎听到了自己心脏"怦、怦、怦"的声音。

"嘎玛次仁，你有点儿出息好吧？你是上来救人的，又不是害人的，你这样慌乱是要出问题的！"嘎玛脑中好像还有一个非常冷静的嘎玛在对他说这番话。

"对呀，我是来救人的，我要冷静对待我将看到的场面，我还要很快作出判断，采取行动！"别说，他的心脏像一个听话的小孩子，一下子平静了许多。

他伸出头，眼睛直接对着南边，果然，有人！他不由地倒吸一口冷气，因为，此时那人不是在徘徊，而是直接站在了楼边上。这个背影，嘎玛是熟悉的，正是段毅！好在段毅不高，也不胖。这在形体上，嘎玛就占有了优势，他一下子自信起来。他上到楼顶平台，距离段毅尚有十多米远。

怎么办？这十几米在平时也就是几个跨步的问题，可是现在谁能保证，他不会被段毅发现？万一发现，他一惊慌，肯定会掉下去！怎么办？等老师来？万一他现在跳下去怎么办？

嘎玛看到在自己旁边四五米远的大水箱。"有了！"他急中生智，爬上平顶，高高地迈出去一只脚，轻轻地落下，再换一只脚。这样用了三四步，便将身体掩在水箱后面。

"喵、喵、喵"，几声急促而凄凉的小奶猫呼唤猫妈妈的声音从嘎玛口中发出，他紧盯着段毅的背影，默默地念着："快转过来呀，快转过来呀！"嘎玛想，如果他能转过来，说明他还留恋人世间的美好，这样就好办了；如果他无动于衷的话，那说明他的心已经死了。就是说，周围有点小动静跟他已基本上没关系了。

"喵、喵、喵"，又是几声叫，段毅的背影还是一动不动。看来他真的是心灰意冷了！

嘎玛立即实施脑中的第二方案。像刚才一样，他慢慢地，轻轻地接近段毅，在段毅就要发现他的瞬间，他就像当年救刘涛一样，用自己有力的臂膀把背影拦腰挽回自己的怀中，并顺势向左后侧倒下去。

段毅被这突如其来的动作救下来，可能是被吓着了。他歇斯底里地哭喊着，挣扎着。可是嘎玛死死抱着他不放。这时，杨俊辉老师已经爬上楼顶。闻讯爬上楼的还有冯副校长，政教主任唐老师和几个已知情的学生。

政教唐老师立即上前拉着段毅的手，不停地抚摸着他的头：

"没事了，没事了。有什么事情跟唐老师讲呀！可不能做这样的傻事体啊！"

这一晚上校长室的灯彻夜通明。

"嘎玛爸爸，您有所不知，嘎玛救的这条命有多么重要啊？！不，不，我不是说别的人的命就不重要。这个段同学从小父亲出国，没几年便和他母亲离婚了。这么多年来，母亲和他相依为命。这个母亲很要强，她叫儿子一定要考清华北大，或是复旦交大，非四校不考。小时候，听说考试成绩不好，回家就要挨打。现在大了，他妈打不动了，偶尔一次考不好，他妈就骂。从骂他，到骂他爸，每次恨不得把段家的祖宗八代都骂遍！这孩子心里苦哇！但是站在他妈妈的角度想想，他妈更苦！这不，当他母亲知道儿子自杀未遂，吓了个半死。医生说，他妈长期的精神紧张，和对他父亲的怨恨，她的这里受了刺激！"说着，徐海燕指一指自己的脑袋。

"那现在这家人家怎样了？"

"学校在对段同学进行心理疏导和心理干预，他母亲那边也在进行治疗。情况正在向好的方向发展！对了，他母亲说要感谢嘎玛的救命之恩哪！嘎玛爸爸，您说，您这个儿子是不是了不起？"

"老师们教育得好哇！"扎西平措谦虚道。

下课铃声响了。左胜利进了办公室。

"左老师，介绍一下吧。这就是你最喜欢的学生——嘎玛同学的父亲。嘎玛爸爸，这就是嘎玛的数学老师左老师！"徐海燕说。

"您好，我叫扎西平措。"平措起身伸出手。

左老师放下教具，双手对拍了几下，想尽量拍去手上的粉笔灰："左胜利，左胜利。"左胜利老师补充道。

当徐海燕问及扎西平措有没有嘎玛这样的本事时，平措笑着说，给徐老师讲个故事。

"徐老师，我不耽误您的工作吧？"扎西平措问。

徐海燕忙说："不耽误，不耽误。我下午没课！再说，我很想听听你们家的故事。"

"我的课也上完了，可以一起听听吗？"左胜利礼貌地问。

"当然，当然！左老师请坐。我是学习藏语言的。刚工作的时候，为什么会分配到公安系统？当年我父亲的上级领导王明德厅长知道我要毕业了，就告诉了他的老部下——现在是拉萨市公安局局长的陈志平。当年他亲自跑到自治区教育厅人事部门去要人，点名要我扎西平措。哈哈，等我进了局里，工作了一段时间，他发现我与他人并无一点特别之处。怎么办？人都要来了，又不可能退回去。何况，按照正常人来看，我扎西平措表现还算不错。起码这些年来的十多张奖状能证明这一点吧！两位老师，你们看有意思吧？现在说来，关于我的工作安排就是一个笑话。嘿嘿嘿……"

徐海燕又想起一件事来。那就是嘎玛曾说过自己的爷爷拉巴为解放军指出军中叛徒的去向一事。扎西平措说："这件事，我还是听我们陈局长讲的。

"20世纪50年代末，解放军18军里出了一个叛徒，好像叫王格荣。起先，他投靠了在拉萨的叛军。这个人会打仗，又能吃苦，很快，在叛军中就有了很高的威信。王格荣这家伙，是按照他在解放军学到的一套方法训练反叛者的。这让叛军的战斗力得以迅速提高。令人厌恶的是，这个人在1962年中印边境自卫反击战中，已经逃到了印度境内的他——无耻的叛徒——向印度军队提供了不少关于解放军的信息。对方的'未卜先知'，令我们的军队感到十分诧异。这时，我父亲将他所获得的一切向王明德厅长做了汇报。王厅长及时将情况报告了军区。陈志平当时就在藏字419部队里做团参谋长。当时解放军本也有所警惕，正在调整作战方案。得到父亲的信息，首长们更坚定了信心。当年，要不是王格荣的叛逃，印军恐怕败得还要更惨！"

平措喝了一口水，接着说："父亲有这样的能耐，局长就叫我到局里工作，你们说这是不是一个笑话？！"

左老师笑着说："嘎玛爸爸，从遗传学角度来讲，你们陈局长的判断倒是没错。不过，我个人认为他们祖孙俩是不是直觉思维比一般人要强。为什么这样讲呢？我看了一些关于这方面的书。所谓直觉思维，是指对一个问题未经逐步分析，仅依据内因的感知迅速地对问题作出判断、猜想、设想。或者在对疑难百思不得其解之时，突然对问题有'灵感'和'顿悟'，甚至对未来事物的结果有'预感''预言'等，都是直觉思维。"

"哎，听您这么一说，还真是有点道理啊！"扎西平措品味着。"请注意：这里的关键词是'内因的感知'。也就是讲嘎玛和他爷爷的内因感知或许强于一般人。直觉思维的简约性、创造性、自信力三个特点，体现在他们身上就非常明显了。"左老师继续说。

"嘎玛爸爸，我和我先生有个想法。哦，他在上海市社科院工作。我们想在上海的几个科研机构为嘎玛做些测试。当然您放心，一定是无伤害的。但是要您授权才行。"徐老师说道。

"单从个人感情上说，我不太会接受对自己儿子查这查那。但是从大家的好奇心来说也好——当然会包括我自己也有这样的好奇心；或是从科学实验的角度来说也好，我希望知道这往上关系到我父亲，往下关系到我儿子，他们身上的现象到底是怎么回事。我的邻居阚海东教授，他一直很感兴趣。这几年，他做了不少研究，他试图从物理学科，对嘎玛现象进行研究。所以，如果你们需要的话，我们家长也是可以配合的。"扎西平措略微停顿了一下说，"加上刚才听左老师的一番高论，我也觉得有道理。到底怎么回事儿，只有测测看吧。你们也是在帮我的忙。我给您写份委托书吧！"

扎西平措又问了问阚冰冰的情况。最后，他对两位老师说："嘎玛这孩子，身上还有不少缺点。希望老师对他严格要求啊！"

"放心吧，嘎玛爸爸！"徐海燕说。

"另外，我看还有两天就期末考试了，等嘎玛考完试，我想带他，还有阚冰冰一起回拉萨，可能要提前两天离校。是不是得跟校长请假？"

"对的，要不我陪您去校长室吧？"左老师说。

"不耽误您？"

"不耽误。请吧！"

"谢谢。那，徐老师，等会儿我就直接走了，再次感谢您对嘎玛这孩子的教育。再见啊！"扎西平措又主动伸出手，徐老师立即伸出双手与扎西平措握手道别。

在成都飞往拉萨的航班上，嘎玛和阚冰冰兴奋不已。飞机飞得那么平稳，那么自在，如同一只平伸着翅膀的苍鹰，在蓝天上滑翔。扎西平措连日的奔波显得有些疲倦，他在座椅上打着盹儿。阚冰冰坐在靠窗的位子，嘎玛在她身边。他俩一起欣赏着天空的景致，一朵朵白絮似的云团从飞机舷窗外飘过。

"嘎玛，嘎玛，你快看，"阚冰冰指着自己的右前方，"这些白云像不像高高的雪山？"

"像，真像。"嘎玛应和着。眼前大片大片的云朵呈现出一个个宝塔形，很像冰冰说的雪山的山峰。看着，看着，嘎玛似乎牵着阚冰冰的手，自由自在地穿梭于山峰之间，不一会儿两人都融入雪山之中了。

阚冰冰见嘎玛紧紧抓住自己的一只手，她没有挣脱。她知道，嘎玛带着她神游去了。她继续静静地看着窗外，想着马上就要见到自己的爸爸妈妈，心里美滋滋的。

"几点了？"扎西平措醒了。阚冰冰立即把自己的手抽回来，打开项链表说："下午三点二十，平措叔叔。"

嘎玛这时也回过神来："还有半个小时就到了！哦，就要见到阿妈和爷爷了。耶！"

二十四、暑假的拉萨

拉萨的夏天。

嘎玛约了两个小学同学刘涛、强巴加措去药王山玩耍。大姑姑家的表妹宗庸卓玛和弟弟丹巴，小姑姑家的表弟白玛次仁和弟弟加措像小时候一样，闹着也要跟嘎玛上药王山。

嘎玛上小学的时候，每逢寒暑假住在西郊爷爷家里，他总会和同学们相约，还有两个小尾巴——表妹和大表弟一起上山玩。

药王山与布达拉宫咫尺相对，东侧有个洞窟式的小庙宇，是一座造型奇特的石窟寺庙，坐落在药王山东麓陡峭的山腰上，叫查拉鲁普寺。相传，石窟寺庙顶上的山崖是文成公主思念家乡时向东方朝拜的地方。经过一千多年的风风雨雨，几经兴衰，这座拉萨地区罕见的石窟寺庙至今仍然保存完好。

现如今，随着拉萨旅游事业的发展，来药王山的人越发多起来。因为，药王山的半山腰是拍摄布达拉宫最好的取景点。每天黎明时分的药王山，经常可见不少摄影爱好者汇集于此等待第一缕光线照亮布达拉宫的瞬间。

进入寺庙，四面有高浮雕造像14尊。中央为释迦牟尼佛，高1.28米，两弟子阿难、迦叶分站左右。释迦牟尼佛像在上。嘎玛和刘涛跪在蒲团上，各自磕了三个头。强巴加措和表弟妹们却认认真真地每人磕了三个长头。孩子们个个像大人们一样，虔诚地行过礼。然后他们按顺时针方向，在转经长廊里转了三圈。

出了庙门，他们便在山上玩了起来。嘎玛和刘涛、强巴加措聊着高中的生活，一起回忆童年时代，聊着小时候有趣的事。强巴加措还提起那年刘涛落水的事。问："嘎玛，我到现在都不明白，你当时怎么就知道是刘涛落水而不是别的同学呢？"

嘎玛笑了笑。他抬头看看蓝蓝的天空，再看看几个弟妹，他们玩得正欢。嘎玛说："咱们还是到寺庙里待着吧。一会儿要下雨了。"俩同学正纳闷：晴朗天空，怎么会下雨？

"嘎玛哥哥，大大的太阳，怎么可能下雨噻？！"白玛次仁和弟弟正在地上玩香烟壳子，被表哥一喊，他很不乐意。

"叫你走你就走，不听话，下次出来玩就不带你了！"白玛最怕哥哥说这句话。

刚进入寺庙。一片乌云就不知从哪里飘来了，大风呼呼地刮起来，顷刻间，大雨从天而降。两个同学和白玛他们都惊呆了，他们对嘎玛佩服得五体投地，完全无话可说了。

大约过了半小时，雨过天晴。他们走出庙门。突然，嘎玛指着斜对面的布达拉宫顶上："快看，快看！"大家这才发现，此时此刻位于红山上的布达拉宫美轮美奂，雨水冲洗过的宫殿清新而鲜艳。一道呈半圆形的彩虹在布达拉宫的顶上出现了。哇，很快，在彩虹的上方又出现了一道彩虹，形成了双彩虹。这真是难得的景象。她给本来就神圣的宫殿，披上了一层更加神秘多彩的外衣！

这时，也不知道从哪里冒出了一些摄影爱好者，他们架起了"长枪短炮"，争先恐后地记录着这罕见的美景！嘎玛他们看着美景，看着大人们忙碌的身影，不知不觉已经玩了一天，下午六点多他们才下山回家。

暑假快结束的前一天，有两个学生模样的人，来西郊拉巴爷爷家里找嘎玛。嘎玛一看其中一个正是自己初中时的篮球队队友孙亚戈。另外一位他不认识。

"嘎玛，总算找到你了。哦，他是我们院子里的刘启瑞，我的发小。哎，哥们儿昨天到综大去找你。你妈说，你在爷爷家。这不，今天哥们儿带着小兄弟特意过来找你玩！"

孙亚戈同学在拉一中，一向是很傲慢的。因为他出身于干部家庭，父亲是北郊八一军械厂的厂长。当年在学校篮球队，一般人也不会入他的法眼，但是他只佩服嘎玛。嘎玛球技好，人也好，是个有本事的人！

嘎玛把他们迎进家里。爷爷拉巴见有小客人来了，便说："孩子们，你们在家玩。我去甜茶馆坐坐。"

"拉巴爷爷慢走！"孙亚戈很有礼貌地打了招呼。

爷爷拉巴自打退休后，经常和几个藏族老头去"尼玛"甜茶馆喝茶。

这家甜茶馆，离民政厅步行也就十来分钟的路程。茶客们一般会坐定位子，把零钱随手往桌上一摆。在茶馆里来回穿梭的穿着蓝灰色围裙的掺茶姑娘提着茶壶，给茶客们倒茶，顺便把茶客放在桌上的一杯茶钱拿走。若需要第二杯，茶客便再放一杯的钱。这样大家都觉得方便、简单。用不着店家到最后要记着谁两杯、谁三杯地结总账。

孙亚戈嚼着嘎玛递过来的奶渣，兴奋地说："嗨，嘎玛，你小子还记得初一的时候，哥们儿带着你和刘涛到我们军械厂去玩吗？"

"当然记得。你们军械厂的小孩子都很牛气的。别的不说，就说你们手里的空弹壳就让当时学校的所有男生羡慕不已啊。"

"对呀。嘎玛，我正想提这件事儿呢。你还记得吧，以前哥们儿捡的弹壳比较少。但是，自从你去过以后，呵呵呵，情况就大大地不一样了！"孙亚戈故意拿着腔调，把"大大地"拖成长音。

"哦，我明白了。亚戈，咱们进入地下打靶场的那个'洞'，就是你这位同学发现的吧？"刘启瑞反应过来了。

"正是！否则，哥们儿怎么会跟外单位的小子们换东西？"孙亚戈更得意了。

当年，拉萨北郊八一军械厂下面有一个地下打靶场。里面有很多很多空弹壳。但正门是不允许小孩子进去玩的。这天，孙亚戈带着嘎玛、刘涛到厂里面转悠。

当提到空弹壳时，刘涛祈求孙亚戈再多给他两个。

"哥们儿就这几个了，都给你。别太贪心了，小子！今儿个完全是看在嘎玛的面儿上！"孙亚戈有点不高兴，他啥时候也没把刘涛当个人物！

嘎玛看着刘涛可怜巴巴的样子，心想，不就是几个废弹壳吗？于是说："刘涛，你要真想要，我倒有办法。"转头对孙亚戈说，"你能带着我们围着厂子转一圈吗？"

"没问题！"虽然孙亚戈并不解嘎玛之意，但他知道跟着嘎玛肯定会有意外收获，顿时来了劲儿。

当他们走到北围墙时，嘎玛指着一堆杂草说："这里你们看看是不是有个洞，要是有，说不定可以直接进入地下打靶场！"

孙亚戈和刘涛立即上前拨开杂草，果然见到墙根下方有个能容一人钻进的洞口。

"哥们儿打头阵！！"孙亚戈带头，嘎玛、刘涛紧随其后。很快，他们下到最底下。一个很大很大的打靶场出现在孩子们眼前。四周仅有几盏瓦数极低的灯亮着。他们来到射击点和竖着一排靶子之间的空地上。

"哇，这么多！"刘涛惊喜地叫了起来。

"嘘……"孙亚戈把右手食指放在唇边。刘涛立即捂住嘴，向四周望望。见没有人，便笑了。

出洞前，刘涛把自己的两个上衣口袋装得鼓鼓的！

后来孙亚戈就常带自己厂里的几个小伙伴去那里捡弹壳。

"但是，嘎玛你怎么就知道墙根下有个洞呢？你去过我们厂子吗？"刘启瑞不解地问。

不等嘎玛说话，孙亚戈很得意地说："小子，这你就真不懂了！这就是哥们儿绝对佩服嘎玛的原因！"

"不是呀，你们还没回答我问题呀！"

"小子，你爸没教你呀？不该知道的就别多问！这叫纪律！"刘启瑞丈二和尚——摸不着头脑。嘎玛和孙亚戈却笑了。

明天就要回综大家里了。晚上，爷爷若有所思地问："嘎玛，你想不想奶奶？"

　　"想。我阿妈说，奶奶已经去了天堂很多年了。"

　　"是啊，嘎玛，爷爷可能不久也要去天堂见你奶奶了。"拉巴说。

　　小时候的嘎玛不明白天堂是怎么回事儿，而现在他很清楚。他双眼直盯着拉巴，不由得心里一惊："波拉，您在说什么？您身体好着呢。我阿爸阿妈、姑姑和姑父他们都很孝敬您。您不能这么想。您要好好享受您的退休生活啊！等我高中一毕业，我就考回咱们西藏的大学，回来陪您，好吧，波拉？"

　　拉巴认真地说："唉，爷爷这辈子没做过对不起良心的事。但是爷爷知道了很多不该知道的东西。按照你妈他们汉族的话说'天机不可泄露'！爷爷恐怕泄露了不少天机啊。"

　　嘎玛觉得爷爷今天很奇怪。他有一种不祥之感，不禁后脊梁发冷，接着他打了个寒战。

　　拉巴并没注意到孙子表情的变化，继续说："我的嘎玛，人这一辈子啊，要是人品端正，就可以胜过金山银山；要是为人善良，就可以抵过财富万千。人一辈子，多行好事，做个好人，才能有人敬重你，才能有人信任你！记住了？"

　　"嗯嗯，波拉，嘎玛记住了。"临睡前，嘎玛品味着爷爷的话，他牢牢记在心里。

　　第二天回到家，嘎玛心里很不舒服。因为，爷爷的话不是随便说说。尽管现在看爷爷的身体是棒棒的，不像当年奶奶去天堂前，是有征兆的。

　　阿妈讲过，她和阿爸的相识，是一段偶遇，跟奶奶的病有关系。当年在大学校园门口，阿爸骑自行车撞掉了阿妈的行李包。在外婆的眼里阿爸是个冒失鬼。其实，阿妈后来才知道，那天阿爸本来要早点到学校帮老师做事情的。不料奶奶的高血压药没有了。阿爸骑着自行车赶到药店买好药，送回西郊家中，再赶到大学。阿爸怕老师责怪，于是就骑了飞车，被外婆说成是冒失鬼……

拉萨贡嘎机场，奚莉莉和阚海东来送两个孩子。进安检之前，嘎玛提醒阿妈，要多多关心爷爷。

嘎玛和阚冰冰登上了飞机。飞机到成都中转。在成都飞往上海的途中，飞机遇上强气流，所有乘客惊慌失措，阚冰冰吓得紧紧抱着嘎玛。嘎玛却显得十分镇定，他还帮着空姐一起安慰大家。他的胆大、镇定，让阚冰冰更加佩服和信赖。

二十五、新班主任

上海虹桥国际机场，阚卫东来接冰冰和嘎玛两个孩子。

孩子们上了一辆七人座车子。路上，阚冰冰问："小爷叔，您换车了？"

阚卫东笑着说："没。公司去年业绩好，老板又给侬爷叔配了一辆别克GL8。"

"怪不得噶宽的！嘎玛，你看好吧？"

"好，好。"嘎玛坐在副驾驶的位子上，正在细细打量着车子的中控和内饰。

到爷爷奶奶家正是饭点儿。晚饭中，冰冰讲了飞机上的惊险一幕，小恕婶婶听得大呼小叫，因为她坐飞机从来没碰到过这么惊险而刺激的情况。

晚饭后，阚卫东开车和冰冰一起把嘎玛送到他外公外婆家楼下。嘎玛把爷爷托他带给亲家的袋装酥油茶、奶渣以及藏香从双肩包里拿出来给外公外婆。

舅妈徐爱梅在一旁表现出极为不屑的样子，看着一桌子的藏区特产，她冷冷地说："我讲外甥呀，侬下趟不要带这些东西了，好不啦？家里没人要吃的呀。喏，还有这种香。阿拉屋里厢又不是庙子，用伊做啥啦？"

"吾讲爱梅，侬不懂不要瞎讲八讲！啥人讲阿拉不欢喜了？侬不欢喜不能讲都不欢喜，对不啦？阿拉毕竟在西藏十多年，这些东西对阿拉来讲就是最重要的，晓得哦！"祝美娣有点生气了。

奚沐海马上说："姆妈讲得对。好了，爱梅，侬抓紧辰光看侬的连续剧，马上开始了！"

徐爱梅也突然想起要追剧了："那吾，吾看电视了！"说完进了房间。这一招真灵。

舅舅陪着外公外婆一起坐下来和嘎玛聊天，听嘎玛讲暑期见闻。嘎玛问怎么没见到表姐奚佳妮。外婆说，和几个同学去千岛湖玩，明天回来。他表姐说了，这是要抓住"快乐的尾巴"。进入高三不能有任何奢望，老师和家长都会时时刻刻提醒高考"倒计时"的。

开学了，同学们又投入集体生活中。

寝室里。龚凯峰从书包里拿出几个碗状的德芙巧克力礼盒。

"嘎玛，喏，给你两盒。我妈特别关照的！"

"为什么？"

"感谢你呗。上次我爸那件事，幸亏听你的话。对方除了赔付我爸的医疗费外，还给了12万的一次性补偿！"

"是吧。这么多钱？太好了。"丹增叫起来。

"来来来，丹增，给你；曹一鸣，这是你的！"

曹一鸣摘下耳机，接过巧克力："谢谢啊！恭喜你爸！"

嘎玛关切地问："龚凯峰，你爸爸身体咋样了？"

"伤口早就长好了，就是有时候他会感到头晕。还好还好啦，公司领导蛮关心他的。谢谢啊，谢谢嘎玛。"他又说，"对了，我爸爸妈妈请你、丹增，还有曹一鸣到家里去做客！"

丹增学着上海话："好滴呀，好滴呀！阿拉今朝老开心额（沪语：我今天很开心）！"

"哟，这么热闹！"阚冰冰伸个脑袋进来，"我敲门了，你们没听见。"

"来来来，阚冰冰，给你一盒巧克力！"

"我不要，我不要！"阚冰冰摆着双手，"无功不受禄！"

丹增笑盈盈地说："拿着呗，我们大家都沾嘎玛的光呀！"

"有事吗，冰冰？"嘎玛知道，没有比较重要的事情，阚冰冰不会来男生寝室的。

"嗯，不知道你们听说没听说，咱们4班换班主任了！"

丹增马上叫道："真的假的？听谁说的？"

"邬小旻说的。你们知道，她一向信息很灵通的！"

曹一鸣急忙问："左老师到哪里去了？不教咱们数学了？谁来接他的班？"

阚冰冰说："瞧把你们一个二个急的。听我慢慢跟你们说呀！"

"坐下来，坐下来。你快说，你快说！"丹增指着一把椅子催促道。

阚冰冰瞪了他一眼："听说左老师到教务处做副主任了。

但是数学课他还是要上的。只是，我们的新班主任你们猜猜是谁？"

"谁？陈老师？"丹增说。

"蒋老头？"曹一鸣问。

阚冰冰不停地摇头："量你们也猜不到。你们想啊，陈老师明年上半年要生宝宝了。蒋老师带完咱们这一届就要退休了。这两位学校一定是要照顾的。所以，所以呀，班主任的重担就落在了宁真老师的身上！"

"哇，死定了，死定了！"几乎是同时，丹增和曹一鸣惨叫起来。阚冰冰和他俩是感同身受！

高二年级开学第一天，离高考又近了一大步。果然，徐海燕老师还是3班班主任，而左老师已不做4班的班主任，升迁了。4班的班主任由教生物的宁真老师担任。

宁真老师50岁出头，是个保姆级的老师。宁真的工作风格与左胜利老师完全相反，她是管头管脚管一切，真是事无巨细，样样事情一定要亲力亲为。大家都知道她用心是好的，但习惯了适度宽容的学生们受不了，都嫌她太刻板。她的管理风格，就是"盯、管、跟"。

按照丹增的逻辑是，因为生物课老师的升学压力较之语数外老师要轻松，所以闲来无事，多管管大家呗！

学生们给宁真老师的绰号是"顶真"。因为"宁真"和"认真"在沪语的发音中差不多。为了区别，学生就用了"认真"的同义词"顶真"。

这不，在接班之前，宁老师就下了一番大功夫。毕竟她教过一年这个班的生物课。

米玛同学性格内向，理科成绩在班级里是中下。虽说高三分班时，她会选择文科班。但是，数学是要考的呀。于是开学谈话的第一人，就是米玛。

曹一鸣聪明，但是不够用心。很不用心，这个孩子只用了六分的力在功课上。所以，谈话的第二人就是他。

阚冰冰，这个小姑娘很有语言天赋。文科好，理科成绩也不错。但是听说跟3班的嘎玛非常要好，有早恋的苗头，必须扼杀在摇篮里！不对，必须扼杀在"腹中"。

为了不影响孩子们的学习，宁真老师会利用晚饭后到晚自修前这段时间找他们。这是寄宿制高中的优势！

中午学生食堂。龚凯峰端着餐盘来到西藏同学桌子前，他对着丹增说："往里坐坐。"

等他坐定，便对低着头吃饭的米玛说："米玛，听说'顶真'找你谈话了？"

"嗯。"

"都讲你啥了？"

"没讲啥。就是，就是叫我不要偏科。"米玛小声地说。

"龚凯峰，你什么时候也变成包打听了？这可是邬小旻的专长啊！"丹增笑说道。

"谁呀，这是谁在背地里讲人坏话的？"丹增一看，邬小旻正端着餐盘走过来。他伸了一下舌头不作声了。

李德吉站起身，对邬小旻说："坐我这吧，我吃好了。"

"谢谢啦。"邬小旻一屁股坐下去，开口便说，"'顶真'讲什么都是次要的！我是怕冰冰和丹增，抓你们个早恋可就惨了！"

丹增理直气壮地说："那是冰冰和嘎玛，又没我的事！"

"哼，你敢说没你的事？你敢说？"邬小旻步步紧逼。

"那，那顶多也是个单相思。你们也不是不知道。"丹增一副委屈样儿。

"那不管！咱们高中生就是要专心致志学习，备战决定自己一生命运的高考！你，你，你们都听着，在这两年的时间里，你们必须要六根清净，心无杂念。眼见色，不起心，不动念，甚至要坐怀不乱。"

嘎玛笑着："邬同学，你这是在要求高中生吗？我看你这是说唐僧吧！"

"哈哈，就是就是！唐僧和柳下惠。"龚凯峰补充说。

"好哇，邬小旻，看来你比'顶真'还要顶真呀！是个心狠手辣的角色！"丹增说。

"哎，哎，各位千万别错解了朕的好意啊。朕这叫未雨绸缪。早想到，早防范嘛！"邬小旻仍然得意地说。

一直没有出声的阚冰冰还真的有些担心起来。她本想在今晚的晚自修后，找嘎玛商量一下，可是又一想万一'顶真'真的注意他俩了，岂不是送上门去吗？于是，她准备一个人去应对。

可是，连着几天，宁老师也没找她。真的像相声里说的，另外一只鞋子何时落地她才能安心呢？

周五，午自修。阚冰冰被老师叫到办公室。原本周三晚要找阚冰冰的，结果是宁老师的老母亲身体不好，她连续两个晚上都回家陪老母亲去了。

宁老师的丈夫在外企工作，常年出差在外；独生儿子在日本留学，平日里家中只有她一人。于是，她爱校如家，爱生如子。除了双休日去看看八十多岁的老母亲，她还真没别的事情可做。

阚冰冰怀着惴惴不安的心情喊了声："报告！"

"进来吧！"宁老师和蔼可亲，"来，到老师这边坐下。"

阚冰冰此时像一只顺从的小绵羊，乖乖地坐在宁老师的对面椅子上。

"阚冰冰呀，上高二了有什么打算呀？"

"专心学好每一门功课，为高考做好准备。"

"很好，很好。老师就喜欢你这种老拎得清的孩子。依看啊，依爷娘（爸妈）都在西藏工作，伊拉（他们）对依的期望一定不低，依不能辜负伊拉啊！"

"嗯嗯。老师放心，吾一定好好学习，不辜负阿拉爷娘，也不辜负宁老师的期望！"

"好，那我可看你的行动了？去吧，回教室去吧！"

"啊，就这么简单？我不会听错了吧？"阚冰冰心里想着，嘴上却说，"老师再见！"

"再见！"

阚冰冰出了办公室的门，小鸟般欢快地飞回教室。她做梦也没想到，老师没提她和嘎玛的事！哎呀，该死的邬小旻，害得自己这几天担心死了！

其实，这几天阚冰冰的担心不是没有道理的。新班主任宁真是一位一切按规矩办，按校纪校规办的人。万一她一本正经提出来，自己是承认还是不承认？当然不能承认。可是，不承认，那以后肯定会被她盯死的。阿弥陀佛，菩萨保佑！还好老师没问。

而作为前班主任的左胜利，对少男少女的懵懂之爱，他是睁一只眼闭一只眼。这并非他不负责任，而是用他的话说："谁人没有少年过？"依他的带班经验，只要学生的成绩没有下降，大可不必大惊小怪。事实上也是如此。

晚饭后，回到寝室。阚冰冰一把抓住邬小旻的手说："该死的，你把我的魂都吓飞了！老师根本没提我和嘎玛的事！你说，怎么赔我的精神损失吧？"

"好，好，我赔你的精神损失。你说，想吃什么牌子的巧克力吧？"

阚冰冰笑了，想了一下说："我要吃'小身材，大味道'的。"

"明白。奴婢下周一带给娘娘一盒'Hershey's'"！"

周六一早，嘎玛起床。见外公外婆都不在家，他将沙发整理好后，正要下楼洗漱。"怎么不多睡会儿呀，星星？"祝美娣在厨房熬粥，见外孙下楼来便问道。

"外婆早！我外公呢？"

"他去买早点。我叫他多买几种，等会儿你多吃点啊！"

"哦。外婆，我今天和同学约好了出去玩，晚上就直接回学校了。我，我下周再回来啊！"

"你这孩子，是不是你不喜欢你舅妈，就不愿意在家里多住？跟外婆说，她哪里不好，外婆去讲她！"

嘎玛正洗着脸，听到这话他说："没有，没有，外婆不是说了吗，舅妈有自己的苦衷。再说，我是到自己外婆家里有什么不高兴的？"

"我的乖孙孙，你能这样想，外婆老开心的！以后每周都尽量回来啊！"

上海海江乐园。一对高中生手拉着手，欢快地在人群中穿来穿去。女孩儿说："我要坐豪华双层转马。"男孩儿说："不好玩，我想坐激流勇进。"女孩儿说："不嘛，不嘛，就要坐双层转马！"男孩儿说："那好，那就石头剪刀布。"女孩儿同意了。女孩儿输了，男孩儿赢了，女孩儿开始赖皮，最后还是男孩儿妥协了！

木马缓缓地转起来，女孩儿带着胜利者的姿态，得意地笑看着旁边男孩儿；男孩儿见女孩儿这样的笑容，他并不生气，相反他满脸也是洋溢着喜悦。不过，他马上注意到，围着的观众都是在木马上的小弟弟小妹妹的父母们。他仿佛看到一群羊羔里，跑进来他这个大骆驼，当然，她阚冰冰应该就是那只母骆驼了！想到此，他不由地笑出声来。好在音乐声盖过了他的笑声。阚冰冰不时地看着嘎玛，就看他在木马上傻傻地笑着。见他傻笑，她估计他又神游去了，于是她笑得更开心了！应该说，这是到上海来，他们两个第一次单独出来玩。这个建议是阚冰冰提的。她似乎预感到宁真老师的看管一定会越来越严，她和嘎玛的自由空间会越来越少。就好像大人们说过的，哪里有压迫，哪里就有反抗一样。尽管这个压迫还没有到来，也许根本就不会来。管他的，先"反抗"一下再说！

玩激流勇进时，阚冰冰的声音最响。这个游乐项目真是太刺激了。她的一只手始终紧紧地拽着嘎玛的手。她尖叫着，嘎玛也没闲着，在旁边起哄，怪声怪调地吼着，唯恐还不够热闹！

疯够了，疯累了。

当太阳西下时，夜晚也渐渐拉开了序幕，白天的嘈杂热闹似乎在这一刻停下来了。

俩人手里拿着各种小吃串，边吃边走，他们还有最后一个项目——摩天轮。这是他俩事先商量的。他们就是要等夜色降临后，在高处俯瞰都市夜景。尽管叔婶带他们去过东方明珠。而这次意义不同，这次是他们二人！

夜色逐渐舒展开来，各色霓虹灯下的光影交错，构成了一道道属于这座城市的亮丽风景线。上海的初秋夜是丰富多彩的，是充满浪漫气息的。

摩天轮徐徐上升，视野渐渐开阔。

阚冰冰看着窗外说："哎，听说摩天轮的每个格子里都装满了幸福。咱俩这个格子里的幸福你感受到了吗？"

嘎玛喝着一瓶矿泉水，说："是吗，我怎么没听说？更没感受到！"

"哼，那就是说，你和我在格子里不开心啰！"阚冰冰噘起嘴来。

"不是的，不是的！怎么可能呢？"嘎玛说，"别急别急呀，你别听他们瞎说，这个幸福不可能是格子里固有的，也不是从天上掉下来的，它一定是要靠两个真心相爱的人自己营造的！"说完，他又喝了两口矿泉水。

"又胡说了！我才不信呢！"

"不信？那你就快坐下来看呀！"嘎玛把阚冰冰拉下来坐在自己身边，摩天轮已升到半空中，他们就这样静静地坐着，嘎玛把手搭在冰冰的肩上，他们享受着眼前的璀璨灯火，享受着仿佛与世隔绝的短暂的宁静。

嘎玛好像看到了拉萨的星空。无数盏华灯变成了五颜六色的星星。真的，这才是幸福的感觉。阚冰冰终于感受到了，她幸福地靠在嘎玛肩上。

二十六、单恋

双休结束。阚冰冰背着双肩包，手里拎着一个大大的塑料马甲袋。照惯例，这是爷爷奶奶关照、小恕婶婶亲自操办的零食。邬小旻也带着一大包吃的进了寝室。她们把好吃的拿出来与李德吉和米玛一起分享。邬小旻特意把一盒"Hershey's"巧克力递给阐冰冰："喏，尊贵的娘娘，您的精神补偿来了！"

"什么精神补偿？为什么她有精神补偿，我们俩没有？"李德吉傻傻地问。

邬小旻笑着说："在下无可奉告！"说完便和阐冰冰会心地笑了。

男生寝室里。丹增这个暑假没回西藏，便收到阿爸寄来的一个大包裹。里面是阿妈亲手做的风干牦牛肉干和奶渣，还有袋装的奶茶和酥油茶。他拿出来分给大家。嘎玛见到这些好吃的喜上眉梢，抓了几粒奶渣就扔在嘴里嚼起来。而龚凯峰只吃牛肉干，曹一鸣只认奶茶。

晚自修结束。丹增在教学楼下等李德吉。

"德吉拉——"黑暗中一个人影拎着一个马甲袋过来。室友们一见是丹增，便说："德吉，我们先走了！"

"有事吗？"李德吉冷冷地问。

"没什么。就是我阿爸寄了点家乡的东西，给你，和你们寝室的室友尝尝。"丹增本想说是给你一个人的。可是见李德吉冷若冰霜的脸，只能违心地说给大家尝尝。

"那，我就替她们谢谢你了！"李德吉接过马甲袋。

"德吉，你多吃点儿啊！"丹增又补充了一句。

"嗯，谢谢。"

丹增望着德吉那高挑的背影，品味着李德吉最后三个字。他幸福地在原地蹦了一下："耶——"同时双手都比出一个"V"字。

今年暑假李德吉没回西藏，而是回了北京奶奶家里。父亲说，奶奶年纪大了，让她回去多陪陪老人家。

在北京，奶奶家住在胡同的四合院里，街坊邻居也是李德吉熟悉的。晚饭后，人们还是习惯了在院子里纳凉聊天。

"李奶奶，您老人家好福气！孙女儿越长越俊啊！"

"可不是呗。小吉呀，你奶奶年轻时，可是咱们这个胡同出了名的大美人！那年头，那阵势，有多少小伙儿追求她呀！"

李德吉听着，笑着，非得叫奶奶讲当年爷爷是怎么追求她的。

奶奶扇着大蒲扇，乐得合不拢嘴！

晚上，李德吉睡不着觉，想着奶奶讲她年轻时的故事，很是羡慕。于是，她裹着毛巾毯，跳到奶奶的屋里说："今晚我要跟您睡！"

"嗬，瞧你这孩子，来吧！"说着，李奶奶把床的一半地方腾给孙女。

"奶奶，我有一个问题想问问您。"

"说呗，跟奶奶这儿，还有啥话不能说的！"李奶奶等孙女在自己身边躺下来，她用手为她拢了一下额前的一缕秀发说。

"您说，一般都是小伙儿追姑娘。那有没有姑娘追小伙儿的？"

"当然有了！咱不是新社会吗？男女都是平等的，怎么会没有呢！不过呀，这老话说'男追女隔座山，女追男隔层纱'。"

"奶奶，什么意思啊？"

奶奶没有直接回答李德吉，而是问："我说吉儿啊，在学校里，就没有小伙儿追你吗？"

"没有。奶奶您真是的，我才多大啊？"李德吉有些脸红。

"这有什么的！咱家吉儿，人儿模样好，有追求的人儿不是很正常吗？哎，不过，你爸也说过，你是学生，学生不能处对象，是吧？"

"是啊，奶奶。您这不是明知故问吗？"

"嗨，傻丫头，他追他的，不搭理他不就得嘞！"在奶奶心目中，将来这个宝贝孙女的追求者一定不会比她那会儿少！

李德吉想，奶奶说的对，丹增追求自己，不搭理他就行了。可是自己看中的人，不能不搭理呀！非但要搭理，还得主动地、赶早地去搭理。于是，她听进了"女追男隔层纱"的那句老话。

篮球场周围，阚冰冰、李德吉、米玛在看1班2班对3班4班的比赛。李德吉对嘎玛的欣赏和爱恋与日俱增。她决定给嘎玛写一封情书，彻底表白。她不死心，她一定要嘎玛亲口说不喜欢自己。当然，她更抱着一定的幻想，等待有奇迹的发生。想起暑假里奶奶说过的："男追女隔座山，女追男隔层纱。"最希望自己面前只有一层纱。那时候嘎玛会对自己说："德吉，我爱你！"抱着这样的一线希望，她写了生平第一封情书。

这天，晚饭时间。嘎玛从教室出来，去食堂吃饭。李德吉立即跟上，往他手里塞了个纸条，并说："现在不准看！晚上你回寝室再打开！"说完，便跑了。

第二天，晚自习之前，嘎玛在路上叫住李德吉。

"德吉拉，谢谢你的真诚和友善。能和你这样的姑娘成为同学，是我嘎玛的幸运。相信以后我们能成为很好的朋友的。你是一个好姑娘！"

李德吉听得出来，嘎玛婉拒了她。她明明知道十有八九就是这样的结果。可是，真的这样的结果来了，她又不能接受。她无心再上晚自修课，独自跑回寝室里，放声大哭了一场。

晚自习结束，邬小旻一回到寝室，看着李德吉一脸的伤心样儿，便小心地问："德吉，今晚你不是去教室了吗？怎么又不见你了？"她看着明显哭过的李德吉。

"没啥，我没事儿。就是'姨妈'来了，肚子疼，回来睡了一会儿。这不，好了！"她竭力装出没事的样子。

这一夜，李德吉翻来覆去睡不着。她先是抱怨奶奶的话：什么"男追女隔座山，女追男隔层纱"。怎么到本姑娘这里就是"女追男隔着万重山"！

一会儿，她又想起阿妈的话：不是你的，你想要却不一定能得到；与其得不到，还不如成全能得到的人！阿妈呀，您倒是说得轻巧。我可是做不到的！凭什么？我哪点比阚冰冰差！想到这里，不禁又伤心地抹起眼泪来。

如此回绝了李德吉，在外人眼里，嘎玛是不是太理性，或称太冷酷？李德吉真的是个可爱的姑娘。除了没有和他一起长大外，其他各方面应该说，都不差于阚冰冰的。可是，那儿时的青梅竹马，在嘎玛的内心深处，留下了多少抹不去的记忆啊。他认为今生只有阚冰冰与他才是心有灵犀之人，而阚冰冰心中也早已烙下嘎玛的印记。如此说来，李德吉的介入，无功而返是再正常不过了。

这天，嘎玛和丹增一起往教学楼走着。嘎玛问："丹增，你真的喜欢李德吉？"

"那是当然的。我对天发誓，我对她绝无二心！"

"那你就多多关心她。德吉是个好姑娘！"

"嗯嗯，一有机会我就想办法给她献殷勤，你是见到的。但是，人家心里咋想的，我又不清楚。我又不是她肚子里的蛔虫！"

"加油吧！退一步讲，就算最终没有得到她的爱，至少你努力过了，今生不会有遗憾了，你说对不对？"嘎玛在给他鼓劲！

在学业如此紧张的时代，高中生的爱情成功率，那是极低极低的。只不过，在异地他乡，李德吉有个能关心她的人，也不是什么坏事情；丹增就更不要说了，在汉族地区的三年，除了学习，陪伴他的可能是孤独，有个姑娘叫他牵挂着，也可能是一件好事情，至少有一个精神寄托吧。

二十七、生日后的日子里

2004年1月11日。星期日。是嘎玛17周岁的生日。他收到阚冰冰的一份礼物——索尼随身听。这是卫东叔叔去年给她的生日礼物。她没有舍得用。她想好了再过半年送给自己的嘎玛。嘎玛欣喜，终于不用借室友的了。

第二天中午嘎玛急急忙忙吃完饭，便往校门口的磁卡电话亭走去。阚冰冰问他有啥事情，他也不说，心急火燎地径直往电话亭走去。

其实，整个一上午，嘎玛都没有专心听课。因为夜里他梦见爷爷拉巴了，很清晰。在梦里，爷爷说叫嘎玛记住他曾对嘎玛说过的话，然后说他要去天堂找奶奶央金去了。

西藏自治区综合大学藏语系办公室的电话铃响了。半天才有人接听。对方得知是嘎玛，便说："嘎玛，你妈今天请假了。你爷爷病重住院了。你妈没跟你说？那你自己照顾好自己啊！"

嘎玛听到消息，心急如焚。因为他知道，奶奶在天堂里呼唤爷爷了。他心里默默地为爷爷祈祷。然而，一周过去了，他没有接到拉萨的任何消息。他希望爷爷是病好了，出院了。直到周末赶回外婆家，他才从母亲的电话中得知实情。

爷爷身体一向很好。退休7年的他，每周都要有几天和老同事们在甜茶馆里坐坐、聊聊，生活挺有规律的。

嘎玛生日那天一早，拉巴要起床，准备叫平措打个电话给自己孙子生日送个祝福。当他一下床，突感天旋地转。他自己立即明白，这是老伴央金来叫他了。于是，他说了句："老伴呀，我来了。"便一头栽在地上。

老伙计扎西达娃来叫拉巴去茶室，这才发现拉巴倒在地上已不省人事。等送到医院，抢救了一个上午。医生说，人不行了，是突发脑出血。

拉巴的两个女婿早早请来了寺庙里的罗珠活佛，准备为岳父大人做破瓦超度。

奚莉莉第一次参加这样的仪式。当年婆婆央金去世时，由于嘎玛年幼无人照顾，她没能参加。现在如丈夫扎西平措事先的叮嘱，不能在逝者面前哭出声来，只是静静地看着，听着。

按照藏家的传统习俗，逝者的头朝向南、面向东，右臂在下，左臂在上面，这是表示吉祥。据说这样的卧姿能给逝者最好的帮助，使他能在业力的推动下很容易往生。

只见，罗珠活佛右手举着类似汉族用的拨浪鼓左右摆动，左手拿着一个小铜铃铛有节奏地晃着，口中念念有词地唱诵。仪式结束后，扎西平措跟活佛低声地交流了一会儿。

扎西平措对奚莉莉说，活佛这次的法事做得很顺利。活佛在阿爸外呼吸停止后，细胞的活力还没有完全消失之前，通过诵念，为阿爸超度，使他老人家的灵魂速速往生净土，享受极乐世界的快乐。他还说，虽然阿爸生前没有接触过破瓦法，但他一生与人为善，有一颗慈悲心，且一生中做过好几件大事，所以说给他超度，他很顺利地往生到了极乐世界。

奚莉莉这才明白，藏民族在亲人去世的时候，为什么不能够大声痛哭的原因。

参加拉巴葬礼的除了拉巴单位的同事、好友外，还有阚海东夫妇和王国川夫妇。王国川特意代表父亲献了花圈。

父亲王明德离休后，在成都西藏办事处老干部楼安了家。老三和三媳妇也内调到成都以照顾父母。

当天晚上，奚莉莉又伤心地抹起眼泪来。拉巴阿爸去天堂了，他和自己心爱的老伴相会去了。可是说说轻松，奚莉莉不能接受好好一个人，说没就没了的事实！

扎西平措宽慰着奚莉莉："我的天鹅，按照咱们藏家习俗，认为一个人的离世，并不是生命的终结，而是预示着有新生命的开始。好了，别多想了。早点休息吧！"

扎西平措想起去年暑假，奚莉莉送嘎玛到机场，回来讲到嘎玛在机场与奚莉莉说的那番话。不免还是有些后悔。看来这件事，嘎玛有过担心的，看来他们祖孙俩是有心灵感应的！

扎西平措想起当年看的那本小册子，管辂好像也知道自己的卒年之日！

奚莉莉这些年也开始思考一些问题。经过公公拉巴去世这件事，她想：这个世界的存在，其背后的神秘，比我们感官所感知，理性所思考到的要远为复杂神秘得多。难道冥冥之中都有定数？难道宇宙就像一个超智慧的巨人设计的一场游戏？如此说来，我们所有人都不过是其中极其渺小的几粒貌似存在过的小棋子而已。在这样的游戏场上，我们完全没有自主的能力呀，看来在神秘的造物主面前，人类如同地球上的蝼蚁，生命的长短完全由不得自己掌控！扎西平措对奚莉莉这样的想法，认为过于宿命论了，或者至少也是因为莉莉悲伤过度所致。

一周过去了，爷爷的离世，对嘎玛的打击甚大！他神思郁郁，心绪茫然。他感到从未有过的悲伤和压抑。他想发泄，他想爆发，他恨不得与人打一架！

班主任徐海燕心急如焚。这孩子父母不在身边，徐老师亲自陪着嘎玛到心理咨询室找沈老师。

沈老师三十多岁，五官端庄，是那种让人第一眼就容易产生信任感的人。她接待嘎玛进入心理室，然后在门口和徐老师说了几句话，徐老师就先走了。

"老师，我没问题的，徐老师非要叫我来。您看，我不是好好的吗？"

沈老师刚一见到这个学生，就观察到，在他一副无所谓的外表背后，有着一种悲伤被他压抑着。

"是的。你们徐老师讲，你是一个很聪明的、健康活泼的学生。沈老师也看得出来。但是你是不是最近遇上不顺心的事了？能跟沈老师讲讲吗？"

嘎玛心想，难道徐老师没跟她提起自己家里的事？他想了想说："沈老师，其实真的没什么事。即便是有，我相信我自己能解决的。"

沈老师看着眼前这个学生，知道他是在有意封闭自己。看来，他们的对话一下子无法进行下去。

"这样吧，"沈老师微笑着说，"嘎玛同学，沈老师随时有时间，你要是需要老师的帮助，就过来。你看好吧？"

"好的，老师。那，老师再见！"嘎玛出了心理室的门，他想，老师们的用意是好的。但是，不管什么人，此时跟他说什么话，都不可能改变亲爱的爷爷已经离开他的事实。他，嘎玛次仁对爷爷的离世怎么能够释怀啊！

课堂上，嘎玛在神游；吃饭时，他在发呆；深夜里，他在静静地流泪。

亲爱的爷爷，嘎玛知道人总是要死的，也知道好人一定是去天堂的。可是，爷爷，您为什么偏偏这么早就抛下孙儿，独自一人去见奶奶？为什么不能等等孙儿，我们可以一起去的呀？爷爷，孙儿知道，您能听到孙儿的心里话。

这天夜里，一个高高的身影在学校篮球场上，或疾步上篮，或定点远投，或运球飞奔。他，正是嘎玛。一个悲伤的嘎玛，一个急需要靠疲劳来麻醉自己的嘎玛，一个一定要以这种方式发泄悲伤和痛苦的嘎玛！回到寝室，他一头扎在床上睡着了。

睡梦中，他见到了爷爷。爷爷的身边站着一个稍微年轻一点的女性，面容有点模糊。嘎玛还是认出来了，那是奶奶，奶奶还是她去天堂时的样子。他们都没说话，只是对着他慈祥地微笑着……他想张嘴叫他们，可是怎么也叫不出声音来。好像胸口压了一块大大的石头，使他几乎窒息。他挣扎着，挣扎着……

"嘎玛，嘎玛。"有人推他，是龚凯峰的声音。

他一下子坐了起来。发现三位室友都围着自己。见他出了一身汗，丹增关心地问："嘎玛，做噩梦了吧？"

"是啊，嘎玛。你没事吧？"曹一鸣也问。

这时，嘎玛完全清醒了。他说："我没事。不好，要迟到了是吧？"

龚凯峰说："喏，看你睡得很香，我们帮你带回来早饭。刚准备走，这不，你就醒了。"

"你起来吃点早饭，我们先去帮你请个假。晚点过来没关系的。"曹一鸣说。

说来也怪，之前老师和同学们怎么劝他，他都没想开。就连阗冰冰的话，他也是似听非听，这让阗冰冰心急如焚。近几日见他渐渐消瘦，冰冰心如刀割。就这样，他谢绝了大家的相劝，只想一个人清清静静地神游、发呆、掉眼泪。他几乎走进了死胡同。可是自打昨晚梦见了爷爷奶奶后，虽然他们没有和自己说一句话，他却一下子什么都放下了。他似乎明白了，爷爷是去和天堂里的奶奶团聚的。他没有资格和权力去阻挡这对生前一直恩爱的老夫妻。于是，他知道，是时候放下了，该回到平日的学习生活当中去了！

早自修他没赶上。第一节课之前，他站在了教室门口。除了脸上有些清瘦，精神还是不错的。同学们和他打着招呼。渐渐地，大家又见到了原来那个生龙活虎的嘎玛次仁。

周末，阗卫东拿回家两张电影票，叫阗冰冰约上嘎玛去看。冰冰知道，叔叔是想叫嘎玛散散心。

电影是周迅和陈坤主演的《鸳鸯蝴蝶》。这是一部轻松浪漫、趣味盎然的电影。电影开始了，阗冰冰紧紧地挽着嘎玛的臂膀。她在努力用自己的臂温安抚着嘎玛那曾经悲伤过的心。

走出影院，阗冰冰说：“嘎玛，我觉得阿秦这么容易就得到小语的爱情，是不是太便宜这小子了？”

“这有什么的？我看他俩蛮好的！反正我挺喜欢的！”嘎玛用左手拍了拍阗冰冰挽着自己右臂的手单纯地说。

二十八、春游

4月的春游开始了——市北中学安排学生们来到崇明岛上的东平森林公园。

公园很大，到处是新绿盎然。公园植物资源丰富，园中林木参天，有水杉、棕榈、银杏、香樟等品种，其中素有"活化石"之称的水杉，高大挺拔、树形优美，种群庞大，几乎遍布了公园的每一个角落。

同学们三三两两结伴游玩。嘎玛、丹增、阚冰冰、邬小旻和米玛在一起。可是走着走着，邬小旻拉着米玛跑了，丹增自然不会做电灯泡，去找李德吉了。

无论对阚冰冰还是对嘎玛都是多么好的时机啊！嘎玛略感遗憾地说："这帮家伙真不够意思！"

"算了，嘎玛，就咱俩玩不是蛮好嘛！"阚冰冰幸福地笑着。他们置身于森林氧吧中，感觉从未有过的舒适、清爽和美好。在一大片水杉林边，他俩索性坐在一块石头上，静静地感受这大自然的静谧。

嘎玛欣赏着眼前的绿色，脑海中出现了一个问题：如果地球上的人类一瞬间全部消失了，地球会发生什么呢？

"嘎玛，你在想什么？"阚冰冰问。

嘎玛把自己想到的问题告诉了阚冰冰，阚冰冰的第一个反应就是："怎么可能呢？"

"怎么不可能呢？"嘎玛反问，"马克思主义认为，任何事物都有其产生、发展和灭亡的过程。按照这个理论观点，地球上的人类终有一天会消亡的，你说是吧？"

"那你说说，到时候地球会发生什么？"阚冰冰好奇地问。

"简单呀，一定是会人绝、电灭。宠物死，牲畜亡。最后，地球将会有一个全新的面貌，正如我们的祖先看到的地球，那时的原始生态一样呀。"

"嘎玛，你讲的有道理。这就是周而复始吧？哎，倒是跟藏传佛教的'生死轮回'蛮像的咯？"阚冰冰说。

"嗯，有这么个意思。所以，我们人类和大自然是浑然一体的。"嘎玛像是自言自语。

阚冰冰没有听懂这句话的意思。

忽然间，在满目绿色之中，一小簇粉紫色的花映入阚冰冰的眼帘。她起身走上前去，小心翼翼地摘下几朵，然后问："嘎玛，你知道这是什么花吗？"

嘎玛坐在石头上，好像还在思考着什么，没听到阚冰冰叫他。

"嘎玛次仁！"嘎玛这才如梦初醒。他走过去，抓着阚冰冰的手腕，将她拿着花朵的手凑到自己眼前，端详了一番说："不认识。"

"那，你知道《夜来香》这首歌吗？"

"知道知道。就是'夜来香我为你歌唱……'"

"哎呀，拜托你不要唱啦！"阚冰冰打断说，"多好听的歌给你糟蹋了！"

嘎玛摸着脑袋不好意思地嘿嘿笑了："对了，说什么夜来香呀，快说你手上的花！"

"这花呀叫月见草，也叫晚樱草，俗称夜来香。它有非常非常好的花语和象征意义。"

"快讲给我听听！"嘎玛急于知晓。

阚冰冰犹豫了一下说："有几种说法，一种是说当女孩子以月见草赠予男孩子时，就代表'默默的爱'；还有一种常见的说法，就是一颗自由奔放的心灵，无牵无挂地自由闯荡，不求长期的幸福，只求当下拥有。最后一种说法是，是……"

"是什么？说呀！"

阚冰冰低着头，羞涩地小声说道："月见草的花语是'沐浴后的美人'魔法。"

"真有意思，我喜欢，我喜欢！"嘎玛说完抢过阚冰冰手上的花朵朝人群方向跑去。阚冰冰在后面追："嘎玛，你停下来，我又没说是送给你的……"

本是很平常的事，但是他俩这一跑一追，被宁真老师看到眼里，且记在心上了。这一下回去"顶真"恐怕又要忙碌了。

嘎玛一边跑，一边笑，直到跑到骑马场边。他被丹增一把抓住："嘎玛，兄弟正找你呢！快快，咱俩一起骑马去。"

"这里的马有什么好骑的？又跑不起来的！"

丹增看看他身边的阚冰冰说："你不会只有'红颜知己'，没有'兄弟情义'吧？走吧，就陪陪兄弟一下呗！"

"去吧！"阚冰冰听到丹增如此求嘎玛，便推了推他。

两人买票后骑上马背。两个蒙古族模样的牵马人坚持要给他俩牵马。丹增一个仰天大笑："哈哈哈哈……师傅，你也不看看你这马还叫马吗？被你们驯化得像绵羊一样啦！来来来，"说着，他从校服裤袋里掏出身份证交给牵马人，一副得意扬扬的样子，"看仔细我们是不是会骑马的民族哈？！"

牵马人又看看嘎玛。"你不要看他了。他除了比我高，比我白一点点，其他没有两样的啦！"丹增用左手拇指尖顶着小指说。

牵马人终于同意了，但还是再三叮嘱注意安全。丹增说："知道了，知道了。师傅，要不和你签一份生死状，你看好吧？"

"丹增，别废话。驾——"嘎玛已经扬鞭飞了出去！

"等等我，驾——"

眨眼工夫，赛马场周围一下子聚拢了不少学生和游客。

只见嘎玛和丹增上身几乎紧贴在马背上，臀部高高翘起，两条腿有张有弛地夹着马腹。丹增不时打着口哨，嘎玛也以口哨应和。两匹马在两个小骑士手上表现得越来越出色。

两人似乎不是在有限的骑马场，而是奔驰在辽阔无际的草原上！阚冰冰、李德吉、邬小旻、米玛，还有各班的老师们都加入了观摩这场赛马的人群中。

　　第二圈，嘎玛突然身体往右边倾斜，离开马背，整个身体掩藏在马体右侧，场上一片沸腾；丹增紧随其后，往马体左侧倾斜，又是一阵沸腾。那些本来就痴迷于嘎玛的女生们，更是一阵阵地尖叫着。阚冰冰欣赏着自己的嘎玛哥哥。这位邻家哥哥真的是无所不能呀！

　　他俩就这样在马背上自由地做着各种动作。本来说好的是跑三圈，结果他们跑了四圈。

　　牵马人也不得不向他们竖起大拇指。李德吉和米玛也专注地看着他俩。李德吉看着嘎玛的那种眼神除了欣赏和佩服，还有挥之不去的爱意！

　　"嘎玛，你小子真人不露相呀！没想到你骑术这么棒！小弟今天算是开眼了！"跳下马后，丹增双手抱拳作揖佩服地说。

　　周围的人群中，也传来啧啧的赞叹声！

　　说起嘎玛骑术好，学校里没人知道他的底细，就连阚冰冰也仅仅知道他会骑马，却不知道他的骑术高。说心里话，今天她也是第一次领略到马背上嘎玛的雄姿。她对他除了爱以外，更是佩服了！

　　嘎玛的大姑父老家在尼木县。在爷爷退休的那年暑假，爷爷带着嘎玛到大姑父家去做客，住过一段时间。他跟村庄的孩子们混得很熟。他们教他骑马，骑牦牛。嘎玛上手极快。于是，他与村里的孩子们骑牦牛比赛，骑马比赛。他的骑术如此老到，让村子里的孩子们也赞叹不已。

　　今天春游的赛马环节，令市北中学的师生们终生难忘。经历了爷爷去世打击后的嘎玛，在春游过程中，他的思想正悄然发生着质的变化。别看他年纪小，他却悟出大自然的美妙，大自然的壮阔，以及人与大自然的浑然一体。在他的心目中不会再只关注某个生命个体的消失，他更会关注生命在大自然中的升华！

二十九、谈话后

果然，周一中午，办公室。

宁真老师这次找阚冰冰谈话，表情跟先前相比，那可是判若两人啊。宁老师的面孔，不苟言笑。她直截了当，提醒阚冰冰同学不得早恋。她说："早就听说你们有这层关系。老师上次是给你留面子，看你自不自觉。但是，你现在的行为让老师很失望！"自然又讲了一大堆道理。阚冰冰表面上态度谦虚，心中可一点儿也不服气！直到下午第一节课预备铃声响起。宁老师才放过阚冰冰。阚冰冰午自修也没上成，心里郁闷极了！

晚饭后回寝室的路上，李德吉在讲她小时候在奶奶家闯祸的事儿，邬小旻不停地插着话，她们嘻嘻哈哈地说笑着。阚冰冰却少有说话。进入306室，邬小旻发现阚冰冰一脸的愁容，一定是有心事了，便问原因。阚冰冰把中午被宁真老师叫到办公室的事情讲了一遍。邬小旻听完有些愤愤不平地说："这个'顶真'也太爱管闲事了。你们要好又怎样了？你们又没影响别人，你们又没影响功课。相反，我发现你们俩成绩一直都很好，这说明什么？这说明爱情的动力无比强大！"

李德吉在旁边插了几句："就是！什么早恋不早恋的！你们不知道吧，我姥姥17岁就生了我大姨。17岁！就是咱们这么大。你们班主任真是大惊小怪的！"

邬小旻明白，李德吉举出她外婆的例子，无非在支持阚冰冰的同时，给自己追求嘎玛找个理由。于是她十分认真地说："不过，这话要说回来。你外婆那个时代是什么时代呀？那都是历史了。现在婚姻法明确规定结婚年龄：男，不得早于22周岁，女，不得早于20周岁。所以，尽管'顶真'管得是宽了点，但也是为大家好，对吧，米玛？"邬小旻最后一句话对着一直只听不说话的米玛。米玛见邬小旻直接点她的名字了，便笑着点点头，以表示赞同。

"但是，但是，话又说回来。'顶真'错就错在凡事一刀切！严格地讲，中学生是不能谈恋爱的。但是冰冰和嘎玛，就是特殊情况。人家两家是世交，人家两人如兄妹。这种渊源不可能不来往，不接触的，对吧？所以，冰冰，看来你以后要把这项'工作'由'地上'转入'地下'，否则，'顶真'实施她的'盯、管、跟'你就吃不消了！"

"我、我觉得有道理！"米玛终于主动出声音了。

晚自修结束后，阚冰冰到3班教室等嘎玛。她一脸的不高兴，还郁闷着。

嘎玛陪她一起往宿舍楼走去。路上嘎玛得知阚冰冰被老师批评了，不知道该怎样劝导她。到了楼下，他说："冰冰，等我一下，我到寝室去去就来。你别上楼啊，就在这里等我！"很快，嘎玛从楼里出来，他手里拿着那支望远镜。阚冰冰这才发现，今晚的夜空好明亮。

他们到了操场边，坐在那棵香樟树下的长条凳上。嘎玛把望远镜递给阚冰冰说："你先看吧，难得的好天气！"

看着少有的清朗夜空，阚冰冰举起望远镜数着上面的星星。

嘎玛则回忆起在拉萨他俩一起看夜空的情景，幸福在记忆中宁静地弥漫，一缕清风吹过，让两颗年轻的心如饮甘泉！

阚冰冰终于开始笑了。她不停地移动着望远镜，仿佛看见了空中嘎玛牵着她的手，正飘飘然往天上最亮的那颗星飞去。

"你说，那颗最亮的星星叫什么星？"阚冰冰像是问嘎玛，又像在自言自语，"应该是金星，是金星！"

嘎玛没有肯定或否定阚冰冰的回答。他在想，对于自己在意的人，只要用心去体会，去明白她的心，就够了。

的确如此。这时的阚冰冰，对于幸福的要求是简单的。简单到不需要更多的语言，更不需要甜言蜜语和海誓山盟。这种幸福没有带着任何的杂质，只有嘎玛那颗纯净、善良、爱怜的心！

嘎玛想到小时候，妈妈去内地进修学习，自己由爷爷、爸爸带着去纳木错沐浴的事儿。

"对了，我给你讲讲金星的故事吧。冰冰，也算我考考你。'金星'藏语叫什么？"

"不知道。但是一定有'嘎玛'。"阚冰冰眼睛一亮，甜甜地望着嘎玛。

"对！每年进入藏历七月的时候，到黄昏时分，'噶玛堆巴'——有人也叫她弃山星——她会如约而至地出现在拉萨大桥那边的奔巴日山山顶上。"

"你说的是宝瓶山吧？"

"是的，汉话叫宝瓶山。听我爷爷说，噶玛堆巴星半年白天出现，半年呢，又在夜间出现。而拉萨地区的藏历六月三十至七月初六期间，咱们凭肉眼就能看到她出现在奔巴日山顶上。传说噶玛堆巴星是'药神'的化身，只要由她的光照过的水，都能变成神奇的药水，用这种水洗澡或饮用后能祛除百病。"

"明白了。嘎玛，你说的就是藏族的沐浴节。其实，我爸爸为沐浴节还写过一首诗呢！你想听不？"

嘎玛点头："好呀！"

阚冰冰想了想：

风和日丽好时节，天高云淡水暖清；
拉萨河畔歌潮涌，男女老少来沐浴。
一年七天好辰光，千家万户洗衣忙；
河滩处处现五彩，衣裳被单放光芒。

"哈哈哈，阚叔叔的诗通俗易懂。可贵的是他把那几天热闹的景象都表现出来了！真好，真好！"嘎玛不停地拍手叫好。

"哎，听拉一中高三的同学说过，他们高考之前都去过奔巴日山，据说很灵的。等咱们要高考之前，你要和我一起去那里，祈愿我们的高考顺利成功。"

"嗯嗯，一定！"

他们继续静静地坐着观星。不知过了多久，嘎玛看看自己手腕上的手表，说："哟，不早了，明天还要上课呢！"

嘎玛手上的瑞士罗唐纳表，是20世纪80年代的名表。那是阚冰冰外公邓教授去欧洲访学时，带回国内的。来上海读书前，阚海东叔叔从手腕上摘下来要送给嘎玛，妈妈奚莉莉说啥也不肯接受。那天阚海东借着酒劲，坚持一定要给嘎玛。还说，如果不让孩子收下，两家立即断交！

扎西平措不知奚莉莉所想，觉得阚海东一番好意，别伤了他的心。于是，劝奚莉莉收下来。奚莉莉无奈只得答应。

邓教授还给女儿邓紫文一块罗唐纳坤表。最有意思的是，这个外公给当时只有3岁的小外孙女买了一块同品牌的项链表，表盖内侧可以放照片的。邓紫文一直珍藏到阚冰冰到上海来上高中，才交给阚冰冰。

"等一下，我还有一个问题。"阚冰冰说着，也打开自己的项链表看了看时间。阚冰冰已忘记了心中的不快，像往常一样，单纯、快乐！

"什么问题？说吧！"

"就是上周春游，我跟你说的月见草有三个花语。你最喜欢哪一条？"

"当然是第三条了！"嘎玛脱口而出。

"你坏！"阚冰冰害羞地拍了一下嘎玛。

"是呀！很正常的。你听我说，是个男子汉都会这样想的。不然你去问问丹增，问问龚凯峰和曹一鸣。"嘎玛嬉笑着说。

"去你的！你坏！"阚冰冰嘴上骂着，心里当然喜欢了。她知道第一条那是对女孩说的。第二条是自己不喜欢的，更不能让嘎玛喜欢。嗯，看来第三条是他必选的。

三十、做客上海人家

周末，学校宿舍楼110室的成员说好了去龚凯峰家里玩。阚冰冰依旧是回爷爷奶奶家。

嘎玛和丹增来到五角场，按照门牌号码，找到龚家。龚凯峰迎出门，身边一只京巴狗叫个不停。龚家爸爸妈妈非常客气，龚妈妈呵斥住小狗，让两个学生进入房内。

曹一鸣来得早，已经在里面玩着"魔兽争霸"的游戏。见他们进来，忙说："马上马上，最后一局。"

"没关系。侬白相侬额（你玩你的）。来嘎玛，带你们参观一下我家。这是原来爸妈单位分的房子。好多人家都买商品房搬走了，我妈妈舍不得这个地段。别看只有一室一厅，喏，后面这个天井，就是你们说的小院子，足足有20平方米。右边这个小房间，就是鄙人单独的卧室兼书房。怎么样，进去参观一下吧！"

　　打开房门，里面比较暗。打开电灯，这个只有7平方米左右的屋子收拾得干干净净整整齐齐。一张单人床，被单整齐叠放。紧靠床边摆放着一个多功能电脑桌。床头上方张贴着几张NBA球星的照片。嘎玛一看，有他喜欢的迈克尔·乔丹，当代最伟大的篮球运动员；有大卫·莫里斯·罗宾逊和沙奎尔·奥尼尔中锋——绰号"大鲨鱼"。这后面两位是嘎玛崇拜和学习的中锋位球员。

　　"没想到，龚凯峰你也这么喜欢篮球哇！"丹增说。

　　退出门外，这20平方米的院子里有不少盆栽植物。"这是一棵什么树？长得这么好？"嘎玛指着那棵爬满一壁墙的唯一种在地里的植物问道。

　　"这是我最喜欢的蔷薇花。嘎玛、丹增，进来吃水果吧！"龚凯峰妈妈招呼着。

　　他们回到客厅里，边吃水果边聊天。京巴狗瞪着大眼睛，紧挨着龚家妈妈坐下来。

　　"阿姨，这条狗狗几岁了？"丹增总是对什么都好奇。

　　"哟，有9岁了吧！"龚妈妈回答，"嘎玛，听说你也是上海人啊？"

　　"一半吧。我阿爸是西藏藏族，我阿妈是上海人。我们那边称这样的孩子叫'团结族'。"

　　"团结族？这个叫法好，这个叫法好！"龚爸爸终于插上一句话。

接下来，是龚家对嘎玛的一番赞扬和感谢。

"叮咚——"门铃响了。龚爸爸开了门。

"哟，龚家爸爸，侬屋里厢有客人呀？"是邻居沈家阿嫂。

龚妈妈赶紧迎了上去："阿嫂，进来坐呀！没有外人，他们是阿拉峰峰的同学，几个小朋友。"

"吾讲噶闹猛（热闹）的。吾就不进去了。喏，吾自个做的熏鱼，给大家尝尝看。"沈家阿嫂满脸堆着笑。

"谢谢，谢谢！"

"大妈妈好！"龚凯峰有礼貌地来门口打招呼。其余三人也跟着过来！

"伯母好！""伯母好！""大妈妈好！"

"好好好，这帮学生仔老有礼貌的！"沈家阿嫂脸上的笑堆得更多了，"哟，这两个小朋友不是阿拉上海人吧？"

龚家爸爸忙说："阿嫂好眼力！他们是阿拉峰峰学校西藏班的同学！"

"哦，怪不得！"沈家阿嫂又多看了两个学生几眼，脸上依然堆满了笑，口中不停地说，"好额，好额，蛮好额！那你们就多白相点辰光啊。哦，就是多玩一玩哦！"

沈家阿嫂的一脸笑容和最后的这句客气话，让两个西藏孩子再次感到上海人的热情。

饭后，龚爸爸拿出三个雅马哈计算器送给小客人们。

"知道你们不会收礼。所以，特意叫他爸爸买的学习用品。你们用得到的，不要客气啦。"龚妈妈非常热情地说。

"那我们就收下了。谢谢叔叔阿姨！"丹增一把接过去，带头拿着了。

回到寝室，丹增研究着计算器，略显惭愧地说："嘎玛，怪不好意思的，总是沾你的光！"

　　"就是。上趟是给巧克力，这趟又给这么贵重的学习用品。龚凯峰，你爸妈人老好额！"曹一鸣附和着。

　　"我爸嘛，你晓得吧？总是把'点滴之恩，当涌泉相报'挂在嘴巴高头！现在就是他践行这句话的时候啦！"

　　"对了，"嘎玛突然问，"龚凯峰，你家这只小狗的妈妈是不是去年去世了？"

　　"对呀，怎么了？"龚凯峰不解。

　　"我知道你家那棵蔷薇为什么会长得那么好了！没错吧？"

　　"哇。嘎玛，你真厉害！"

　　丹增急忙插话："你们说狗就说狗，怎么又说起花？什么嘎玛又'厉害'了？"

　　"去年，我家莫妮卡的妈妈杰西老死掉了。晓得吧？我妈妈大哭了一场。本来应该送到宠物店处理的，我妈妈说以后再也看不到了，万一想她怎么办？到底养了14年呀。结果，我小叔叔建议就葬在蔷薇下，还说这叫'让狗狗的生命延续到蔷薇花上'。但是，我啥人都没讲过的。今天竟然叫嘎玛同学给看出来了。你们讲，是不是很厉害呀？"

　　"对呀，嘎玛，你是怎么知道的？"丹增又来了。这类问题问了无数遍，嘎玛依然笑而不语。

　　办公室。宁真老师在找丹增同学谈话。宁老师也不知从哪里得来的"情报"，说丹增同学无功受禄，拿了3班龚凯峰的计算器。这个问题必须上升到一定高度，好好教育教育。

　　宁老师从小道理讲到大道理，再从大道理回到小道理。总之，丹增同学不能要同学家长给的东西。丹增静静地听着，不顶嘴，不插话。心想，曹一鸣也拿了，为什么不找他？直到下午第一节课预备铃声响起，他才被允许回教室上课去。

当"听话"的丹增，拿出计算器还给龚凯峰时，龚凯峰生气地说："哎，你们'顶真'是不是有毛病啊？请她老人家想想清爽再讲好吧？这是我爸妈给你的礼物，又不是你自己讨得来的！噶滑稽的！她要再找你，我去跟她理论理论！"他特意加重语气，一字一顿强调"我爸妈给你的"。

大家也都知道"顶真"心不坏，她就是这么一个人！不去睬她就行了。果然，这事后来就不了了之。

三十一、喜迎新年

2005年元旦迎新晚会。上海市教委为了体现对西藏学生的关怀，特意邀请三年来考入上海的60多名西藏班的同学到市教委礼堂参加迎新联欢活动。

市北中学由于立人校长亲自带队，政教主任唐老师和音乐赵敏霞老师具体负责，他们带着高二5名学生和高一5名学生参加联欢会。被邀请的还有西藏班的老师——3班班主任徐海燕和4班前任班主任左胜利，现任班主任宁真，以及高一两个班的班主任。

10名同学都身着节日盛装，鲜艳夺目。阚冰冰这个汉族小姑娘，从小生长在布达拉宫脚下，藏装自然不会少的。别说，衣服上身，还真像那么回事儿！

去年的双人舞太精彩了。而有着舞蹈天赋的李德吉是个最不喜欢重复过去的人。这次，她又编了一段舞蹈。主角是嘎玛和阚冰冰。她说，用你们上海话说，"要新面孔，不要老面孔"！她为他们选了一段黎巴嫩的民歌——《愉快的旅行》。

夏天的风景多么美丽

我来到米斯加哈海岸与你欢聚

汽车沿着小路走遍大地

愉快的旅行充满诗意

蓝天上朵朵白云飞

快乐的时光多么甜蜜

亲爱的人啊请你放心

尽管这夜色来临仍要分离

我真心爱你，你忠于情侣

我们的爱情永远充满活力

……

这段舞蹈一结束，场内发出长时间的掌声。赵敏霞老师发现，嘎玛的舞蹈与丹增的明显不同。丹增的舞蹈表达的是舞蹈内容的本身，或者说是他在现实生活中所见的再现；嘎玛要表达的是来自客观生活情景与他对生活的主观感受相互"撞击"，而产生的极具审美价值的形体艺术。而他的感受又远远地超过了客观生活情景。他能巧妙地将舞伴和观众代入一个特定的时空，这个时空不仅仅在旅行的风光中！

时间，往往是疗心病的良药。显然，李德吉，这个可爱的姑娘记住了阿妈的话："当你得不到时，不如成全别人。"不管怎样，面对现在的结果，她选择了与现实和解。李德吉就是李德吉，快乐是她与生俱来的特质。她有意成全这对青梅竹马。丹增和米玛合作了一首二重唱歌曲《家乡》，由高一5个藏族同学伴舞。

> 我的家乡在日喀则
> 那里有条美丽的河
> 阿妈拉说牛羊满山坡
> 那是因为"菩萨"保佑的
> 蓝蓝的天上白云朵朵
> 美丽河水泛清波
> 雄鹰在这里展翅飞过
> 留下那段动人的歌
> 哦嘛利嘛利……
>
> 我的家乡在日喀则
> 那里有条美丽的河
> ……

这首歌，把在场的西藏同学都带回到日夜思念的家乡西藏去了。市教委的卢副主任带头鼓掌，把孩子们的思绪拉回来。他微笑着充满激情地说："亲爱的同学们，教委的叔叔阿姨们就是考虑到你们在学期结束后，有一部分同学要回到家乡去过藏历新年，我们才按照公历新年为大家举办这个活动。以此来提前给大家拜个年，同时，让大家在上海可以跟自己的老乡们有个交流机会。今天就很好，四个学校表演了八个节目。你们市北高级中学的双人舞就很好，艺术水准很高啊！欢快、喜庆，很有过节的味道！最后，我代表上海市教委的叔叔阿姨们，给大家拜个年，祝大家新年快乐，扎西德勒！"

联谊会结束之前，上海市分管教育的副市长陈媛女士也赶到会场，看望大家，并发表了热情洋溢的讲话。

返校的车上，左胜利对嘎玛赞赏有加："嘎玛同学，你果然是个奇才。你说还有什么是你不会的？篮球，我个人理解对身体要求应该是'刚'，而舞蹈对身体的要求应该是'柔'。我说得对吧，我们的大编导李德吉同学？"

"左老师，您说得有道理。不过至少舞蹈需要'刚''柔'兼备吧！"李德吉说。

随后，左胜利扭头向后排座位上的于立人介绍说："于校长，您可不知道，咱们学校这个嘎玛同学不得了哇！我教了有三届学生了吧，还没有碰到一个像他这样近乎全能的学生仔啊！"

左胜利本想再将嘎玛的情况详细介绍给校长，但想到校长或已有所耳闻，话到嘴边又憋了回去，把话题又转向今天的舞蹈上。

嘎玛反问左胜利："老师，您真不知道我有一个缺点？不对，应该说是缺陷。"

"哦？我不信！讲讲看？"

"您猜猜？"

"你篮球打得好。足球、排球不会，对吧？"

"不对，老师。那是因为我没学，如果学了，相信我会很快学会的。我是说，缺陷——就是那种怎么学也学不会的，先天不足的！"

"那我可猜不到，哈哈。嘎玛同学卖关子咯！"

阚冰冰知道左老师是绝对想不到的，于是问："左老师，您有听过嘎玛唱歌吗？"

左胜利一愣，还真没听过。

阚冰冰继续说："您看，丹增会跳舞，会打篮球，也和米玛唱二重唱。但是您什么时候听到过嘎玛唱歌？老师和同学们，有谁听他唱过？"

"对呀！"左胜利恍然大悟，"嘎玛，你给咱们唱首歌吧！"

嘎玛一直微笑着听大家议论自己。听到老师点名了，便笑眯眯地说："老师，我听音乐可以。但是经我一唱出来的歌，保准走调。在车上，我就更不敢唱了！"

"为什么？"

"我怕你们受不了刺激，跳车怎么办？"

"哈哈，哈哈……"全车的人都大笑起来。

"所以，人人都有软肋，不瞒大家说，我的软肋就在这里。"嘎玛略显遗憾地说道。

"这算不了什么。不管咋说，你嘎玛次仁在左老师心里就是个天才！"左胜利佩服这个学生。

拿着扎西平措的委托书，徐海燕和袁子枫陪嘎玛到上海市心理咨询中心，测了智商。报告显示，嘎玛的智商的确是比一般人高，但仍属正常区间的最高值，没有离谱。后来在朋友的帮助下，他们又联系了几家科研机构，结果也没什么特别发现。

三十二、英雄出少年

2005年6月底的一天，上海宝北区的绿宁商业广场。一家中式快餐店里，嘎玛和阚冰冰在用午餐。

"冰冰，你说，这次回拉萨，我们给大人们买的这些礼物，他们会喜欢吗？"

"肯定会的。其实吧，他们真的不需要我们买什么，而是我们有这份心意。再说，咱们是学生，不可能买太贵的东西。"

"嗯，有道理。对了，等会儿吃好饭，咱们再到食品店里看看。给弟弟妹妹们买点大白兔糖。他们就是喜欢这个糖。"

"好的呀！"

突然，嘎玛皱皱眉头，下意识地把右手放在胸部。动作慢而轻，但正好被阚冰冰瞧见："怎么，嘎玛你不舒服吗？"

"没有呀！"他立即缩回手臂。其实刚才嘎玛感觉有什么利器在自己胸口上刺了一下。他有一种不祥的感觉——自己就要去见拉巴爷爷了。但是，他不敢说，他怕吓着阚冰冰。

他仿佛来到了一个很空旷的地方，很大很大，像宇宙空间。但没有月亮和星星，到处都挺暗的。有一个声音在呼唤他。他听不清，好像是爷爷的声音，又好像不是。他听到了，他听到了一句："当我死时，世界呀，请在你的沉默中，替我留着'我已经爱过了'这句话吧。"泰戈尔的诗句让他很平静，他没有丝毫的害怕和恐惧。他似乎真的和大自然浑然一体了。

"真的没啥？"阚冰冰担心地问。

"哦，真的没啥！"他有点昏昏然，"只是一想起马上可以回拉萨了，就很自然地想起已经去了天堂的爷爷奶奶！不知道他们在那边好吗。"

"嘎玛，你想到哪里去了？拉巴爷爷和央金奶奶善良、慈祥，他们在天堂里一定会很幸福的！你别多想了啊。哎，对了，这一年我的物理进步很大。等下学期高三分文理班，我希望咱俩能分在一个理科班。你希望不？"

嘎玛终于回过神来："当然，当然希望。来，预祝一下吧！"说着，两人一起举起右手，"啪"的一声，随后彼此会心地笑了。

出了食品商店，嘎玛和阚冰冰拎着几个礼品袋说笑着往学校方向走着。

到了一家银行附近。突然，从银行门口冲出两个蒙面人，银行里面传出尖利的叫喊声。

"不好，冰冰快闪开。"嘎玛把阚冰冰推到路边，顺手将手里的东西交给阚冰冰。这时，第三个蒙面人飞也似的冲出门，与嘎玛擦肩而过。

"快报警——！"嘎玛撒腿就去追最后逃出来的蒙面者。一时间，大街上，过往的人们有躲闪的，有惊呆地看着的，有远远驻足观望的。嘎玛死死盯着前面的人。

两人跑到一个弄堂口的拐角处，嘎玛追上了蒙面人。不料，那人猛地一转身，手上亮出一把锃亮的匕首。当他看清眼前这个高大的男孩，一脸的稚气，便不屑地恶狠狠地从牙缝里挤出几个字："臭小子，找死呀！你，赶紧给老子滚开！"

"你这是犯罪！把刀放下！去自首！"嘎玛喘着粗气，提高嗓门呵斥道。这时，他自己也不知哪里来的胆量和力量。

蒙面人举起匕首向嘎玛冲来："去你妈的！"

嘎玛灵机一闪，来了个篮球场上的假动作，躲过这一刀。蒙面人因用力过猛，一个趔趄身体向前冲去。嘎玛猛地一个回身，顺势把蒙面人扑倒在地。

两人扭打在一起。

嘎玛到底是个孩子，蒙面人几个翻滚便把他压在下面。嘎玛双手紧紧抓住蒙面人左手手腕，试图想叫这家伙放下匕首。可这小子猛地举起右手给了嘎玛脸上一拳。嘎玛本能地松开手去捂脸，蒙面人乘势起身，对准嘎玛左胸部就是一刀。热血立刻涌了出来。

这时，警察和几个市民赶到了。"住手！"说时迟，那时快。蒙面人来不及拔出匕首，就被两名警察三下五除二给制服了。几乎在同时，市民当中有个中年人冲过来说："我是医生，不要慌张。听我的，快，请哪位赶紧打120。"

"我，我正在打。"一个中等个子的男青年说。

中年医生快速把嘎玛的衬衫左前襟连同袖子一起撕下来，紧急为他包扎伤口。这时，阚冰冰赶到，她拨开人们冲上去尖声地呼叫："嘎玛，嘎玛……"

"小姑娘，他是你的什么人？"

"我哥哥，呜，呜……"

"别哭呀，快给你家里人打电话。叫他们马上赶到第三人民医院。快，快！"医生一边包扎，一边吩咐。

阚冰冰双手颤抖，接过男青年递过来的手机，拨通了姊姊钱小恕的电话。妈妈不在自己身边，不管遇到什么事，阚冰冰第一个想到的人就是自己的姊姊。

救护车来了，嘎玛被送上车。中年医生和阚冰冰也上了救护车，男青年坐在另一辆警车上。车子一路鸣叫着，很快停在医院的绿色通道口。已在门口等候的医护人员快速将嘎玛推往急诊科。

抢救室内，医护人员有序地忙碌着。他们给伤者吸氧，以维持伤者呼吸道通畅；给伤者伤口止血，以保护受伤部位；心电监护，抽血化验，为急诊手术做着精心准备。

大约5分钟不到，护士出来通知家属，伤者已转到8楼手术室，请到3号手术室门口等候。原来，嘎玛伤势过重，必须立即手术，他已由医院工作电梯直接送往手术室。

正当阚冰冰又惊又怕、六神无主的时候，中年医生过来对阚冰冰说："小姑娘，走吧！"

阚冰冰、中年医生、男青年和一名警察都在手术室外等着。

最先赶来的是阚卫东和钱小恕。阚冰冰扑到小恕婶婶怀里大哭起来。

"冰冰，不哭，不哭。不会有事的！"钱小恕心疼地哄着侄女。

阚卫东在向警察和市民医生了解情况。

见伤者的家属来了。随后，警察便带着中年医生和男青年回警局做笔录。

阚卫东代表嘎玛家人向他们表示感谢。他们却说，大家应该向这个孩子学习。

又过了约半个小时，奚沐海陪着父母来了。

"嘎玛，嘎玛，侬不要吓外婆呀！"钱小恕马上过来扶着祝美娣老人家，安慰着她别急坏了身子。

又过了一会儿，舅妈徐爱梅和表姐奚佳妮也赶来了。

在手术室外，大家都焦急地等待着。

徐爱梅说话了："哪能会发生这种事体呀？这外甥也是的，捉坏人那是警察的事体，侬一个学生仔，捉啥么捉！真是的，捉出大事体来了哦？害得大家都在为他操心了！"

祝美娣听完立刻气愤地呵斥道："徐爱梅，侬马上把嘴巴关特（闭嘴）！"随即她口中不停地念叨着，"嘎玛呀，侬要挺住，要挺住呀！老天开开眼呀，保佑我家星星平安无事呀！"

奚佳妮也觉得母亲的话太不应景了，她拽了一下母亲的衣角："侬好不要再讲了呀！"

徐爱梅看看大家，人人表情凝重，更没人想理睬她。她有些尴尬，不作声了。

这时，阚卫东和奚沐海过来告诉祝美娣和奚福根，平措他们的电话已经打通。他们说争取明天赶过来！阚卫东心里明白：拉萨至上海，遥遥四五千公里。就算明天一早的飞机启程，到成都再中转，是要说"争取"才能赶过来的！

手术结束。嘎玛立即被转到重症加强护理病房。

阚卫东、钱小恕和奚沐海三人商量后，小恕说："这样吧，今天晚上卫东和沐海哥留在这里，其他人都回去休息吧！阿嫂啊，你和佳妮照顾好叔叔阿姨啊！"

"哎哟喂，小恕呀，侬放心好了！"终于有人跟她徐爱梅说话了。她刚才觉得大家已经把她当成了空气，正有后悔之意，听着钱小恕这样说，她立刻发现自己还是有存在的价值的，于是她以主人的身份接着说，"对了，小恕呀，今朝多亏侬和卫东啦。谢谢啊！"

"阿嫂，自家人，不要客气的。"钱小恕莞尔一笑。

"我不走！"阚冰冰突然说道。

"这怎么行？冰冰乖，要听婶婶的话。爷叔和阿舅留在这里就行了。你是个孩子，你不好留在这里的！"

"哇——我怕，我怕明天来了见不到嘎玛了。呜呜呜……"

"不要瞎讲！不会的，不会。走吧，跟婶婶回家……"

第二天一早，钱小恕陪着阚冰冰来到医院。得知昨晚嘎玛情况还算平稳。医生说，今天下午若无大碍，可转入普通病房。阚冰冰听完露出了笑容。

"我讲，不会有事体吧？对了，你们两个今天还要上班，隔壁有个快餐店，你们去吃点东西就走吧。这边有我和冰冰。放心吧！顺利的话，莉莉姐他们下午就能到。"钱小恕跟丈夫和奚沐海说。

"嗯，我跟平措哥保持着联系，到时候我去机场接他们。沐海哥，走吧！"阚卫东说。

上午十点多钟，市北高级中学的于立人校长和左胜利也闻讯赶来了。虽然他们看不到嘎玛，但于校长还是在钱小恕面前不停地夸着嘎玛这孩子。说，他的行为令全校师生震惊和感动，是大家学习的好榜样！

送走了于校长他们。钱小恕正想问冰冰中午想吃点啥。

一名医生出来问："谁是阚冰冰，伤者醒了有话说。"

钱小恕心里一紧，马上平静下来。她怕万一有什么意外，冰冰经不住这么大的事，毕竟她还是个孩子，便说："医生，我陪孩子进去吧。"

进入ICU病房，顿感空气是凝固的。雪白的墙面，雪白的屋顶，病床边摆放着一大堆医学仪器。仪器的屏幕上有几组数字在动——心跳、血压、血氧饱和度。雪白的床单，雪白的被子。被子下面躺着嘎玛次仁。

阚冰冰不由得紧紧抓住婶婶的手，不敢往近处靠。她还不满18周岁，哪里遇见过这样的事？

只见嘎玛右边脸是紫色的，肿胀的，眼窝又黑又紫。他的脸上套着氧气罩。胸部在微弱地起伏着。

钱小恕一看这情形，心里又是一紧，直觉告诉她，这孩子恐怕是凶多吉少。她赶紧把侄女拉到嘎玛床边，并将冰冰的右手送到嘎玛那只冰冷的手心上。

这哪里是两只手的触碰，这分明是两个少年的心连通了起来！

嘎玛慢慢地睁开了双眼。平日里英俊帅气的他，右眼成了一条缝。阚冰冰心上像也被人用刀捅了一下似的，她心疼极了！泪水像断了线的珍珠，不停地往下掉落。嘎玛打量着这个几乎和他朝夕相处了快18年的姑娘，他只能痛苦地勉强笑了一下，他似乎用尽了全身的气力才将她的那只小手，握在了自己的手心里。他们就这样四目相对，心中都有想说的话，但阒冰冰只是落泪，却不知怎么说。这时，医生示意护士把氧气罩给他摘下来。

钱小恕双眼含泪又推了一下侄女，侄女侧着头，靠近嘎玛的脸。她也本能地用另一只手紧紧攥着嘎玛握着她右手的那只手，她越握越紧，她似乎觉得只要自己拽紧嘎玛的这只手，他就一定会留在人间！

嘎玛用只有阒冰冰才能听到的微弱的声音说："冰冰啊……好好的！拉巴爷爷和……和央金奶奶……他们，他们想……我了。我就要去……去见他们……跟……跟你告个别吧！好好的啊……"说完，他的眼角流出了泪水，接着他昏迷过去了。

"嘎玛，嘎玛，你不能这样，不能这样啊！你要兑现你的诺言呀！"阒冰冰撕心裂肺地哭喊着。钱小恕和一个护士两人一起，才把阒冰冰的双手给掰开来。

医生们再次进行抢救。出了ICU的阒冰冰"哇——"地痛哭起来。钱小恕立即打电话给阒卫东说："快联系平措和莉莉姐他们赶紧赶过来，快，快呀！"

此时，电话那端传来阒卫东焦急的声音："我，我刚打过，关机了。应该还在飞机上。刚才说要下午四点半落地。侬不要急，我还是通知沐海哥叫他先到医院来吧！"

下午一点多，奚沐海和奚佳妮一起过来了。他们问了情况后，叫小恕和冰冰先去吃饭。奚佳妮说："我陪婶婶她们去！"

"我不想吃！"阒冰冰哪有心情，泪水还在不停地掉。

"乖孩子，饭是要吃的。我们现在就是要吃好，要休息好，保证自己不生毛病。这样才能有力气照顾嘎玛呀！"尽管钱小恕知道嘎玛生还的希望越来越小，可她还得劝侄女！

"是啊，佳妮呀，你搀着妹妹，你们快去吧！"奚沐海昨晚接到妹妹奚莉莉的电话。他简单说了一下情况。奚莉莉说，今天他们一定会赶过来的！

然而，嘎玛这个孩子似乎是为阚冰冰而生，又是为爷爷拉巴而去的。跟阚冰冰做了告别后，他就没了意识。

经过医生的再次抢救，他的头脑又异常清醒起来，但是耳边响起了从来没有听到过的一种空灵的响声："啾——啾——啾——"这声音通感般地出现了形象。那形象随着"啾——啾——啾——"的响声正呈螺旋状升腾，升腾，升腾……这是什么？嘎玛不知道，他只知道在这个世界上，唯一对不起的就是已经离开西藏正在路上的阿爸阿妈。尽管他知道，他们一定会来到，他也努力地等着、等着。

忽然间，他似乎看见东方的那颗最亮最亮的星星了！他心中充满了喜悦。哦，阿爸阿妈就要到了。他想睁眼，可是怎么也睁不开。就在此时，"啾——啾——"声没有了，空中出现了爷爷和奶奶。

这次和上次的梦中有所不同，爷爷奶奶的面容都非常清晰。爷爷慈祥地笑着说话了："我的嘎玛，爷爷知道你现在很疼，对吗？你很痛苦。你是个善良勇敢的好孩子，你做得对！来吧，到爷爷这里来。来了你就再也没有痛苦了。来吧，来吧！"奶奶也在向他招手。

他想说："爷爷，再叫我等等吧。阿爸阿妈今天就过来了。您叫我和他们道个别吧。再等等，再等等……"

但是，他发不出声音，他只听见爷爷呼唤着他的声音。渐渐地，渐渐地，他坚持不住了……虽然他的眼睛睁不开，可是眼前却出现了从未有过的一束白色的祥光，好温暖，好舒服，他像安徒生笔下卖火柴的小女孩一样，跟着爷爷奶奶随着这束光向天上飞去，飞去……

ICU里嘎玛床边的监护器，屏幕清晰地显示：血压成为一条线；氧饱和度成为一条线；最后心跳显示为"0"的异常状态。就这样，等到扎西平措和奚莉莉赶来时，嘎玛——他们的儿子已经平静地走了。

奚莉莉抱着已经冷去的儿子身体，默默地，没有声音，只有泪水。她明白嘎玛是藏家的孩子，藏民族的亲人故去时，是要进天堂的。她决不能大哭而惊扰到儿子的灵魂。她只能是默默地哭。这无声的哭，也是要告诉天堂里的嘎玛，妈妈来迟了，妈妈来迟了呀！奚莉莉深信，她的心声，儿子一定能听到的——可是，谁能知道，痛而不泣往往是最大的悲伤！

扎西平措从医生那里知道了儿子的死因后，他更是心如刀割。这个康巴汉子，今天，在自己最最亲的骨肉离开自己时，他终于再无力管住那些拼命要夺眶而出的泪水，他只能任由它们流出来，流到两腮，落到地上。他的双手一直在搀扶着孩子的母亲——这个几乎因悲伤而无法站立的爱人，他们心碎了！

医生介绍说：嘎玛次仁是被凶手用一把匕首刺入左胸部的，这把匕首，伤及嘎玛的血管、肺部和心脏。这是致命刀伤啊！医生说，这个伤者因身体强壮才能挺到第二天，这已经是奇迹了。

奚莉莉完全能够想象得出来，儿子是怎样地忍受着常人无法忍受的痛苦，艰难地盼着自己双亲的到来，他硬是坚持啊坚持，他耗尽了最后的一点气力，只能坚持到父母来之前，老天爷还是未能让他与世上最最亲的亲人，做最后的告别！嘎玛次仁终于带着一份遗憾走了，永远地走了……奚莉莉怎能不泪如泉涌，怎能不悲痛欲绝啊……

冥冥之中，嘎玛预先感应到自己将要遭遇的不测。如果说，拉巴爷爷是以万米长跑的速度完成了自己的67年的人生的话，嘎玛则是以百米冲刺的速度完成自己短暂18年的一生。不同的是，爷爷多少品尝过人生的酸甜苦辣，享受了7年的退休生活；而孙子嘎玛却以如此的壮举，在还没有来得及品味人生的时候，便早早地走了……他们祖孙竟然以如此的方式提前在天堂里相会了……

殡仪馆的告别大厅里，气氛庄严、肃穆。横幅上是"沉痛送别小英雄嘎玛次仁"，两边条幅的挽联上分别写着："挺身而出临危不惧伟少年；奋不顾身勇斗歹徒真英雄。"

嘎玛次仁静卧在鲜花丛中。

除了在沪的亲朋好友们外，嘎玛学校的于校长、老师和同学代表，远在西藏的扎西平措和奚莉莉的单位分别派人来参加了追悼会。

大厅里还来了许多不认识的人。他们有的是那天在现场的路边群众，有的是看了新闻报道的上海市民。他们要为这个见义勇为的高中生，送上最后一程。市、区两级电视台的记者也来到了现场。

市北高级中学校长于立人致悼词，他在结尾处这样说："从这个令人无比悲伤的时刻起，从这个令人无比骄傲的时刻起，我们在场的和不在场的每个人，将会永远怀念这样一个男孩儿，他善良、诚实、正直、真诚而勇敢，直到他生命的最后一刻，他把爱留给了人间！他，就是我们的小英雄——嘎玛次仁同学！

"安息吧，嘎玛次仁！"

哀乐响起，向小英雄的遗体做最后的告别。米玛和丹增等学生代表排在送行队伍的最前面。他们每人手握一朵黄菊花或白菊花，个个泣不成声。嘎玛是他们相处了两年的同学好友，他们怎能舍得嘎玛就这样离开他们呢？在大人们的行列中，左老师、徐老师，宁老师，还有龚凯峰和曹一鸣的家长都在其中。

奚莉莉今天似乎还是那么平静，那是因为嘎玛走的当天，她流尽了自己的泪水。

此时，她注视着儿子的遗容，默默地想着："我的星星，你可知道，对于世界，你只是一个普普通通的男孩子；而对于我，对于你阿爸，你却是我们的全部啊！妈妈舍不得你，可是又无法留住你，愿你顺利走进天堂，陪伴你的爷爷和奶奶吧！走吧，我亲爱的儿子！一路走好吧！"

阚冰冰由邬小旻和李德吉陪伴站在平措和奚莉莉、外公外婆、舅舅舅妈亲友这边。阚冰冰双目凝视着静卧在鲜花中的嘎玛，不停地哭着。是啊，嘎玛次仁的离开，对于母亲如此，对于她阚冰冰又何尝不是如此呢？

从小一起玩耍，一起进幼儿园，上小学，一起上初中，又一起考到上海。嘎玛，难道你就这么狠心地将我抛下了吗？阚冰冰不停地哭着，两个陪伴的同学不知该怎么劝才好。

还是钱小恕最懂这个姑娘的心。她走过来，将冰冰揽入怀中，给予母亲般的抚慰。阚冰冰悲痛万分，她哭着问钱小恕："嘎玛呀，嘎玛，他曾对我的誓言为什么不坚守！他说过的呀，为什么，为什么一直坚守诺言的人，今天却要失信于我呢？是他告诉我执我之手，陪我一生的呀！呜呜……"

"好孩子，好孩子。婶婶明白，明白你的意思！乖，不哭，不哭。"钱小恕不停地抚摸着阚冰冰的头，自己也不停地擦着眼泪。

逝者已去，愿生者得安。唯望行凶者早日伏法，以告慰英灵！

一个月后，奚莉莉抱着儿子的骨灰盒回到拉萨。在贡嘎机场出口处，阚海东和王国川两家人早早等候在外面了。他们说，今天一定要一起来迎接小英雄回家乡。

　　走出大厅，扎西平措看到一辆警车旁站着局长陈志平，他加快脚步，上前敬了个礼。陈局长几乎是同时还了一个礼，然后张开双臂，紧紧地拥抱着扎西平措："平措，我知道你是一个坚强的汉子。你不会被打垮！只是你家奚老师，恐怕要痛苦一段时间了！你要多关心啊！"

　　"请局长放心，我会照顾好我家莉莉的！"

　　告别了大家，回到家中。屋里只有扎西平措夫妻二人。奚莉莉缓缓进入儿子生前的房间，把骨灰盒轻轻地摆放到写字台上。

　　凝望着儿子的遗像。她自言自语道："如果我不让他考到上海，就不会出事了。我不该让他去的，都怪我，都怪我呀……"

　　这一个月里，奚莉莉总是这样的自责。平措担心她，安慰道："我说，我的天鹅啊，你就放下吧！相信我，儿子的灵魂会回来陪伴我们的。"

　　听到这里，奚莉莉终于放声大哭起来："我放不下呀，我放不下！我一手带大的星星就这样不辞而别，我怎么能放下呀！"

　　奚莉莉克制了一个月的悲痛，她无法释怀，今天她终于在自己的家里，在最亲爱的人怀中，酣畅淋漓地痛哭一场。

　　扎西平措将妻子紧紧地搂在怀里，轻轻地说："哭吧，哭吧，我明白我的天鹅，你就好好地在我这里哭一场吧！"奚莉莉就这样，直到哭累了，哭睡了为止。扎西平措抱着妻子，心疼地流下热泪来……

三十三、回国度假

2006年6月7日，拉萨高考考场上。阚冰冰向监考老师提出一个请求：自己能否把心爱的项链表放在考场最后一排的空课桌上。老师不知何故，但还是同意了她的请求。

阚冰冰庄重地将表端端正正地摆放好，默默地说："嘎玛次仁，请原谅我的俗套。我知道你可能不喜欢我这样做，但是你要是知道了我的志向，相信你会同意的。今天是我们参加高考的第一天，虽然你不能到场，但我请你在最后一排看着我答题。祝我好运吧！"

如果嘎玛在天有灵，相信他会听到阚冰冰这些话的。

李德吉、丹增和她在同一个考场上。他俩知道阚冰冰的心思，只是默默地看着她。

语文试卷的阅读分析文章是《我看舞蹈的美》：

"舞之美，是人的美。它是一种艺术，当然有艺术美，但它所假之物并不是声、色、字、词，而是天生的，自然存在的人。因此它首先是一种自然的美。它努力挖掘人的灵秀之气，给人一种高级的美感。我国第一个提倡使用模特儿的美术教育家刘海粟先生说过：美的要素有二，一是形式，二是表现。人体充分具有这二要素，外有美妙的形式，内蕴不可思议的灵感，融合物质的美和精神的美的极致为一体，所以为美中之至美。当我们看着舞台上那舞动着的美人时，她（他）举手、投足、弯腰、舒臂，那美的形态、身段、轮廓、线条，恰好表现了美的内蕴，美的感情，而不必借助什么道具。"

一年多前，阚冰冰和嘎玛的舞蹈《愉快的旅行》仿佛又在眼前出现。那支舞蹈是阚冰冰有生以来，跳得最好的一支舞。想到当时的情景，至今还非常清晰。嘎玛身上有一种超人的力量，带着她不是在跳，而是在飞！对，有飞起来的感觉，飞向辽阔的大地，飞向无际的天空！真的，像嘎玛说过的，和大自然浑然成了一体！她终于体验到了，那么神奇，那么美妙哇！

阚冰冰定了定神，心里默默地提醒自己："集中精力，嘎玛在后面看着你呢！"阚冰冰对这篇文章的理解分析得的是满分。

嘎玛的舞姿已经在她的脑海中定格，成为永恒！

同年，阚冰冰收到了来自华海师大心理学系和美国宾州大学心理学系的录取通知书。为了嘎玛，她要研究超心理学。于是她选择了去宾州大学。

2008年5月，宾州大学大二结束后的暑假开始了。当飞机飞临上海的上空时，机舱内响起用中英两种语言播放上海地面天气情况的声音。飞机着陆在浦东国际机场。

出口处，阚冰冰看到前来接机的父母，看到了叔叔卫东和小恕婶婶。

父母正在上海休假，准备带她一起回拉萨。与卫东叔叔并肩站着的一位，就是自己高中时代的同学丹增。丹增是在西藏高考后，被上海东华大学录取的。

两天后，丹增陪着阚冰冰，一起来到他们高中时的母校——市北中学，看望曾经教过他们的老师们。

当阚冰冰他们进入老师办公室，她发现除了两名新教师外，其他老师她都认识。当她提出要去教导处看左老师时，小陈老师说："哦，你还不知道吧！左老师调到闵行区的一所新学校做副校长去了！对了，这还是你那个西藏同学嘎玛四年前提到过左老师一定会有所作为的。前一阵我们还议论这件事呢！"

阚冰冰听着陈老师提到嘎玛，不由得脸上露出一丝忧伤之情。徐海燕赶紧打岔："阚冰冰呀，说说这两年你在美国的情况吧！我们很想听的。"

阚冰冰不是三年前的那个小姑娘了。她成熟、理性多了。于是她说："没关系的。在美国，从三四岁的孩子开始，就会有一些关于死亡的读本，让孩子了解生物的延续和交替是很正常的一件事。这就是自然的规律。对了，徐老师，我记得当年您劝慰嘎玛不要因爷爷去世而过于难过，您引用了一位作家的话。他说：'人生是一本书。出生是它的封面，死亡是它的封底。一个人不能决定自己的出生，也不能决定自己的死亡。出生和死亡，都由上帝安排，而非自己决定。'对吗？"

"好记性。阚冰冰同学，老师为你高兴！谈谈你的情况，我们很想听听。"

阚冰冰说在州立大学学习超心理学。她最佩服安德鲁·奥托尼教授。记得他上第一节课时，提出一个让大家认为不是问题的问题——"什么是常识？"

丹增说："就是最普通的知识，最一般性的知识。"

"没错。但你有没有想过，越是最普通的最一般的，越难以打破，因为大家对它坚信不疑。

"举个例子吧。在17世纪早期，一位希腊解剖学家著书认为，人的心脏是血液的加热器，大脑是血液的冷却器。这在当时是常识，每个人都这么认为。但直到后来，英国医生威廉·哈维在解剖心脏时有了一个新发现。他说，心脏看起来就像一个处于封闭循环系统中心的泵。现如今这已经是一个不争的常识。反过来，我们就会觉得先前希腊的那个解剖学家的认识竟然如此天真可笑。你们说，对不对？"

"现在不会再有这样的人和事了吧？"小陈老师自信地说。

"陈老师，这正是我想说的关键点。我欣赏安德鲁·奥托尼教授。他的第一堂课让我终生难忘。他教育我们要敢于向权威质疑，向'常识'挑战。这第一堂课的意义在于，它纠正了我一贯的思维方式。这对我来说是具有革命性意义的。"

"嗯，有道理。"丹增还在品味着。

阚冰冰继续说："我们过去学习的知识很多，是碎片化的。如何将这些碎片系统地管理起来，这就是要学习逻辑学。应该在我们的大脑中建立一个逻辑思维体系，使我们的大脑成为一个知识操作系统。这样，我们就可以成为具有创造力的学者，而不是一个书呆子。至于哲学，就是让我们人类对自己的行为和思想进行反思的学科。"

老师们听了不住地点头。

徐海燕静静地听着。她知道阚冰冰是一个情商极高的孩子，这个学生非常明白，怎么去表达自己的思想和观点。听着阚冰冰的言论，她对眼前这个学生还是十分满意的。因为这个孩子尽管只有大二，但思想却能与已是研究员的丈夫相媲美！

这个暑假，阚冰冰随父母回拉萨。她哪里也没去，她对父母说，她要放任自己的思绪。

阚海东给女儿一份大惊喜。即将退休的他，把自己多年来搜集的物理力学的书籍和自己十多万字的研究笔记全部送给女儿。他对女儿说，可能可以派上用场。

暑假里，阚冰冰完全畅游在物理学科中的相关力学的海洋里，很多认识被这些新玩意给颠覆了。

三十四、我们是谁？

2013年6月美国宾州机场。又经过三年的学习，阚冰冰获得美国宾夕法尼亚大学超心理学硕士学位。

坐在候机大厅，她默默地低着头小心翼翼地打开胸前的项链表，表盖内嵌着一个十七八岁大男孩儿的照片。

"我们是谁？""我们认为我们是什么？"她的脑海中浮现出自己的老师詹姆斯·布朗特先生的一番话："世界之浩瀚，人类之渺小，仅凭我们自己的想象力，是断然无法触及的。因此，我们绝不能以自己有限的认知，来判断这个浩瀚无际未知的宇宙——这其中也包含人类对自己认知潜能的认知和对自身身体潜质的认知。归根结底，人类终其一生，其实最需要做的只有一件事，那就是了解生命，认识人类自己。"

照片上的大男孩儿相貌俊朗，有着中国藏民族的相貌特征，同时又不乏汉族人的风度气质。他左手将篮球挽在腰部，右手自然垂放，昂首挺胸迎着阳光灿烂地微笑着。

宾州机场传来登机通知。

阚冰冰找到自己的座位。望着舷窗外那浩瀚无边的天空，阚冰冰沉思着。地球在这无限大的宇宙中如此渺小，飞机如此渺小，而我们人类连小小的尘埃都算不上！虽然人类聚集了所有的欢乐和痛苦，有着经济的、哲学的各种学说，有伟人、圣人和恶棍、罪人，还有那些像苔藓和草一样多的芸芸众生。而所有这些的总和都同时存在于地球上的话，也只不过是悬浮在阳光下的一粒微尘。人啊，我们究竟对自己了解多少呢？

她又打开项链表，端详着照片上那个俊美英气的男孩子。记得小恕婶婶曾经这样评价过照片上的男孩子："哲学家冯友兰先生把人生分为四种境界：自然境界、功利境界、道德境界、天地境界。别看他年龄小小，只有18岁，但境界却如此之高。他是当之无愧的道德之人，是我们心目中的道德楷模。他总是以'正其义，而不谋其利'为目的；以行侠仗义、惩恶扬善为己任。他简直是上天派来的道德天使！"是啊，这个道德天使为什么会有着普通人没有的东西，还要花上多长时间才能了解到他身上的与众不同之处呢？

尽管，在美国这些年所学的知识，比国内学得更多，见识得更多，但是并没有找到能解开嘎玛这类人身上特质的密钥。自己必须要继续深造！于是，在回国之前，她已申请了美国斯坦福大学的心理学专业和英国爱丁堡大学的心理学专业。

上海卢湾区绍兴路，这条原名叫爱麦虞限路，只有480米长的马路，是1926年上海法租界公董局修筑，以意大利国王名命名的道路。据说1943年汪精卫伪政权接收租界时改名为绍兴路。坐落在这条路上的一家私房菜馆，在小众圈子里很是有名气。名气大，是因为它傍了54号这个门牌号。因为老上海人知道，这里是大名鼎鼎的"笙馆"。聚餐的这栋洋楼，据说是当年"上海三大亨"之一杜月笙四姨太的住所。

楼内的装饰，还保留着原来的风格。豪华、典雅、气派。

"你们怎么能找到这样精致的地方？"阚冰冰惊喜地问邬小旻。

邬小旻说："这要归功于咱们的龚大律师！"龚凯峰说是他的一个当事人朋友介绍的。

这次聚会是由龚凯峰和丹增召集的。同学们大都在大学毕业后找到了工作。丹增是直接在原校读研究生，今年一毕业，他就要回西藏了。他考上了拉萨市的公务员。

当阚冰冰问及他和李德吉的情况时，丹增苦苦一笑说："我这是剃头挑子一头热呀！德吉是个好姑娘，但是心气高。咱和她有缘没分。"

当年李德吉考入西藏自治区综合大学艺术学院，米玛进入西藏民族学院，邬小旻上了上海财经大学，龚凯峰考入上海政法大学，他立志出来要做一名大律师，而曹一鸣则考进同济大学医学院。

正如徐海燕老师说的："你们这一届让学校'放了卫星'，是高校扩招以来，考入一本最多的一届！"

"来，老同学，我丹增敬你一杯！"

阚冰冰马上站起来与丹增碰了杯。

"唉，要是嘎玛能来多好哇！"丹增眼睛红了，他忍住了泪水，说，"冰冰，来，我要敬我的最要好的朋友一杯，你替他喝。"

"慢着，慢着。各位，请你们每个人在你们的桌子边堆放一小叠餐巾纸。"邬小旻说着做了个示范，"我提议，在座的每个同学敬我们的英雄嘎玛次仁同学一杯！"说完他们全体起立，高高举起酒杯，然后将杯中酒慢慢地洒在自己桌边的纸巾上。

"咦，不是要倒在地上吗？"不知是谁打破了寂静。

邬小旻狠狠瞪他一眼，压低声音但有力地说："你笨呀！地上是洋楼木地板。你懂不懂保护文物呀！？"

经邬小旻这么一说，本来不明白的几个人也恍然大悟。

龚凯峰反应快："来，来，小旻，我敬你一杯。为咱们这位高素质的老同学干杯！"

"我赞助一下！"阚冰冰也回过神来了。

"我也敬你！邬小旻。"在另外一个桌上的几个同学都应和着跟上。

席间，邬小旻和阚冰冰说着私房话。邬小旻的女儿都两岁了，女儿的父亲是她大学的同学。她关心阚冰冰的个人问题。阚冰冰说，实在没心思想这些，准备独身！邬小旻忙说："冰冰，使不得，使不得！嘎玛在天之灵也不会同意的！我知道，你解不开这个心结。但是，听好朋友一句劝：开始自己的生活吧！"

邬小旻不愧是阚冰冰的好闺蜜，她能理解她的心情——其实还有一个原因，阚冰冰原本选了超心理学，目的就是要知道为什么会有嘎玛这样的人。可是，学了这么多年，路径在哪里？她潜意识认为，她这辈子就是属于嘎玛的，为了嘎玛她可以放弃一切。有着美国超心理学硕士文凭的她，不仅收到了斯坦福大学的通知书，爱丁堡大学的心理学专业同时也向她伸出了双臂！她如愿以偿。

"小旻，这次回来，我还是要走的。我要去读博士！"

"读博士跟你的新生活不矛盾呀！冰冰，你一定要听我的话，开始自己的新生活吧！"

三十五、缘遇"故人"

爱丁堡大学位于苏格兰北部边境的海滨城市爱丁堡市。大学则坐落在爱丁堡市中心。爱市是历史名城，阚冰冰喜欢这里的艺术长廊、苏格兰皇家博物馆、苏格兰国家图书馆等，这也是阚冰冰申请这所学校的原因。

令阚冰冰兴奋的还有，她能在罗伯特·莫里斯的学生——亨利·伯格森教授这里做博士生，实在是荣幸极了。

那天，令她吃惊的一件事发生了。

在实验室，她看到一个熟悉的身影——嘎玛！起先，她怀疑自己的眼睛。她连眨了几下眼睛，是的，是嘎玛！

"来吧，孩子们。给你们介绍一位来自中国的新同学——阚冰冰小姐。"亨利·伯格森教授说。

"大家好！"阚冰冰微笑着主动打招呼。

"嗨，我是朱莉·弥尔顿！"一个本土的白人姑娘很热情。

"你好！詹姆斯·肯尼迪，我来自美国！"这是一个高大，一脸络腮胡子的男青年。

此时，那个酷似嘎玛的青年说话了："你好。我叫苏沛然，来自中国台湾！"

My God！要不是他开口讲的台湾口音的普通话，阚冰冰怎么也不会相信，他不是嘎玛！哦，天哪！阚冰冰看着那个叫苏沛然的人，竟然傻傻地站着不动了，仿佛是一尊雕塑。

苏沛然不知何故，急忙双手在脸上，身上摸了几下。他的反应是，自己脸上有脏东西或是衣服不整洁，让这个大陆来的姑娘如此惊愕！

"怎么了，孩子？"亨利·伯格森教授问道。

"是不是身体不舒服了？"朱莉上前扶着阚冰冰。

这时，她才缓过神来，知道自己有些失态了。

"Sorry！对不起，对不起。苏——苏师兄！"阚冰冰努力使自己镇定下来。

尽管阚冰冰有着一定的心理准备，但没料到这么快，这么突然，她当时的吃惊程度不亚于晴天遇上霹雳！

一个多月过去了。阚冰冰很快熟悉了博士生的学习生活。她也深得导师和师兄师姐的喜爱。

在这期间，她很纠结。她想了解那个像嘎玛的苏师兄的情况，但是她又怕他会和嘎玛真有什么关联。而苏沛然跟她正好相反，好像他早就知道阚冰冰似的。因此，他找机会和她聊天。每每又是那么自然，亲切。

有一次，阚冰冰好奇地问苏沛然，为什么会学习超心理学？

苏沛然说是受中国台湾老师的影响。于是，他便热情地为阚冰冰介绍中国台湾超心理学的发展情况。

"那你一定是被这些前辈的精神所感动了？"

"不仅如此，这样子好吧，我再借给你两本台湾超心理学家的专著看看。有疑问的话，我们可以拿来讨论，OK？"

就这样，他们在专业上的语言桥梁很快架设起来。他们有时讨论，有时辩论，有时争执。但不管怎么样，两人都能很好地把控好一个"度"。毕竟年龄、经历、眼界、学识和修养都使他们能颇为理性地对待对方、尊重对方。

在一次讨论之后，苏沛然终于提出第一天阚冰冰见到他时，阚冰冰为什么反应如此之大，他想知道什么原因。

阚冰冰把胸前的项链表摘下来，双手递给苏沛然。苏沛然小心翼翼接过去。"你打开看看吧！"

"这，这是我的照片，怎么会在你手上？不对不对。我，我不会打篮球的。这位是……"阚冰冰断定苏沛然的吃惊程度，并不亚于第一天自己看到他时的样子。

阚冰冰给他讲了嘎玛的故事。

连续几天，阚冰冰没有见到苏沛然。奇怪，怎么听完嘎玛的故事后，他就人间蒸发了？他不至于这么胆小吧？怕一个跟自己长得一样的，已经去了天堂的人？

"嗨，小师妹。"苏沛然在去图书馆的路上，遇到了阚冰冰。

"你好，苏师兄。"看着长得和嘎玛一样的人，叫着另外一个名字，阚冰冰还是有点儿别扭。她本想问这几天他到哪里去了，但是又觉得唐突，他是自己什么人，自己为什么要牵挂他？

"请问，周末有安排吗？"苏沛然礼貌地问。

"哦，没，没什么具体的安排。"其实当时阚冰冰心里想的和嘴上说的正好相反。她的真实意思是想说，自己已经安排满了。可是，一言既出，又不好改口。怎么会言不由衷呢？她自己也不理解。

"太好了。你能陪我一起去皇家博物馆吗？"

"我，我倒是没去过……"

看着阚冰冰有点犹豫，苏沛然马上说："我知道你刚来不久，肯定没去过。我去过，我可以给你做讲解员嘛！"

"那怎么叫我陪你，应该是你陪我去呀！"阚冰冰显然心动了。

"都一样，都一样。OK，就这样子定了！"苏沛然欣喜。

周末，两人如约前往皇家博物馆。路上苏沛然就开始了他的讲解："苏格兰皇家博物馆是一座维多利亚时期的建筑。维多利亚时期被认为是英国工业革命的顶峰时期，也是英国经济文化的鼎盛时期。当时英国的经济占到了全球经济总量的60%—70%，你看是不是很厉害？"

他见阚冰冰正全神贯注地听着，于是继续说："我这样说，是让你等一下看到它的'庐山面目'时，能帮到你，去理解这座建筑的外观和它的内部特点。它的展厅非常非常之明亮，通风系统之好。博物馆里收藏了各种各样的稀世珍品。"

正如苏沛然所言，内部有大量的稀世之宝。阚冰冰这一天长了不少见识。回到学校，与苏沛然分别，她真心感谢这位师兄的热情。后来，她才知道，前几天是导师叫苏沛然去参加了一个心理学学术年会。

一年以后，大师兄詹姆斯·肯尼迪要毕业回美国了。他们在学校附近的一个酒吧里为他庆祝，为他送行。

詹姆斯要了一瓶麦卡伦双雪莉桶12年蓝钻威士忌。阚冰冰一看酒瓶上的酒精含量，吓得直叫："这么高，我可不会喝酒。"

"亲爱的，你不用担心。我们可以加冰块、柠檬汁和苏打水呀！"朱莉·弥尔顿表情丰富地说。

苏沛然补充说："对呀，冰冰。我们还可以加可乐和冰块，或者橙汁和冰块！"

果然，添加了其他成分后的威士忌的确很好喝。苏沛然还告诉阚冰冰品威士忌的步骤，怎样看酒的色泽、看挂杯、闻香味、再品尝酒。

阚冰冰用中文小声地对苏沛然说："有点儿像咱们中国的品茶步骤。""我觉得更像品干红的步骤。"说完两人都笑了。

朱莉好奇地问："你们在说什么？"

"没什么。"阚冰冰甜甜一笑。

"对了，小师妹，你胸前的这块项链表很漂亮。我可以欣赏一下吗？"朱莉问。

阚冰冰略显犹豫了一下说："没问题！"她摘下来递给对方。

"Rodoner，我可以打开它吗？"

"当然，请吧！"

"哦，My God！詹姆斯，我看咱俩要祝贺一下苏和阚了！"

"为什么？"詹姆斯不解。

"请看，苏少年时的照片都给了阚，我们全然不知道？我们被骗了，不是吗？"

"不，不，你们误会了。那男孩子不是我！真的，不是。"

朱莉问："难道有一个和你一样相貌的人？"

"正是，他叫嘎玛次仁，是我小时候的小伙伴。"阚冰冰说，"我们今天是为大师兄詹姆斯送行。不能跑题了！来，我敬大师兄一杯。按照我们中国人的习俗，先干为敬。"

阚冰冰一口喝完杯中酒。苏沛然深知阚冰冰不想在这个场合谈到这个叫嘎玛的少年。于是，他说："詹姆斯，我也敬你一杯。祝你回到美国，大展宏图，事业发达！"

他们喝着香槟，谈着未来。通宵达旦。

一个月后，苏沛然正式向阚冰冰求婚，可是阚冰冰拒绝了苏沛然。他不死心，他要阚冰冰给他一个理由。否则，他不会轻易离开她。

阚冰冰对他说："因为我心里只有嘎玛。难道你想做嘎玛的替身吗？一辈子生活在别人的影子下？"

"冰冰，这个问题我考虑过的，而且是很早就考虑过的！我上次用了出去开年会的整整三天时间考虑！我很自信，我就是我！我不是任何人的替身。我要靠我自身内在的学识和本领证明给你看！现在，请求你给我机会。如果你机会给我了，我不适合，那么不用你说，我会离你远远的！好吗？"

一天，苏沛然把一本英文版的《缠绕的意念——当心理学遇见量子力学》一书给阚冰冰。他说："令尊很有前瞻性。这本书，我看完了，你也看看。毕业论文你可以找这个点。"

阚冰冰接过书籍，作者是美国加州博塔卢玛智力研究所实验室主任——迪恩·雷丁。他可是被誉为"超心理学界的爱因斯坦"。如果说父亲这么多年给她灌输的这种力学作为毕业论文中的一个个单词的话，那么苏沛然给她的这本书，就是使她把单词组成句子的依据。她越来越感觉到苏沛然在专业上给她的帮助的重要，她也越来越感到苏沛然的能力和实力！

阚冰冰的博士论文终于将超心理学与力学的相关理论结合了起来，并顺利地通过了论文答辩。

　　酒吧里，苏沛然以爱慕的眼光欣赏着阚冰冰。这个让他追求了整整三年的大陆姑娘，终于以自己的聪颖、努力和执着顺利完成了在英国的学业。他真的挺佩服的。他就这样爱慕着，欣赏着，憧憬着……

阚冰冰看着苏沛然痴痴的样子，不由得又想起了她的嘎玛。嘎玛常常有这样的神态，痴痴地天马行空地神游着，那么单纯，那么美好。三年来，苏沛然在学业上，在生活上，在精神上都给予了阚冰冰最大的帮助，她感激他，她也渐渐地接纳了他，爱上了他。她马上回到现实中："沛然，你在想什么？"

"哦，我，我在想马上要到大陆，去大上海，还是有点激动的。听说，国内的改革开放，成就显著。这次终于可以'眼见为实'了！"说着，他举起酒杯，"来，再敬敬我们的女博士！"

"谢谢你，沛然！"

"一想到要去见令尊和令堂，我还是有点紧张的！"

"那你真是多虑了。我爸妈这边没问题。我倒是担心我平措叔叔和莉莉阿姨那边！"

"嗯，来，祝我们这次大陆之行一切顺利吧！"

"好！干杯！"

"干！"

三十六、迎接博士归来

2016年7月，阚冰冰从英国回国。这一次她不是一个人，而是一个个头和长相与嘎玛相差无几的人同她一起回来的！

阚冰冰终于获得英国爱丁堡大学超心理学博士文凭。她受邀回到祖国。

上海浦东国际机场，阚海东、邓紫文、阚卫东和钱小恕以及他们的儿子阚宇轩在出口处见到阚冰冰，他们激动地挥手打招呼。而紧随冰冰的像嘎玛的青年，让他们五人吃惊不已！

"啊，哪能有嘎像的人啊！"

"简直就是双胞胎啊！"

"好，不要讲了，伊拉过来了！"阚海东提醒道。

阚冰冰冲过来和妈妈婶婶拥抱后，卫东叔叔伸出手："欢迎我们阚家的第一位博士！"

"阿姐，侬好！"阚宇轩主动上前去推行李箱。

"小轩，好像又长高了！"

阚冰冰挽着父亲阚海东的手臂，对四位长辈介绍身边的年轻人："这是我的校友，也是博士时的师哥——苏沛然。中国台湾高雄人士。"

"阚伯伯、阚伯母好，叔叔婶婶好！"苏沛然彬彬有礼。

"还有我呢？"阚宇轩调皮地问。

苏沛然笑了："小弟，你好！"

"走吧，回家咯！"阚卫东招呼大家。

到了停车场。他们在一辆雪佛兰GMC商务车前停下来。

"叔叔又换车啦？"阚冰冰惊喜地问。

"是啊。冰冰，侬不晓得呀。这三四年间，上海的房价翻了一两番。你叔叔他们新出一个楼盘就被抢光，出一个楼盘又被一抢而光。搞得大家好像老有钞票似的。买房子真的就像买小菜一样了！"钱小恕说。

上了车。阚冰冰打量车内。

阚卫东接着说："怎么样？侬爷叔还行吧？老板奖励的。"

"是啊，要不是你叔叔，咱们家还真买不到一套心仪的房子呢！"母亲邓紫文充满感激地说。

"哦，就是前年买的三房两厅的？"

"是呀！对了，"邓紫文转过头问苏沛然，"小苏，冰冰说你还有兄弟姐妹？"

苏沛然微笑着回答："是的，伯母。姐姐比我大三岁，早就出嫁了。小外甥也有六七岁了。我排行第二，下面还有一个上大学的弟弟。"

"我冒昧地问一下，你父母是干什么工作的？"邓紫文急于知道这个孩子的家境。因为冰冰年龄不小了。她曾在电话里问过女儿。女儿就是不说。还说，她与沛然谈恋爱，又不是与他家谈恋爱。若是条件成熟，自己不用问，沛然也会主动告诉她的。

其实，苏沛然在他们第一次见面就喜欢上了阚冰冰。只是冰冰心里放不下嘎玛，一直没有接受苏沛然。没想到，苏沛然是个非常执着的人。这三年来，他处处关心、照顾阚冰冰。渐渐地冰冰心中的那块"冰"开始解冻了。苏沛然比阚冰冰早一年毕业。为了等自己的心上人，他在学校做了一年的助教。

苏沛然大大方方地回答："您不要客气，伯母。家父是一个小职员，家母是小学老师。不过家母已经退休了。家父还有两年工作时间。"

邓紫文仔细听着，不住地微笑着点着头。阚冰冰看着母亲，知道她很满意沛然。

阚卫东将车开进铂庭·华府小区。这是一个高档小区。

阚卫东介绍说："阿拉这个小区采用法式巴洛克建筑风格手法打造，总占地面积约98亩，总建筑面积近18万平方米。容积率0.85，绿化覆盖率达到60%，由88套别墅和1幢会所组成。哦，到家了！"阚冰冰微笑着，认真聆听着叔叔如此专业地介绍小区的情况。

车子在一栋三层楼的独栋别墅前停下来。

这的确是一幢典型的法式巴洛克风格建筑。四坡两折的孟莎式大屋顶上，暗红色的瓦片华丽、热情。它与金碧辉煌的黄金麻外立面相呼应，再以穿插的曲面和椭圆形空间有机结合，尽显法式宫廷建筑之美。它所显露出的恢宏气势，能衬托起主人的气质。这使阚冰冰不由想起新天地的一些外墙风格来。

进入大厅，以白色为主色调的厅内，显得空间感突出，精细的布局让空间舒适、典雅。客厅大理石地面为浅米色，四周镶着浅咖啡色的大理石石条边。挑空的宽大客厅中央，垂吊着一盏水晶大吊灯。吊灯下，一套米白色法式实木雕花的真皮沙发，显得雅致而华贵。在沙发的后面是双分双合式雕花大楼梯，浅米色大理石阶梯面，四周嵌着浅咖啡石条边，与客厅地面完全一致。法式拱形窗户，镶嵌着复古的花色玻璃，这种古今元素的搭配实在是巧妙、漂亮，既能让你看到法国文艺复兴时期的元素，又能体验到现代的时尚节奏。整个大厅强调了生活功能与审美的完美结合。

保姆蔡阿姨在厨房烧菜。钱小恕忙着沏茶倒水。

阚冰冰看着壁炉上面表弟的照片问："哎，小轩依啥辰光毕业？"

"伊呀，"钱小恕怕沛然听不懂上海话，改口道，"他呀，今年应该是研一了。这不，本来想叫他去国外读书。你叔叔不同意。他讲，国内有这么多好学校，为啥偏要出去？我晓得，他是舍不得儿子跑远了。可是，现在国内大学本科生遍地都是。要想找个好工作，还就是要像你们这种高学历的人啊！好在轩轩蛮争气的。这不，就考到他爸的学校交大医学院的本硕博连读了。"

邓紫文接上话说："是呀，这样八年出来就是博士，多好哇！比姐姐省心多了。"

"阿嫂，冰冰可是不一样的。她的专业当年是冷门的，但是现在可不得了的了！"

"倒也是啊。要不，她爸的母校怎么会聘请她这个黄毛小丫头做心理学系的副主任，创办什么超心理学专业？人家不就是看她手上的这张博士文凭嘛！"

"妈，您真逗。我都快三十的人了，还黄毛丫头地叫着。我还真心想做回黄毛小丫头呢，行吗？"阚冰冰故意强调"小"字，反衬自己真的不小了，引得大家笑了起来。

阚宇轩一直在和苏沛然聊天。在他心中有个疑团，这个人为什么这么像嘎玛哥哥？眼前这个苏大哥除了年龄比嘎玛哥哥大两岁外，其他方面完全一模一样，连个子都一样高，简直像一个妈妈生的双胞胎。

阚宇轩突然想起什么来，问："苏大哥，你对'叶源微基因'感兴趣吗？"

"听说过。"

"那就好。下周我把基因检测管子拿回来，采集下你的唾液。"

"为什么要采集我的？"

"先保密。苏大哥，你只需要配合我就行了！"

阚卫东听到儿子如此不礼貌，便说："轩轩啊，你不要到处推销你的那个什么基因的。一来那玩意是真科学还是伪科学还不知道呢；这二来呢，你有啥资格查人家的祖上三代！"

"叔叔，没关系的。我是不讲究这些的。我们自己专业不是也要做各种实验的嘛！"苏沛然道。

邓紫文笑着说："他叔呀，你就叫孩子们去弄。不就是一口唾沫吗？又不是政审查三代！"

"嗯嗯，还是我伯母最开通！"阚宇轩得意地说。

阚冰冰和苏沛然陪着爷爷阚金宝说着话。老人问这问那，看来是十分满意这个孙女婿。

"吃饭了！"钱小恕招呼大家到餐厅入座。饭桌上，蔡阿姨专门用两个小碟子给阚金宝盛了菜。小恕对阚冰冰和苏沛然解释说："爷爷身体还好，就是牙不行，蔡阿姨每顿都给他开小灶。"

阚冰冰说："爷爷，您多吃点！"

"多吃多吃，大家都多吃呀！"阚金宝笑着招呼大家。餐厅里一派其乐融融的景象。

晚上，阚卫东要送哥嫂一家人回家，阚宇轩说："我来，我来，我亲自来送！"

"轩轩，开车子慢点，当心啊！"钱小恕关照儿子。

"晓得啦，姆妈！"

三十七、调回上海

2005年12月，区里陈副区长、区教育局局长一行人亲自上门，把一本烈士证和一笔见义勇为奖金交到奚福根和祝美娣手中。两位老人老泪纵横。

当领导提出老人家有什么困难需要帮助的时候，祝美娣不顾老伴阻拦，请求组织能否将嘎玛的父母从西藏调回上海。如今外孙不在了，自己对女儿的思念更是与日俱增。嘎玛是女儿他们的独生子，失去孩子的痛苦，做母亲的最能感受到，她说她最放不下的，就是这个女儿。

区领导边听边点着头，身边工作人员在工作日记本上认真地记着。

听完祝美娣的诉求，区领导站起身来，握着祝美娣的手说："老阿姐，您放心。这件事我回去马上向区委书记汇报。同时，我也会安排工作人员了解这方面的相关政策，我们会竭尽全力去争取的！"

祝美娣感动地流下热泪。奚福根也主动上前握着陈副区长的手："谢谢，谢谢领导的关心！"

很快有了消息。区委朱书记把此事向市里领导做了汇报。市政府正好有一位局级干部在西藏挂职。市政府立即让他去联系西藏方面。当西藏方面得知小烈士的外公外婆也曾经在西藏工作过多年，鉴于几方面的特殊情况，很快给予答复：只要上海接收，他们那边就没问题！

当消息通过电话线传到拉萨奚莉莉家中时，母亲欣喜而又略显担心地说："莉莉呀，你回到我们身边应该没啥问题。我担心平措是不是愿意？他要不愿意怎么办？我真怕当年你爸讲的，他一个属于高原的人，来了不习惯，后悔了怎么办？囡囡呀，想到此地，我都困（沪语：睡）不好觉呀！你好好给他讲讲啊！"

奚莉莉深知母亲的不易："晓得了，晓得了，姆妈。侬放心，侬放心吧！包在侬女儿身上，好不啦？”

“好额，好额。你自己当心身体。”

“晓得啦，晓得啦！姆妈再会，再会！”

晚饭时，奚莉莉小心翼翼地告诉扎西平措：“平措拉，今天我妈妈来电话了。”

扎西平措感到有些意外，名字后面加个“拉”，是对对方的尊称。虽说结婚这么多年来，他们两人堪称模范夫妻，彼此一直相敬如宾。可是，在称呼上，还真没这么正式过。平措知道有大事情要商量了！

“我说，我的天鹅呀，咱们放松点，有任何事情在咱家里都好商量。”他加重“任何”二字的语气，微笑着说。

“那我问你，如果叫你到内地生活，你去不去？”奚莉莉过去倒是提到过这类问题，但她从来没有叫平措给答案。而今天她是认真的、严肃的，是需要有答案的。

“那要看是什么情况下，为什么要去？”他不假思索地说。

奚莉莉把母亲讲的情况对平措细细道来。平措听后，表情有些凝重。奚莉莉说：“不急，你考虑几天再说吧。”

等奚莉莉洗好碗，厨房收拾好后，平措把奚莉莉拉到沙发上。“过来，休息一下吧！”

扎西平措与妻子并肩坐下，他一只手臂搂着妻子的肩膀，深深地吸了一口气，说：“你以为我真不懂你的心？自打嘎玛离开了我们，你的话少多了，笑声也几乎没有了。你知道吗，我看到你这个样子，我心疼啊！我甚至想，要不要我们再生一个孩子。可是一想到你曾经做过这方面的手术，不能再生，我就更是心急火燎！你说吧，有什么事比你的心情好起来更重要？”

奚莉莉深情地望着平措：“你的意思是……”

"你看，在拉萨我的两个妹妹都有自己的丈夫和孩子。我没有其他的牵挂；而你，我的天鹅，你在上海有阿爸阿妈，你是他们的牵挂，他们也是你的牵挂。只有你们走在了一起，你们就没有了这样的挂念。你说对不对？"

扎西平措的善解人意令奚莉莉十分感动。她庆幸自己当年的眼力！这个男人就是有担当！

"那，如果你不习惯上海的生活怎么办？"奚莉莉拉着丈夫的手问。

"有什么习惯不习惯的？你这位从小娇生惯养的上海小姐，都能习惯我们西藏生活，我这个皮糙肉厚的大老爷们就更加不存在的了！"

听到丈夫说自己"皮糙肉厚"，奚莉莉不禁笑了起来。

"哎！这就对了。好，赶快给阿妈打电话，别叫她老人家着急上火！"

2006年春节，奚莉莉回到了父母身边。她和扎西平措在内环线外买了一套房子，把父母接过去一起生活，老房子给了哥哥一家。

平措被安排在区公安分局政治部干老本行。奚莉莉则在区少数民族联合会工作。一家人终于在上海团聚了。

当奚莉莉问起妈妈——一个曾经在西藏工作过的普通退休工人，用什么办法把女儿女婿一起从边疆调回上海时，祝美娣说："哎呀，当时就是讲讲呀，没有敢抱什么希望啊。我是这样的心思：我同你爸爸这一生，把最好的时光献给了边疆，回到上海不久又遇到国企改革。我和你爸都提前退休。现在的退休金比在西藏退休的那些人少了好多好多！但是马马虎虎过过日子还可以。知足常乐吧！

"原本以为你们在边疆，有你们自己的小家庭，一家三口相守也是蛮好的。可是，可是，没想到发生了这么大的事体。你说我这个做母亲的，怎么能放心得下？"祝美娣抽泣起来，"真的是老天开眼，我万万没想到，各级领导噶重视这件事体！像做梦一样，你们回到了我和你爸的身边！"

奚莉莉非常理解母亲，她紧紧搂着母亲的肩膀，眼眶也湿润了。

扎西平措认真地听着，接着丈母娘的话说："这充分说明，咱们共产党的干部一心想着咱老百姓。总是把老百姓的事情挂在心上啊！"

"是的，美娣啊。平措说得好，阿拉要谢谢党的好领导！"奚福根这个退休老工人，发自内心地说。

一个月后，奚莉莉给远在拉萨的老同学裴玉珍打电话，告诉她，上海这边都安排妥当了，叫老同学放心。

离开拉萨之前，王国川和裴玉珍、阚海东和邓紫文都到平措家来，为他们两位送行。

王国川感慨地说："在川大的女儿萨萨得知嘎玛的事迹后，她无法抑制自己的感情。她说，她以后一定要把嘎玛的事迹写成一本书，叫天下所有的人都知道，曾经有个叫嘎玛的少年英雄！我相信我的女儿，她会做到的！"

邓紫文听后，又掉了泪说："我可怜的冰冰没福气呀！"

裴玉珍怕这个气氛会影响到奚莉莉，便话题一转说："紫文啊，到时候，我们家萨萨写这本书的话，免不了要请你们夫妇提供素材哟！"

阚海东明白裴玉珍的话："那是，那是，我们一定全力配合！"

裴玉珍又对奚莉莉说："莉莉，到了上海安顿好了，就给我们来个信，啊？"

"嗯，这是一定的。就是这一走，真有点舍不得你们这些好朋友的。"

"有什么舍不得的！海东他们探亲总是要去上海的。我和国川也有机会到上海去看你们的！对吧，紫文？"裴玉珍总是那么快人快语的。

"没错。玉珍说得好哇！"邓紫文接话。

三十八、拜义父义母

2016年7月底，回到上海已经半个月了，阚冰冰和苏沛然这天来到新天地。

还是当年的那家咖啡屋。屋内只有几个客人，他们两人面对面坐在靠窗的一对卡座上。苏沛然手机里轻轻地播放着泽珍央金的藏语版《心上人》。

在英国的最后一年里，阚冰冰讲完了她和嘎玛两家人的故事。苏沛然对这两个家庭基本上有了一个全貌了解。

明天阚冰冰将要带着眼前这个"嘎玛"去看望平措叔叔和莉莉阿姨。她的心里还是没有底。她真怕他们见到苏沛然会勾起对嘎玛的思念，勾起那个他们无法接受的日日夜夜。那是嘎玛父母一生的痛，也是阚冰冰一生的痛。

阚冰冰在遇到苏沛然之前，心本已死，以为此生她心中唯有嘎玛。嘎玛去了天堂，她愿意将来与嘎玛在天堂相会，别无他想。可是，谁料老天已将她的命运安排妥当。嘎玛的生命在延续，延续到这个叫苏沛然的同胞身上。她多次试图拒绝苏沛然，可是努力是徒劳的，因为这个苏沛然就是他的嘎玛，除了他没有嘎玛的本领外。平生知心者，屈指能几人？这是上天派来的人啊。不容她有任何抗争和拒绝！最终她想，这或许是在天堂里的嘎玛，最愿意看到自己接受这个叫作苏沛然的嘎玛吧！毕业之前，阚冰冰接受了苏沛然的爱情。

而今，犹豫了这么多天后，还是要去相见的！若是见到平措叔叔和莉莉阿姨，她不知道他们会怎样，他们能接受吗？虽说之前她已经叫母亲跟莉莉阿姨吹过风，强调自己谈了一个很像嘎玛的男朋友。若是见到沛然，他们会作何感受？

苏沛然的表态很清楚。他对冰冰说，若是两位老人能接受他，他便认他们做义父母。他想用这种方式来爱冰冰，安慰冰冰，也想安慰这对独生子女家庭中的"失独"父母。

早上出门时，邓紫文便关照女儿："我和你爸现在就去看你爷爷。你们逛完街后，下午直接到你叔叔家啊！"

三年前，张如洁因心脏病去世了。阚金宝夫妇回到上海后一直跟小儿子卫东一家生活多年。老伴的离世，阚金宝着实难过悲伤了一阵子。但是由于小儿子和小儿媳的体恤，还有宝贝孙子阚宇轩的懂事，让老人很快走出了伤悲，渐渐快乐起来。

下午，他们回到了铂庭·华府小区。

晚饭前，表弟阚宇轩从学校回来。他拿出一份微基因报告递给苏沛然，并帮他翻到"我的祖源"一栏中的"我的祖源成分"一项说："苏大哥，你看——"随着阚宇轩所指，苏沛然看到了一组数据：

```
中华民族        ——95.14%
  其中  南方汉族:      58.37%
       藏   族:       21.16%
       高 山 族:      15.11%
       其   他:        0.50%


东北亚:         ——4.86%
  其中  日 本 人:       4.83%
       其   他:        0.03%
```

晚上，在饭桌上，阚家开始了祖源大讨论。

"苏大哥，你的藏族血统比例很高哇！这说明你们的老家在大陆西南或西北。我说得对吧？"

"小轩，你讲得对。那天你采集唾液后，我就和家父微信视频了，详细问了家族的情况。我的曾祖父是四川眉州人，苏家在当地是大户人家。曾祖父毕业于黄埔军校，是国民党的一名将领。在出川前的几年，也就是抗日之前，他在西康省的甘孜地区认识了一个土司的小女儿。其实，这时我的曾祖父已经有了家室。在出川的时候，他与土司的女儿生的孩子已经五岁了，那就是我的祖父。直到1949年去到中国台湾，曾祖父都是带着我曾祖母——就是那位土司的女儿——和她生的一儿一女去的。曾祖母在我很小很小的时候就去世了。曾祖父活到102岁，那年好像是2005年。对，他是1903年生人。"

"那你的爷爷和奶奶也是80多岁的人了吧？"钱小恕问。

"是呀。祖父是1932年生人，祖母比他小5岁。我祖母是中国台湾人。我妈妈也是去中国台湾的军人后代。"

"怎么样？我们这个叶源微基因还是够厉害的吧？！"阚宇轩得意地说。

阚海东听着，不时地给自己的老父亲夹菜。

"家父还说，两岸通邮后，曾接到过眉州我曾祖父和他原配夫人生的四个小孩的寻父书信，说他们的母亲20世纪60年代就去世了。可是这时候，曾祖父年事已高，结果最终没能见到他大陆的小孩们。"

"爸、妈，大伯、伯母、阿姐，这下苏大哥和嘎玛哥哥相貌的事，就好解释了吧？"

阚冰冰听着，不住地点头。

"现在这科学技术真是发达啊。"邓紫文感慨地说。

"伯母，还不止这些。报告分：祖源分析、运动基因、营养代谢、健康风险、心理特质，嗨，好多项目呢！我建议咱们家族的人去建立一个'基因关系的家族树'，你们看好不好？"阚宇轩说。

"当然好！就从你爷爷和你大伯、伯母开始吧！"阚卫东说。

"爸爸，这又无所谓先后。一起来呗！这件事包在我身上！"阚宇轩兴奋地说。

翌日，上午九点多钟，阚卫东将嫂子邓紫文和两位留英回来的博士送到奚莉莉家楼下，便去公司了。

上了三楼，开门的是奚莉莉。

"莉莉阿姨好！"阚冰冰一见奚莉莉就上前搂住了奚莉莉。奚莉莉也张开双臂拥抱着冰冰。

"冰冰呀，早就听说你回来了，今天总算来我家了。我还讲，是不是把阿姨忘了呢！紫文呀，你这个宝贝女儿是越长越漂亮了！快进来。平措，他们来了！"

"看您说的，忘了谁，也不能忘了我莉莉阿姨呀！"

扎西平措迎了出来。他和奚莉莉同时惊讶地看着站在母女俩身后的苏沛然。

"叔叔阿姨，这位就是我妈跟你们提到过的小苏。"

夫妻二人竟然呆住了："天啊，怎么会长这么像？""简直太不可思议了！"

"哦……哦……快请进吧！"奚莉莉立刻想到扎西平措说的嘎玛去了天堂，他的灵魂是永恒的！难不成我的嘎玛的灵魂落在了这个孩子身上？怎么可能呢？

"伯伯、伯母好！我叫苏沛然。"

年迈的奚福根和祝美娣正坐在沙发上看电视。

老人招呼阚冰冰坐在他们中间。祝美娣说："我们的冰冰还是这么漂亮啊！"

"是啊，这孩子越来越有味道了！"奚莉莉接过话。

两位老人也惊讶地盯着苏沛然看。等大家都坐定了，扎西平措笑着说："真像，真像啊！"

"平措叔叔，您还不知道吧？小苏和您是老乡啊！"阚冰冰说。

"这话怎么讲？他不是中国台湾人吗？"扎西平措被弄糊涂了。

"等有空，我再跟您细说。总之，小苏身上有康巴藏族的血统！"阚冰冰道。

"老天怎么这样捉弄人啊！"奚莉莉眼圈红了。

大家一下子沉默了。

"莉莉阿姨，您别这么想。今天我们过来，就是希望您能把小苏当自己的儿子！"

"不不，这怎么可以呢？小苏呀，阿姨是说，你有自己的父母要孝敬的，我们不能夺你父母之爱呀！"

扎西平措也说："对的，这么多年过去了，我和你阿姨慢慢都淡忘了那件事。加上外公外婆需要照顾，我们每天这样忙忙碌碌的很充实的！"

大家又是一阵沉默。

"莉莉呀，我知道打小你们就把冰冰当自己女儿看待。不如这样吧，你们认个干女儿怎样啊！"邓紫文打破沉寂提议道。

奚莉莉看了一眼扎西平措，脸上露出悦色："这倒是好主意，我可欢喜得很哪！"

"什么？你们再说一遍！"奚福根在沙发上叫起来。

扎西平措对着老人的耳边说："叫冰冰做您的外孙女，好不好啊？"

老人听清了："好哇！真好哇！"

奚莉莉问："姆妈呢，好不啦？"

"好额，好额。冰冰本来就是阿拉屋里厢（我们家里）的人！"祝美娣笑着说。

阚冰冰还是那么聪明机灵："外公外婆好！"望着奚莉莉和平措叫了声："干妈好。""干爸好。"

"唉，我说闺女，直接叫阿爸、阿妈！"邓紫文纠正。

"哦、哦，阿爸，阿妈好！"大家都欢快地笑起来。

屋子里总算又有了笑声。这笑声过去在两家人当中是经常有的，这么多年来，久违的笑声回来了！

"叮咚——"

"我来——"阚冰冰开门，"爸——"。

"哟，啥事体噶开心呀？"

"阚教授，我们有女儿了。能不开心吗？"扎西平措也迎上前来。

阚海东和邓紫文在西藏工作了30多年。前年阚海东才退休，带着已经比他早5年退休的妻子回到上海。

晚饭前，邓紫文母女一起在厨房帮着奚莉莉做饭。阚海东、扎西平措和苏沛然陪着两位老人闲聊天。平措心里想着嘎玛和眼前这个小苏相貌如此之像，不禁问起小苏的家事来。

听完之后，平措还是连连称奇。他说，就算是有同一个民族的血统，也不可能这么像呀！不可思议，不可思议！除非老天爷安排好的！

听了此话，阚海东恍然大悟，拍了一下自己的脑袋说："唉，等等，等等。上个星期，我们同学群里有人发过一篇文章。想好要看看的，结果忙啥事体，就忘了。看这脑子，啥记性？"说着他打开手机微信不停地翻找着。

"阚伯伯，我来帮您吧！"苏沛然说，"您还记得标题吗？"

"地球上和你长得一模一样的人！好像是……"阚海东努力回忆着。

"找到了！"阚海东话音未落，苏沛然说，"是《地球上肯定有个人和你长得一模一样！你相信吗？》，对吗？"

"就是这篇，就是这篇！平措，我发到咱们两家的群里啊，大家都看看！"接着，他又说："小苏，我把你也拉到群里，都看看，都看看啊！"

扎西平措迫不及待地读起来：

"你相不相信地球上肯定有一个人和你长得一模一样？这句话在很多人听来大概都很匪夷所思吧：只要不是双胞胎，就连亲兄弟姐妹也各不相同，更别提两个完全无关的人了。然而，下面这位叫布兰莱的摄影师花了整整12年的时间告诉你：两个完全无关、没有血缘关系的人也可以长得一模一样……"

奚福根老两口也跟着一起看文章中配的照片。阚海东说："平措，这下你得相信了吧？就像文中所说，'他们彼此完全不认识，来自不同国家、不同地区甚至还是不同性别'。何况，你和小苏同属咱们中华民族，你的嘎玛和他的相似度必定比这些人更高些。"

"所以讲：世界之大，神秘莫测。生命的神奇，容不得我们不去尊重她，敬畏她！"苏沛然说。

"说得好！"扎西平措赞道。他开始喜欢起这个长得像儿子的大小伙子了！

饭桌上，大家津津乐道地谈着天下奇闻。微信强大的功能，就是把有关系的人连起来，把天下大事小事，真事假事汇集起来。让你思考，让你甄别，让你开阔眼界，让世界变得唾手可得，睁眼可见！

奚莉莉吃饭的时候，她打量着苏沛然的一举一动。不，她打量着自己的"嘎玛"的一举一动。这个苏沛然简直就是自己的嘎玛再现！

晚上客人们走了。卧室里，看着身边的扎西平措已进入梦乡，奚莉莉却毫无睡意。她忘不了当年那撕裂心肺的痛！嘎玛次仁去天堂，已经快11年了。他丢下了父母，毅然决然去了，去陪伴他的爷爷拉巴和奶奶央金。

这个晚上，同样没有睡意的还有阚冰冰。她在自己的房间里，坐在床上，台灯开着，手里拿着一本《CIA心理学》无意识地翻着，10年前嘎玛勇追歹徒的一幕又浮现在她的眼前。

三十九、成果

2019年春节，大年初一。上海内环外湖畔盛景小区奚莉莉家中。阚冰冰教授向扎西平措和奚莉莉汇报说，她和她的团队的一项研究成果《"超心理学——力学+能量状态"理论之实践研究》一文，发表在了《国际心理生理学杂志》上。

阚冰冰继续兴奋地说："这次研究成果的成功发表，有一半的功劳要归功于'超心理学——力学+能量状态'理论的提出者。另一半的功劳，就是我的团队和沛然、曹一鸣他们的'上海市沛然超心理咨询研究所'了。"

"哪里哪里，冰冰只是太谦虚了。主要的功劳还是在他们高校这边啦！"苏沛然笑道。

"阿妈，我可不是谦虚的人。事实上，正是他们'咨询所'为我们的这项研究提供了宝贵的数据支撑啊。您看，这个所，成立不到两年，已经有了显著的成绩。受益的患者数量已达90余名。您不知道吧？那些人有患抑郁症的、有患焦虑症、躁狂症的，还有双向情感障碍等。沛然他们的实践探索，就是让患者断开了与负面'能量'的纠缠，建立与正面'能量'的链接。他们所获得的数据，反过来，又佐证我们的研究方向的正确性，为我们进一步在人体科学方面研究奠定新一轮研究的基础。对了，我差点忘了，这军功章上还有我老爸阚大教授的功劳呢！"

奚莉莉看着这对年轻人，这样谦虚、上进，打心眼里为他们高兴："好了好了，我们的冰冰有道理。沛然，人家都是邀功，你却在推功。不过，你们俩谁得了成绩终归都是你们家的！是吧？"

"阿爸我自私地问一句啊：嘎玛和拉巴爷爷身上的现象，是不是仅仅属于你们左老师当年说的'直觉思维'的强大？现代科学能说清楚了吗？"扎西平措不由得又想起了自己的父亲和儿子。

　　"平措阿爸，我回答您刚才提的问题。其实咱们人类从未停止过对生命的探寻。只是生命比我们想象的要神奇和神秘得多！就像没有人能说清楚，完全没有交集的两个陌生人，为什么能那么相像一样，生命中的秘密目前为止，还让我们无法理解，我们暂时只能用'生命的奇迹'来解释它吧！"

　　"嘎玛和拉巴爷爷他们所显出的现象，早晚会被人类认识的。还有一件真正神奇的事，你们要不要听呀？"苏沛然问道。

　　"哦？快说给我们听听呀！"平措和奚莉莉异口同声。

　　"不知道你们还记得不记得，中国'墨子'号量子科学实验卫星发射成功这件事？"

　　"记得，记得。这么大的事情怎么不记得？"扎西平措说。

　　"对了，我也想起来了。在同一天里好像新闻还发了一条某明星离婚的消息。"奚莉莉说。

　　"对的。我要讲的是如果根据中国发射的量子卫星原理，将来有一天，有可能将一个人的完整资讯传输到月球上去，然后，将这个人的原子组装出来，就变成了人类传输了一个人到月球上去了！"

　　"天呐，这么神奇？"奚莉莉惊呼起来。

　　"不可能，不可能，这样人老早就死掉了！"一直听着没说话的祝美娣终于插了一句话。

　　"外婆，有可能的！"阚冰冰笑着拉着祝美娣的手。

　　苏沛然笑笑接着说："这就是量子隧穿效应。通俗点讲，在宏观世界，我们人不可能直接穿过一堵墙，但在微观世界就不一样了，粒子有一定的概率能直接穿过障碍物。但是如果两个物质处于纠缠态，从纠缠的一方所有的资讯就可以瞬间传递到纠缠的另一方去。这种传输不受时间和空间的限制的，是瞬间发生的事。这就是我刚才说的，人有可能瞬间到月球上去。"

扎西平措听着，咀嚼着，显然，他不能一下子理解。

奚莉莉高兴地说："我们的女儿女婿了不起，都是从事着前人少有人去做的事业啊。冰冰啊，阿妈也有一个好消息告诉你们！你等着。"说着，她到书房里拿出5本书。

阚冰冰接过来一看，书名叫《来自天堂的呼唤》，作者王萨萨。她急忙翻阅着，说："我萨萨姐真是言而有信，令人佩服！阿妈，您得多给我几本，我们高中的同学一定要送的，还有徐老师、左老师、于校长他们。"

"好，好！你王伯伯他们送了50本呢！"奚莉莉说。

"不，阿妈。我们不能剥削我萨萨姐的血汗啊！回头您向我裴阿姨要个银行卡号，我给他们网上转账过去。"

"孩子，有道理。阿妈听你的！哦，别忘了叫你爸妈看看。他们为这本书提供了不少素材。你萨萨姐姐说，过一段时间她会专程来上海，来感谢大家呢！"

尾　声

当天下午，阚海东夫妇如约而至。

"到齐了，老伙计。咱们给远在成都的王四哥和四嫂拜个年吧！"扎西平措提议说。

王萨萨大学毕业留在成都发展，王国川老两口退休后也落户在成都。

这时，苏沛然拨通了对方的微信视频。

双方互相拜年，各自问好。好不热闹！

晚饭后，阚海东让苏沛然把他一进门就放在门口的一个无纺布袋子拿到茶几上，他郑重地说："平措、莉莉，我这里有一件新年礼物要送给你们两口子。"说着，他从布袋里抽出一个大大的礼品盒，打开盒子，出现在大家眼前的是一个精美的大相册。

"莉莉，你来，你亲自翻开来吧！"邓紫文说。

奚莉莉小心翼翼打开封面，展现在大家眼前的是35年前扎西平措和奚莉莉婚礼的照片。

"海东，真有你的。做得真好！"扎西平措说。

"我爸用他的单反相机把原来的老照片翻拍了一遍，然后叫宇轩在网上做成相册的。我莉莉阿妈年轻时，真是个大美人，太漂亮了！当然，我平措阿爸也是帅得不要不要的！"阚冰冰学着当下的流行语。

"你们还记得当年在我家喝冰冰的满月酒吗？我岳父不是说你俩是藏汉一家亲的典范吗？所以，这就是汉藏一家亲的见证！"

邓紫文的父母退休多年，他们一直和邓教授的弟弟、弟媳一起生活。弟弟的儿子为他们请的全职保姆照顾他们。四个老人说，这叫抱团养老，其乐融融！

大家欣赏着照片，音响传出仁青卓玛的《格桑花开》：

格桑呀花开
雪莲花洁白
祈求的幸福哦
朝圣的天路
祖先的希望
生命的甘露
嘿——呀啦嗦

格桑花为谁开
千年孤独的尘埃
幸福的盼花期开
能让雪山也澎湃

雪莲花为谁埋
世界独处的真爱
他寻思着你明白
勇敢把爱说出来

格桑呀花开

雪莲花洁白

祈求的幸福哦

朝圣的天路

祖先的希望

生命的甘露

在通向宇宙真理之漫漫征途上，人类总是一次次将世界观不断打破重组，艰难求索。每一次对世界重新的认识，也就是我们对生命的重新认知。人类一代又一代，就是在不断地重新认识自己，认识生命，认识我们赖以生存的浩瀚的大自然！

后 记

正如本小说开头所言：这是一部关于藏汉联姻，关于真善美，关于生命的故事。书稿虽已完成，但我仍思绪万千、感慨良多。现再续上几段文字，亦可作为补充或说明。

在藏区生活、学习、工作20余年，前辈们身上的"老西藏精神"，给我以巨大的鼓舞；雪山、冰川、寺院、佛塔、经幡的神韵和魅力，给我以无尽的遐思；博大的藏族文化和艺术，给我以丰沛的精神滋养。所有这些是我创作的精神支柱和智慧之泉。此为感慨！

对西藏前辈部分作品的阅读，对一些前沿科学的关注，从中汲取了丰富的养分。中国报告文学学会会员李瑾女士，我高中时代的语文老师罗权先生，上海同行姚敏娇、焦虹女士等良师益友对作品提出的中肯意见，是对我的指导启发和巨大鼓舞。此为感谢！

写到此，我想还是回到小说的"初心"：人类不断追求真善美的精神品质，不断探索浩瀚的宇宙，关注人类的未知，献身我们的未来，即为真正意义上的人间"天堂的呼唤"。此为感叹！

作者于 2019 年 10 月